U0923186

人类古老而又神秘的未解之谜接连出现，天才考古学家和他的鬼才朋友将如何破解这些“天墓之谜”并解救自己……

这是一场通往未知的**拯救之旅**！

世界上最古老的神秘符号“**生命之符**”隐藏的秘密

古埃及最早的国王“**蝎王**”陵墓中超自然的神秘之物

大英博物馆镇馆之宝《**亡灵书**》

第三帝国的最后力量……

时 事 出 版 社

图书在版编目（CIP）数据

天墓密码．3/信周著．—北京：时事出版社，2013.1
ISBN 978-7-80232-562-3

Ⅰ.①天…　Ⅱ.①信…　Ⅲ.①长篇小说—中国—当代　Ⅳ.①I247.5

中国版本图书馆 CIP 数据核字（2012）第 252237 号

出版发行：时事出版社
地　　址：北京市海淀区巨山村 375 号
邮　　编：100093
发行热线：（010）82546061　82546062
读者服务部：（010）61157595
传　　真：（010）82546050
电子邮箱：shishichubanshe@sina.com
网　　址：www.shishishe.com
印　　刷：北京百善印刷厂

开本：787×1092　1/16　印张：18.25　字数：313 千字
2013 年 1 月第 1 版　2013 年 1 月第 1 次印刷
定价：29.80 元
（如有印装质量问题，请与本社发行部联系调换）

目　录

前情回顾

夏昊天和好友杰夫为了寻找神秘失踪的慕佳懿，在金字塔内的皇后墓室内发现了被称为“宇宙密码”的神奇数字，并利用这组数字打开了隐藏在金字塔下面的胡夫王城的大门，随后在地下城内找到了失踪的汉克斯博士，以及慕佳懿和武凡睦。

几个人都没有想到这一切都是地球监察会会长设下的诡计，更令他们吃惊的是，会长竟然是慕佳懿的顶头上司、国际刑警组织亚洲分局的负责人特雷佛上校。

特雷佛上校为了返回自己原来的世界，开枪击中了汉克斯博士的胃部，如果在十五分钟内得不到治疗，汉克斯博士必死无疑，夏昊天被迫用太阳石启动了时空机器，将俩人送走，随后四个人便离开了诡秘阴森的胡夫王城。

第1章 惊天突变

夏昊天顿时惊得目瞪口呆，脸上的神情像是大白天看见了鬼似的，睁大眼睛一动不动地盯着手里的报纸。

夏昊天、老鼠杰夫、慕佳懿和武凡睦，四个人沿着胡夫王城宽大的地下通道回到位于金字塔底部的地下室里，大家都情不自禁地长出了一口气，都有一种逃离地狱的感觉，根本没有意识到更大的危机其实已经降临到他们头上……

“终于又回来了，”慕佳懿依然心有余悸，一边巡视着简陋的地下室，一边轻声说，“如果不是亲眼所见，打死我也不会相信金字塔的下面竟然有一座如此庞大的地下城。”

武凡睦感叹地说：“全世界恐怕没有几个人会相信胡夫王城真的存在，在此之前我也以为只是个传说。”

夏昊天想起了什么，急忙对俩人说：“对了，在胡夫王城的经历一定要守口如瓶，千万不能对任何人讲。”

“为什么?”武凡睦面带疑惑地问，“地下王城应该算是本世纪最惊人的发现了，为什么不能说?”

夏昊天苦笑了一下，“你说的不错，这座地下城的确是新世纪最大的考古发现，不过在来埃及之前巴利特教授叮嘱过……”

“巴利特教授！”

慕佳懿惊呼了一声，随即疑惑地问：“巴利特教授不是已经被害了吗，你怎么会见到他?”

“教授没有死，这件事以后再详细对你说，教授知道我和杰夫要来寻找你们，特意叮嘱过，无论发现了什么惊人的秘密，切记要守口如瓶，不要对任何人讲，也不要有任何形式的记录，否则会有杀身之祸。”

“我明白了，教授是担心那个神秘组织。”

“不错，一直追杀咱们的神秘组织叫地球监察会，而且这个组织的势力非常强大，咱们根本无法与他们抗衡，如果把他们的秘密泄露出去，肯定会被灭口……”

夏昊天的话还没说完，忽然被杰夫的一声惊叫打断了。

从洞口出来后杰夫就一言不发，低着头仔细查看铺在地面的石块。地下王城里的那些宝藏太诱人了，杰夫不甘心就这么走了，但是他知道夏昊天肯定不允许他带走下面的东西，所以他要记住打开地下城门的六块石头的位置，以后有机会再偷偷回来，只要把下面的宝贝弄出一两件来，立马会变成富翁。

杰夫很快就找出了其中的两块石板，就在辨认另外一块时，忽然发现粗糙的石头表面逐渐浮现出一个奇怪的符号，刚开始还有点模糊不清，仅仅几秒钟的时间，图案就变得清晰起来，吓得他大叫一声“老K，快看这是什么?”

夏昊天急忙转过身，只见杰夫指着脚边的一块石头说：“这块石头上突然冒出来一个东西……”

三个人都把目光移向杰夫手指的石块，只见石块表面果然有个像人形的符号，这个奇怪的符号占据了整个石块的表面。

作为考古学博士，夏昊天对这个符号非常熟悉，惊讶地说："这个符号叫'生命之符'，奇怪，下去之前这些石头表面好像什么都没有……"

"刚出来的时候还没有，我是眼看着它从石头里冒出来的，一眨眼的功夫就出现了。"杰夫一脸恐惧地说。

夏昊天急忙蹲下来，用手摸了摸浮现在石头表面的符号，奇怪的是什么都摸不到，像是投在上面的影子，于是又仰脸看了看地下室的顶部，上面除了巨大的石块什么都没有。

"这里也冒出一个。"武凡睦指着自己脚下的一块石块说，"快看，图像变得越来越清晰……"

大家赶紧四处巡视了一下，一共有六块石头的表面出现了相同的神秘符号。与此同时，通往地下王城的洞口悄无声息地关闭了，地面又恢复了原来的样子。

杰夫吃惊地说："老 K，你注意到没有，出现符号的这六块石头刚好是咱们打开地下城门的那些。"

"不错，是那六块带有密码的石头。"

夏昊天的话音未落，武凡睦突然说："你们快看，石板上的符号正在消失。"

大家赶紧低头看着有符号的石块，只见上面的符号逐渐变得模糊了，几秒钟后就消失得无影无踪。四个人都对突然出现的诡异现象感到很好奇，四处查看着地下室内的情况。

"怎么回事?"慕佳懿一脸惊愕地问，"这也太匪夷所思了，石头里怎么会冒出这么古怪的东西。"

夏昊天沉思了片刻，轻声说："我猜想这六块密码石可能失去作用了。"

"你是说地下城的入口打不开了?"杰夫吃惊地问。

"嗯，否则不会出现生命之符。"

"出现这个符号跟入口有什么关系，我试试看能不能再打开……"杰夫显得有些不甘心，招呼武凡睦跟他一起按照夏昊天打开地下城门的方法开始测试。

慕佳懿对突然冒出的奇怪符号感到有些不可思议，问夏昊天，"你刚才说这些符号叫'生命之符'，到底是什么意思?"

“这种符号又叫‘安卡’，是古埃及象形文字中的字母，通常解释为生命，古埃及人以‘生命之符’作为护身符，起到保护的作用，所以我猜想浮现出这个符号后这个地下城门可能被封闭了。”

这时，杰夫和武凡睦已经按照那组神秘数字的顺序测试了一遍，铺在地面的巨大石块果然没有任何动静，杰夫感觉自己的发财梦破裂了，气急败坏地用力跺着脚下的石头大骂了起来。

看到杰夫又蹦又跳的滑稽样，慕佳懿忍不住笑了起来，对夏昊天说：“看来你的判断是对的，入口真的打不开了。刚看到这个符号的时候我还以为是个小人，有头有胳膊的。”

“这个符号在某些地方的确也代表人，这是一种很古老也很常见的符号，在五千多年前的古埃及象形文字中就已经出现了，但是对于这个符号的形象究竟有何含意至今仍然是个谜。而相似的符号在世界各地都有使用，在古罗马代表女神维纳斯，在占星学中相同的符号代表金星，在炼金术中代表元素铜，在生物学中代表雌性……”

杰夫突然打断了他的话，没好气地说：“在 Unicode（万国码）中，这个符的编码是 U+2625。妈的！都是这个可恶的符号，好不容易找到进入地下王城的入口又被封闭了。”

夏昊天微微一笑，“知道这个符号在统一码的字符编号的人还真不多，除非是像杰夫这样的电脑高手。在流行文化中，这个符号被广泛应用，代表悠久的历史和神秘的力量。”

武凡睦对俩人说：“咱们是不是先出去再聊，在这个大石头堆里，感觉像是被活埋了，说实话这辈子再也不想来这里面了。”

“好吧。”

夏昊天开玩笑地说：“我也在下面呆够了，除了老鼠没人喜欢呆在这里。”

杰夫忽然想起了什么，“对了，咱们下去的时候特雷佛上校让阿法尔在这里守住洞口，怎么不见这小子的人影。”

“也许是等不及出去了，到外面肯定能找到他。”说着话夏昊天率先向地下室的出口走去。

“咱们下去最多不过两个小时，怎么会等不及?”杰夫跟在夏昊天身后边走边说，“对了，这个家伙肯定跟特雷佛是一伙的，也许他知道上校离开了这个世界，然后就偷偷溜走了。”

快走到与上坡道交汇处的时候，夏昊天忽然听到从上边传来零碎的脚步声，坡道上铺了一层厚实的木板，而且狭窄的通道内又拢音，所以脚步声听起来非常清晰。他没有多想，弯腰爬过阿拉伯人凿出的狭窄通道，忽然听到叽哩哇啦的说笑声，只见八九个亚裔人出现在前面的隧道里，有男有女，前面是两个十多岁的孩子，边走边说着话，从说的话中能听出是日本人，每个人的表情既兴奋又有些紧张，看情景像是参观金字塔的游客。

夏昊天感到有些奇怪，因为在他们进来的时候整座金字塔都封闭了，怎么会有游客进来？通道很窄，他停下脚步侧身让来人先过去，等两个孩子走过去后，他注意到跟在后面的中年男子脖子上挂着一台老式的120胶片相机，这种胶片相机至少有十多年没见有人使用了。

等这些人过去后，杰夫忽然说："老K，我怎么感觉这些人有些奇怪。"

"他们哪里奇怪了？"

夏昊天继续往出口走去，与武凡睦想的一样，他现在就想快点出去呼吸一下新鲜空气，虽然没有幽闭症，但是一想到头顶上数百万吨的大石头就感觉很不舒服。

"说不出来哪里奇怪，反正感觉他们穿的衣服有点怪怪的。"

慕佳懿也感到过去的一行人有些异样，"杰夫说的不错，这些人的衣服是有点奇怪，有两个人穿着的运动服好像十几年前的样式，反正现在没人穿了。"

四个人没往深处想，因为衣服款式经常流行复古风，多年前的款式过段时间又变成了时尚，流行的东西往往最没有生命力。他们急切地想要呼吸新鲜空气，加快脚步向出口走去。

从玛门穴走出金字塔，四个人都有重返人间的感觉，情绪也豁然开朗，大口呼吸着新鲜空间。

天空非常晴朗，太阳好像刚升起不久，位于九点方向。在昏暗的环境里待久了，出来后眼睛有些不舒服，都眯起眼睛打量着这个明媚的世界。金字塔前面的停车场里有好几辆旅行大巴刚刚停下，游客们纷纷从车里出来，有些人迫不及待地往金字塔这边过来。

夏昊天忽然感到有点不对劲，他和杰夫第二次进入金字塔的时候已经是下午了，眼前的情景好像是上午八九点钟的样子。而且玛门穴周围的警戒带也没有了，入口处的警察也换成了服务人员。他看了一眼杰夫，只见杰夫也一脸的茫然，被眼前的一切弄得摸不着头脑。

慕佳懿在地下城待的时间长，对时间的变化感觉不是很大，她注意到夏昊天的神情有异，向前走了两步问道：“怎么了？有什么问题吗？”

“感觉时间有点不对劲，我们第二次进入金字塔是下午一点多钟，现在怎么是上午。”

夏昊天走到入口旁边，想问问工作人员现在的具体时间，忽然注意到这名工作人员的脖子上有一条金属项链，闪闪发光的项坠垂在胸口上，他怔了一下，因为项坠的造型正是刚才在地下室里看到的“生命之符”，他的神经本能地跳动了一下，觉得这个符号似乎隐藏着某种暗示。

这名三十来岁的男子注意到夏昊天在看自己，于是问道：“请问先生需要帮助吗？”

“呃”，夏昊天从沉思中反应过来，急忙说：“我想问一下今天是几号？”

“二十五号。”男子在回答的同时用很奇怪的眼神打量着夏昊天，感觉他的身上好像与其他人有什么不同之处。

怎么会是25号？夏昊天感到有些不可思议，他和杰夫是23号晚上到达的埃及，24号早上来到金字塔这边，这么说在地下城已经待了有一天多时间……

慕佳懿猜到他在想什么，轻声说：“我和武凡睦被关在那个房子里的时候，也是感觉时间不对，好像是一会儿，竟然过去了二十多个小时。”

这时武凡睦已经开始沿着台阶往下走，回头向俩人招招手，大声说：“快点走吧，感觉饿坏了，肚子一直咕咕叫。”

慕佳懿拉了一下夏昊天的胳膊，“别想那么多了，先去找个地方吃点东西，我也感觉饿了，掉进地下城后就一直水米未进。”

四个人从金字塔上下来，从大巴车上走出来的游客纷纷涌向这边，杰夫巡视了一圈，没有发现他们乘坐的那辆丰田越野车，回头对夏昊天说：“阿法尔开车走了，妈的，这小子真不是个东西，来的路上你还说埃及人对朋友多么热情好客，现在却把咱们扔在这里自己跑了。”

慕佳懿盯着不远处的几辆旅行大巴说：“昊天，你看那几辆大巴，外观看起来都很新，但是车的样式好像二十多年以前的，已经好多年没看见过这样的车了。”

夏昊天没有作声，心里有种越来越强烈的不祥预感，虽然还不知道发生了什么事情，但是他默默地巡视着周围，越看越觉得周围的一切都不对劲。这时两个牵着骆驼的当地人走过来，用蹩脚的英语跟他们打招呼，同时用手比划着让他们骑骆驼。夏昊天注意到其中一个人手里拿着一张报纸，于是指指他手里的报纸给自己看一下，牵骆驼的人马上微笑着把手里卷成纸筒的报纸递给夏昊天。

接过报纸后，夏昊天急忙将报纸打开，上面是一些像蝌蚪一样的阿拉伯文，好在多少认识一些，报纸上有几张照片，像是颁奖活动，顶端的大标题是“电影《克莱默夫妇》荣获五项奥斯卡大奖”。他轻声念道：“在昨晚举行的第52届奥斯卡颁奖晚会上……”

不等夏昊天念完，慕佳懿就抢着说：“今年应该是第72界奥斯卡金像奖了，怎么会是第52届?”

“这张报纸上就是第52届。”

“这是什么时间的报纸?”慕佳懿好奇地问。

夏昊天看了一眼报纸左上角的日期，1980年3月25日，他忽然感觉不对，这张散发着油墨气味的报纸看起来就像是新报纸，怎么会是二十年前的?急忙摇晃了一下手里的报纸，用不太流利的阿拉伯语问牵骆驼的人，“请问这张报纸是什么时间的?”

牵骆驼的人用手比划着说：“今天的，这是今天的最新报纸……”

夏昊天顿时惊得目瞪口呆，脸上的神情像是大白天看见了鬼似的，睁大眼睛一动不动地盯着手里的报纸。

“给我一美元，报纸就归你了。”

金字塔前的这些埃及商贩就是会趁火打劫，一张报纸就敢要一美元，夏昊天好像没有听到他的话，整个人痴痴地站在那里。

慕佳懿见他一脸的惊愕，急忙问道：“发生什么事情了，报纸上有什么新闻?”

夏昊天从震惊中回过神来，急忙问牵骆驼的人，“麻烦告诉我今天的准确日期是多少?”

“今天是3月25日。”

“我是问哪一年的3月25日。”

牵骆驼的人嘴角一咧，眼前这个人的问题让他感觉很好笑，“先生是在开玩笑吗？当然是 1980 年了，还能是哪一年？”

夏昊天仿佛挨了一闷棍，一下子被打懵了，心里隐约猜到发生了什么事情。

慕佳懿、杰夫和武凡睦都听不懂阿拉伯语，不知道俩人在说什么，但是从夏昊天的表情看出来事情不妙，杰夫着急地问：“老 K，到底发生了什么事，你他妈的快点说清楚行不行？”

夏昊天一副失魂落魄的神情，摸了摸口袋，好像没有找到什么，然后问三个人，“谁有一美元硬币？”

慕佳懿掏出一张十元面值的美元递给他，夏昊天把钱递给牵骆驼的人，挥挥手示意让他走。随后神情凝重地看着三个人，一字一句地问：“你们知道今天是什么时间吗？”

“老 K，你是不是病了？到底要说什么？”

“昊天，究竟出什么事情了？”慕佳懿从夏昊天的神情里感觉到了问题的严重性。

夏昊天摇晃了一下手里的报纸，声音低沉地说：“这是今天的报纸，但是上面的日期是 1980 年 3 月 25 日……”

“1980 年！”

三个人几乎是异口同声地惊呼起来，随即又面面相觑，好像还没有完全明白发生了什么事情。

慕佳懿愣了片刻后吃惊地问：“你是说我们穿越时空回到了二十年前？”

夏昊天重重地点了一下头，“不错，我们目前所处的时间正是 1980 年 3 月 25 日，比我们进入金字塔的时间早了整整二十年。”

“你不是在开玩笑吧……这怎么可能……我们怎么会回到二十年前？”武凡睦根本不相信这种匪夷所思的事情。

杰夫流露出一副难得一见的严肃表情，若有所思地说：“我知道了，问题可能出在时空机器上。”

“不错，肯定是时空机器出了问题，时空机器在启动的瞬间，周围空间发生了时空扭曲，这种事情并不稀奇，以前在世界各地都发生过多起轮船、飞机突然消失的事件，十几年后消失的飞机轮船又在另外一个地方出现了，这些失踪事件就是时空扭曲造成的，现在可以断定，在发生轮船或飞机神秘失踪的地区肯定有时空隧道的存在……”

杰夫急忙打断了夏昊天的话，“咱们先别管什么时空隧道了，赶快想办法回去再说，我可不想呆在这里，1980 年我才 12 岁，万一碰到那个小杰夫，我都不知道应该怎么跟他打招呼。”

在胡夫王城的经历让几个人心里都清楚眼前的一切是事实，慕佳懿看着夏昊天说：“杰夫说的不错，咱们得赶快想办法返回去。”

在胡夫王城存放资料的密室里，汉克斯博士曾说过，他是利用太阳石打开了地下王城的大门，只要进入胡夫王城，然后再利用太阳石启动时空机器，返回到 2000 年不成问题。多亏汉克斯博士把太阳石交给夏昊天保管，否则就麻烦了，四个人可能会永远地留在这里。

夏昊天取下身后的旅行包，拉开背包的拉链，把手伸进背包里想取出太阳石，只见他脸色突然一变，神情紧张地在背包里摸索着。

慕佳懿注意到夏昊天的表情发生了变化，急忙问：“怎么了?”

夏昊天顾不上回答，急忙蹲下身体，把旅行背包开口向下倒过来，里面的东西都被倒在地上，阿法尔交给他的那把史密斯-韦森 945 型手枪、子弹盒和其他东西都在，唯独不见了那个盛放太阳石的黑色金属盒……夏昊天顿时感觉全身无力，身不由己地坐在地上，他心里很清楚没有了太阳石意味着什么。

慕佳懿、杰夫和武凡睦都大吃一惊，在离开时空机器的那间屋子前，大家都亲眼看着夏昊天把太阳石放进金属盒里，然后一起放进背包里，夏昊天一直背着这个旅行包，而且旅行背包从未离开过他们的视线，金属盒怎么会凭空消失了?

杰夫焦急地问：“老 K，怎么回事? 你怎么把太阳石弄丢了?”

慕佳懿瞥了杰夫一眼，“我们是看着昊天把太阳石放进背包里的，而且一直跟他在一起，怎么能怪他。”

杰夫瞪着两个小眼睛不服气地说，“不怪他怪谁? 太阳石一直在他身上，其他人根本就没有碰过。”

武凡睦急忙说：“先别吵了，赶紧想办法把太阳石找回来，如果没有太阳石咱们就回不去了。”

夏昊天呆呆地望着从背包里倒出来的东西，大脑却在紧张地思索着问题出在什么地方，“这些东西都在，为什么单单太阳石会神秘消失了?”他脑海中忽然灵光一闪，马上意识到了问题所在，抬头看着三个人，急切地说：“我知道问题出在什么地方，汉克斯博士说过，他在两年前找到的太阳石，也就是说太阳石是在1998年被发现的……”

“我知道了，”杰夫迫不及待地说：“我们现在是处在1980年，太阳石还没有被发现，现在还藏在玛雅人的金字塔里。”

“不错，我们在胡夫王城经历的那些事情都发生在二十年以后，眼下还都没有发生。”

武凡睦一脸茫然，“明明是刚刚经历过的事情，怎么会没有发生？真让人想不透。”

夏昊天看着他开导说：“不是想不透，是你内在的潜意识不接受目前的现状，或者说是潜意识与显性思维发生矛盾，必须尽快调整过来，否则会让你感觉很痛苦。”

“这个要怎么调整?”

“用心理暗示的方法，在心里反复告诉自己眼前的这一切都是事实。”夏昊天边说话边把地上的东西又放进背包里，然后站起来，把旅行背包挎在肩膀上。

慕佳懿对俩人说：“咱们先不谈心理问题，赶紧想想应该怎么办，总不能就这样一直待在这个陌生的世界里吧。”

“唯一的办法就是找到太阳石，否则咱们连地下王城也进不去，更别说返回去了。”夏昊天不假思索地回答。

“寻找太阳石?”

其实慕佳懿的心里也知道只有这个方法，只是在情感上排斥这个想法，因为她很清楚这个希望实在是太渺茫了，喃喃地说：“我们应该去哪里找太阳石……”

“咱们不会要去美洲丛林里去寻找吧?”杰夫的语气中充满了畏惧，他知道美洲丛林里危机四伏，搞不好还会把小命丢在里面。

“寻找太阳石是咱们唯一的出路，不管去哪里，必须要去找，吴哥古城下面的时空机器已经被毁掉了，咱们只能利用胡夫王城中的这台返回去。”

杰夫看着夏昊天说：“老K，找这个东西你在行，你说咱们该怎么办?”

三个人都用期待的目光看着夏昊天，他是考古学博士，如果要寻找太阳石只能靠他。夏昊天稍微沉思了一下，然后说：“咱们先去伦敦。”

“去伦敦！”杰夫不解地问：“太阳石不是藏在中美洲玛雅人的金字塔里吗，去伦敦干什么？”

“你忘记太阳石是谁先发现的。”

“你的意思是去找汉克斯博士。”

“不错，如果漫无目标地去美洲，根本不可能找到太阳石，我想汉克斯博士能找到太阳石也不会是偶然，他一定是从某些资料中发现了线索，我们先去伦敦找到博士，了解清楚关于太阳石的相关线索，然后再动身去美洲。”

“那好，咱们现在就去伦敦找汉克斯博士，别在这里浪费时间了，赶快走吧。”说完，慕佳懿率先向大门口走去。

第2章 秘密组织

坐在轮椅上的人就是通过这套系统控制着世界上最隐秘、也是最庞大的一个秘密组织。

这是个用金属外壳建造的、近似圆形的大房间，周围的墙壁和顶部都是银灰色的，给人的感觉像是飞船的太空舱。巨大的弧形屏幕占据了房间三分之一的墙壁，屏幕上同时显示出多个城市的画面，每幅动态的画面上都用德文显示着地名和时间，纽约、东京、香港、伦敦等等，而且都是各个城市最繁华的区域。

距离屏幕七八米处是一个十多米长的半圆形控制台，上面有许多各式各样的控制键、显示器、电话等设备，还有十多个身穿淡蓝色防静电大褂的人坐在操作台前有条不紊地忙碌着。

在圆形屋子的中央位置停着一辆造型怪异的电动轮椅，轮椅的左侧扶手上安装着一套复杂的电子系统，其中包括一台小型显示屏，一部多重电话以及实时呼叫系统，右侧扶手上是一套有控制手柄和数个按键的操控系统。坐在轮椅上的人就是通过这套系统控制着世界上最隐秘、也是最庞大的一个秘密组织。

一个满头银发的白人老头坐在轮椅上，仅从外表很难判断出他的真实年龄，苍白得没有血色的脸上戴着一副金丝眼镜，宽阔的脑门，高耸的鼻梁，镜片下是一双蓝色眼睛，一副典型的雅利安人的面目特征，此时他正静静地望着对面的大屏幕。

坐在控制台前的一个身穿防静电大褂的中年白人起身走到轮椅前，小心翼翼地说：“博士，分析结果出来了，二十分钟前我们监测到吉萨金字塔周围空间出现异样变化，表明这一区域有虫洞出现过。”

这个被称为博士的老头眼睛猛地闪了一下，急忙问道：“分析数据可靠吗?”

“可靠，而且与我们以前实验时得到的数据非常相近。”

“这说明我们以前得到的消息是正确的，金字塔下面有一台时空机器。”

“是，看来金字塔的下面的确有异常性超高度文明存在。”

“马上安排监控金字塔地区的眼线进行调查，一定要查出事情的真相。”

“我们的人已经在进行调查了。”

“金字塔下面的时空机器如果要启动必须要有太阳石，假如真的是启动了时空机器，就说明太阳石现世了。”

“也许是有人找到了太阳石。”

“我们寻找了半个多世纪都没有找到太阳石，到底是什么人找到了?”轮椅上的博士沉思了片刻，对站在面前的人说：“命令特别行动组的布尔希少校马上带人去埃及，如果真的是太阳石出现了，要不惜一切代价把它抢过来。”

“是，我马上通知布尔希少校。”说完，这个人便转身走到控制台前拿起话筒拨打电话。

第3章 遭遇危机

高个警察迅速拔出了手枪，用枪口直指慕佳懿说："因为持有伪造的证件，我现在正式拘捕你，如果你敢拒捕就别怪我不客气了。"

经过商量，四个人决定先去开罗市区，然后再想办法去伦敦找汉克斯博士，刚走了不远的一段路，忽然听到身后有人用英语大声吆喝他们。

"前面的四个游客请停一下。"

夏昊天停下脚步回身向叫他们的人望去，十几米外有两个身穿黑色警察制服的人向他们跑过来，两个人一高一矮，前面个高的人像是个领头的，肩膀上斜挎着皮带，腰间的枪套里插着一把伯莱塔 M92 手枪。跟在他后面的矮个子肩膀上挎着一支以色列生产的乌兹微型冲锋枪，这是一款把冲锋枪设计成手枪大小的轻型武器，最大特点是抗沙尘性非常好，特别适合在埃及这样的沙漠环境里使用，从携带的武器上看俩人像是特种警察。

杰夫和武凡睦刚才走在前面，回过身后又变成站在夏昊天身后了，看到跑过来的两个警察，歪戴警帽，样子有点滑稽，杰夫低声说："埃及警察不是都穿白色警服吗，这两个人怎么穿黑色的，不会是假的吧?"

武凡睦轻声道："你说的是二十年后的警察，咱们现在是在 1980 年，这个时候的埃及警察就是这个样。"

"靠，我怎么把这件事给忘了。"

两个警察来到四个人身边后，高个警察把四个人挨个打量了一圈，然后板着脸问："你们是干什么的?"

"在这里，当然是参观旅游了。"夏昊天微笑着回答。

"我已经注意你们一段时间了，你们根本不像是游客，刚才你们围在一起好像在研究什么东西，我怀疑你们在私下交易文物，把你的背包给我，让我检查一下。"

夏昊天的背包里有一支史密斯-韦森 945 型手枪，是刚到埃及时特雷佛上校特意让阿法尔交给他的，这是军用的作战手枪，被警察搜出来肯定会惹麻烦。以前听说过，有些埃及警察惯用这种手段勒索游客，一般情况给几个钱就没事了，于是从口袋里掏出二十块钱递过去，笑着说："我们都是游客，怎么可能走私文物，两位买包烟抽吧。"

没想到这个家伙用胳膊挡开了夏昊天拿钱的手，一本正经地说："贿赂警察，这更加说明你们有问题。"

见此情景，慕佳懿急忙走过来，对这名警察说："我是国际刑警组织的探员，我们在执行任务。"

这名警察用猜疑的目光把慕佳懿上下打量了一遍，好像并不买她的账，把手伸向慕佳懿，"把你的证件给我看一下。"

慕佳懿没有多想，从口袋里掏出带有国际刑警组织标志的警官证递给他，这个警察看了一眼证件封面上由地球、宝剑、天平和橄榄枝组成的国际刑警警徽，随后打开警官证，他的嘴角忽然往上一撇，然后看着慕佳懿用讥讽的语气说："小姐，你的这本假证件制作得也太不专业了，发证时间竟然是 1990 年，哈哈……"

四个人一下子都愣住了，光想着赶紧离开，却把这个最重要的问题忽略了，他们携带的证件和护照都是 1990 年以后签发的，很显然在目前这种情况下都是假的，如果没有护照和证件就寸步难行，更不用说前往伦敦。

看到四个人神情有异，高个警察迅速拔出了手枪，用枪口直指慕佳懿说："因为持有伪造的证件，我现在正式拘捕你，如果你敢拒捕就别怪我不客气了。"

矮个警察也急忙双手端起乌兹微型冲锋枪，将枪口指向四个人，一副如临大敌的神情。

慕佳懿侧脸看了夏昊天一眼，也许是心有灵犀，夏昊天刚好在看着她，俩人的目光中都流露着无奈，没想到会是这种情况，在这个世界他们都变成了没有合法身份的人。

“把你们的双手都放到脑后，然后慢慢转过身去。”高个警察大声命令道。

在枪口的威逼下，四个人只好慢慢举起双手，抱住后脑勺，然后慢慢地转过去，心里都有一种虎落平阳被犬欺的感觉。虽然慕佳懿和武凡睦的身上都带着枪，即使是受到刁难，也不能掏出来向两个警察开枪。

这时高个警察又恶狠狠地说：“现在开始往前走，都给我小心点，如果敢逃跑我立刻开枪。”

杰夫和武凡睦并排走在前面，夏昊天和慕佳懿跟在俩人身后，开始慢慢地往前走。杰夫边走边低声说：“老 K，咱们就这样让两个家伙带走？这也太窝囊了吧……”

夏昊天也在紧张地思考着对策，如果被带进警局就麻烦了，现在四个人孤立无援，任何事情都必须靠自己。他意识到后面的路肯定困难重重，不用说去寻找太阳石，还没离开金字塔景区就遇到这么大的麻烦了。

几个人向前走了不到一百米，路旁有一堆风化了的大石头，有一条便道向下倾斜着通往石块的下面，看样子像是刚进行挖掘的古代建筑的遗址。刚走到便道旁边，就听到身后的警察大声说：“向右拐，到旁边建筑里面去。”

四个人都感到有点不对劲，警察怎么会把他们押进旁边的古建筑遗迹下面，走在前面的武凡睦愣了一下，停下脚步瞥了慕佳懿一眼，好像对她说这两个警察有问题。

慕佳懿也感觉事情有点蹊跷，她向通道的尽头望了一眼，好像是通往地下室，她身上藏着两把枪，心想如果这俩人敢有其他想法，那就对不起他们了，她率先向旁边的通道走去。夏昊天紧随其后，沿着窄窄的石头通道往前走了二十多米，进到了一间空荡荡的石头屋子里，有点像金字塔里的那个未完工的地下室。四个人依次走进来后站成一排，静静地看着跟在后面的两个警察。

高个警察端着手枪，大声说：“都给我转过身去。”

杰夫站在夏昊天旁边，紧张地说：“这两个家伙不会是要打咱们的黑枪吧……”

“都不许说话，现在把你们的背包都慢慢取下来放在地上，别给我耍花样，否则我就以拘捕开枪。”

身后又响起高个警察恶狠狠的叫声，夏昊天猜不出这个家伙怎么会对旅行背包这么感兴趣，目前的情景只能走一步看一步了，他把背包带从双肩滑落下来，然后把背包放在脚边，慕佳懿他们也都把旅行背包放在地上。

身后的那个家伙又命令道：“都走到墙壁前，面向墙壁站着。”

夏昊天心想这个家伙倒是挺小心，一定是担心怕我们袭击他，等他发现了包里的手枪，事情会更麻烦，必须寻找机会动手了，刚才在转身的时候，他已经神不知鬼不觉地从裤兜了掏出了两张扑克牌，这副牌是在卡萨布兰卡上飞机前蔡吉塞进他的口袋里，手里有了两张扑克牌后，心里就有底了，走到墙壁前面后，夏昊天微微歪了歪头，迅速瞄了一眼那两个警察。

高个警察依然把枪口对着前面的四个人，他向手持乌兹冲锋枪的家伙使了一个眼色，这个家伙把枪挎在肩膀上，然后蹲下身体，把四个背包都拉到自己面前，随后把背包都打开，把手伸进背包里，挨个搜查了一遍。这个家伙好像没有发现要找的东西，抬头看着同伴摇了摇头。

夏昊天又侧脸向后瞥了一眼，刚看端着手枪的警察与蹲在地上的那个家伙用目光交流着，他知道机会来了，身体不动，握着扑克牌的右手微微晃动了一下，两道白光从手里飞射出去，直奔持枪警察的右手。一张扑克牌噗的一下扎在了这个家伙的手背上，另外一张扑克牌削在枪筒上，将枪口撞得歪向一侧。

就在扑克牌出手的同时，夏昊天的身体也紧跟着动起来，一步窜到了持枪警察的身边，一把握住对方的手枪，用拇指扣住了后部的击锤，这样手枪就无法射击了，同时把枪身往对方怀里一拧，枪就到了他的手里。

在夏昊天动手之前，慕佳懿已经察觉到他要行动了，眼睛的余光一直紧盯着他，所以在夏昊天动手的同时，她迅速抽出了藏在腰后的史密斯女式手枪，蹲在地上检查背包的那个家伙还没反应过来，慕佳懿已经来到了他身边，并且把枪口已经抵在了他的太阳穴上，低声用英语说：“如果想活命就别乱动。”

夏昊天把枪夺到手后，也不说话，用枪指着这个家伙示意他转过身去，这个家伙已经没有了刚才的气焰，乖乖地向后转过去。夏昊天抬手猛地向他的脑后砍了一掌，这一掌刚好击打在哑门穴上，只见这个家伙双腿一软瘫倒在地上，夏昊天弯下腰把手里的枪又插回到这个警察的枪套里，他忽然注意到倒在地上的这个警察的衣领处露出一个黑色的项坠，感到很好奇，伸手扯开这个家伙的衣领，发现这个黑色的项坠竟然是个十字勋章的造型，二战时期的电影中经常有这种黑色的十字勋章。

这时慕佳懿也把矮个警察打昏在地，她从地上拾起自己的背包，轻轻拍打着背包下面的尘土，疑惑地说："这两个警察好像在寻找什么东西。"

夏昊天也拿起自己的旅行背包，"这个家伙肯定摸到了我背包里的手枪，不过好像没有任何反应，不知道他们在搜查什么。"

"先别管他们找什么了，咱们赶快离开这里。"说着话慕佳懿率先向石屋外面走去。

杰夫指着地上的乌兹冲锋枪说："干嘛不带着枪走，后面也许会用到。"

"夺了警察的枪会带来很大麻烦，赶快走吧，他们俩很快会醒过来。"夏昊天边说边去追赶已经走出屋子的慕佳懿。

从石堆下面出来后，慕佳懿刚要向景区出口方向走，忽然停下脚步，转身对三个人说："两个警察醒过来后肯定会四处追查咱们，四个人一起走目标太大，咱们最好分头行动，到市区后再碰头。"

夏昊天点头道："不错，咱们分成两组吧，两个人在一起也好有个照应。"

慕佳懿看着武凡睦说："咱们俩必须分开，如果遇到意外就在特殊的地方留下暗号进行联系。"

武凡睦点点头，"好吧，我跟杰夫一起，到市区后在哪里碰面?"

慕佳懿略一沉思，"在市中心的塔瑞尔广场附近有一家尼罗河希尔顿酒店，就在酒店大堂一侧的休息区会面，那里游客很多，不容易引起注意。"

"可以，那就天黑前在希尔顿酒店碰面。"

慕佳懿叮嘱道："如果出现意外不能按时会面，就去看酒店的顾客留言簿。"

"明白了。"武凡睦答应一声，向杰夫招了一下手，俩人便一起向景区出口那边走去。

夏昊天和慕佳懿则朝相反方向走去，走了不一会，慕佳懿轻声问："咱们怎么去市区?"

夏昊天忽然看到了刚才遇到的那两个牵骆驼的人，心里有了主意，指着不远处的两匹骆驼说："咱们就骑骆驼从小路去市区，保证没人会怀疑。"

在埃及骑着骆驼游玩是很休闲的一种旅行方式，有当地人随行，肯定不引人注意，慕佳懿笑着说："这主意不错，咱们每人再买一条阿拉伯人方巾，把头包裹起来，就更没有人认出咱们了。"

夏昊天跑到卖给他报纸的那个埃及人面前，用不太流利的阿拉伯语说了一下，两个牵骆驼的人高兴地连声答应，然后吆喝着两头骆驼趴在地上，让夏昊天和慕佳懿骑上去，俩人又买了两条阿拉伯方巾把头包起来，这样也可以防风沙，然后骑着骆驼缓缓地离开金字塔景区。

吉萨高地上除了气势宏伟的金字塔外没有其他吸引人的东西，放眼望去遍地黄沙，而且寸草不生，满眼荒芜。背后的金字塔越来越远，骑在驼背上摇来晃去很容易使人昏昏欲睡。

慕佳懿骑的骆驼跟在后面，看到夏昊天低着头一言不发，于是吆喝着骆驼快走几步，与前面的骆驼齐头并进，然后侧脸看着夏昊天，只见他眯着眼睛似睡非睡的样子，轻轻叫了他一声。

嗯，夏昊天答应了一声，并没有太大反应。

"你睡着了?"

"没有。"

"在想什么?"

"我在考虑那两个警察，出来的好像很及时。"

"你怀疑他们的身份?"

夏昊天微微摇了摇头，"说不上怀疑，只是感觉有点奇怪，另外我发现领头的那个警察脖子上戴的那个铁十字勋章造型的项坠，很少见到有人戴这样的项坠。"

慕佳懿不以为然地说："这个倒没什么，有些人就喜欢标新立异。没想到刚出金字塔就被两个警察逮住，另外咱们的护照和证件都不能用了，是件麻烦事，没有护照咱们根本无法去伦敦。"

夏昊天苦笑着说："不光是护照不能用，咱们的信用卡也不能用，大家身上又没有多少现金，不用说去伦敦，我看吃饭都成问题。"

"你和杰夫有多少钱我不知道，反正武凡睦没带钱，最多也就是几十块零用钱，我钱包里也只有几百块钱，吃几顿饭还可以，不过去伦敦就不够了。"

说完，慕佳懿叹了一口气，“哎，没想到竟然沦落到秦琼卖马的地步。”

夏昊天忍不住笑了起来，“秦琼还有马卖，咱们可是连马都没有，卖什么?”

慕佳懿开玩笑地说：“那就把你卖了，我就不信一个考古博士会没人要。”

“记得小时候我姥爷经常说，一分钱难倒英雄汉，说实话还真不相信有什么事情能难倒我。”

“呃，这么说你有办法了?”

夏昊天微笑着点点头没有做声。

“快说说是什么办法。”

“暂时不能说，有些事情见光就死，相信我就是了。”

慕佳懿看着夏昊天，目光中充满了敬佩，“昊天，说实话咱们认识时间不久，最让我佩服的就是你的自信……”

夏昊天急忙摆摆手，“拜托，千万别捧我，捧的越高摔的越疼。”

“我说的是心里话，活了这么大，除了父亲，你是我佩服的第二个人，能解开天墓之谜，不仅仅需要聪明才智，关键是信念，自信是成功的第一要素。”

“这句话我相信，其实人的智慧基本差不多，能否做成什么事情，关键在于信念。”

“所以我相信你一定能把大家带回去。”

“靠我自己肯定不行，需要大家一起努力。对了，假如咱们回不去，你会怎么样?”

“什么怎么样?”

“假如留在这个世界你最想做的事情是什么?”

慕佳懿的神情忽然变得有些黯然，沉默了片刻后自言自语地说：“80年的时候我还在孤儿院里，如果不能回到以前，我就去香港寻找我的生身父母。”

夏昊天知道慕教授是她的养父，不过详情并不清楚，“你对亲生父母的情况了解多少?”

“一点都不了解，从记事起我就在孤儿院里了，没有人对我提起过父母的情况，我也从未打听过，在我的意识中他们都已经不在了。”

“也许他们还活着对不对?”

慕佳懿摇了一下头，缓缓地说：“不知道，如果还活着怎么会把自己的亲生骨肉送进孤儿院?”

“也许是万不得已……”

“说说你吧,”慕佳懿打断了夏昊天的话,“如果不能回去你最想做什么?”

“我还没想好,不过肯定不会回家看老爸、老妈。”

“为什么?”慕佳懿好奇地问,“你不爱自己的父母?”

“当然爱了,谁不爱自己的父母。”

“那你为什么不回去看他们?”

“你不知道,80年应该是我最调皮的时候,什么事情都敢做,两天不挨打就全身痒痒,老妈经常说我是‘三天不打,上房揪瓦’,老爸更狠,开口就是棍棒下面出孝子。现在回去,说不准正碰上他们揍我呢……”

慕佳懿忍不住笑了起来,“呵呵,听你这么说像是在水深火热中长大,不过我听说小时候调皮的孩子长大后都有所作为,而安分守己的孩子一般都难成大事。”

“呵呵,你说的这个虽然不是很绝对,但是调皮的孩子适应社会的能力肯定比安分守己的要强,不过老师都不喜欢这样的孩子,即便是学习很好。”

“不错,所以说教育有时会扼杀孩子的创造力,释放孩子的天性是很重要的。”说完,慕佳懿凝视着远方,好像陷入了沉思中。

夏昊天见她忽然不说话了,微笑着问:“想什么呢?”

“我在想世界真是太奇妙了,咱们俩在这里说话,另外一个地方竟然还有一个我们,真是不可思议。”

呵呵,夏昊天笑了起来,“严格意义上说,不仅仅是只有两个我们,至少有三千个以上。”

“开什么玩笑,这个世界有三千个夏昊天?”

夏昊天随着摇摆的骆驼点了一下头,“不错,也有三千个以上的你,而且这也不是开玩笑,这是量子物理学的最新发现。”

“什么最新发现?”

“波函数不知道你听说过没有,就是量子力学中描述粒子状态的函数,也可以理解为时间和空间的函数。在‘希尔伯特空间’中粒子以波的形式存在……”

慕佳懿忽然打断了夏昊天的话,“我连你说的‘希尔伯特空间’都不知道是什么意思。”

"呃，希尔伯特是德国著名的数学家，1943就去世了，平面是两维，我们看见的世界是三维，希尔伯特空间可以理解为'无限维的空间'，是量子力学的关键性概念。在'希尔伯特空间'中粒子以波的形式存在，也就是说任何一颗粒子至少有三千个以上的相同粒子同时存在，事实上它们却是一个，假如拿掉其中任意一个，其他的粒子也就不复存在了……"

"难以想象，也难以理解。"慕佳懿摇着头说。

"呵呵，不仅是你难以理解，科学家们也同样不理解，他们对这种神秘的现象无法做出解释。说实话我们这个世界有太多难以想象的谜团存在，不管你是否相信，我们的身边有无数的神秘谜团存在着。"

两个人随心所欲地交谈着，任由两个当地人牵着骆驼溜达，后面即将面临许多难以预测的情况，所以俩人尽情地放松一下心情，太阳快要落山的时候来到开罗城区。在开罗街头，骆驼和驴车都是常见的交通工具，俩人骑着骆驼一直来到塔瑞尔广场，给两个牵骆驼的钱后，走进了尼罗河希尔顿饭店。

慕佳懿好像对这家老牌的豪华酒店很熟悉，领着夏昊天穿过宽敞的酒店大堂来到休息区，酒店内的客人并不是很多，俩人巡视了一圈没有看到杰夫和武凡睦，在旁边沙发坐下，很快有服务员过来问需要什么。慕佳懿要了两杯咖啡，等服务员离开后，笑着对夏昊天说："咖啡是免费的，我身上的钱恐怕只够今晚吃饭的了。"

"没想到两个埃及人要了那么多钱，一头骆驼竟然要一百美元，简直是敲诈。"

"谁让你早没跟人家谈好价钱。"

"我当时不是着急离开吗，没想到那两个家伙这么贪婪，把咱们身上的钱都要走了。"

慕佳懿摆摆手，"好了，别想这些没用的，快想想接下来要怎么弄到证件和钱，否则今晚咱们就要睡大街了。"

"我不是已经跟你说过了吗，证件和钱都不是问题，等杰夫他们来了咱们就去弄这些东西。"

"你的意思是弄假证件?"

"废话，咱们凭空回到了八十年代，现在根本就没有咱们这些人，不弄假的到哪里去弄真的?"

“我一时还转不过弯来，你看眼前的这一切，全部都是真实的，你我也都是真实的，怎么会……咱们竟然都是多出来的人……”

“你说的不错，这一切都是真实的，确确实实存在的物质世界，但是与我们原来的那个世界又有所不同……”

“我看不出来有什么不同，”慕佳懿忍不住打断了夏昊天的话，“两年前我来过这家酒店，不对，准确地说是十八年以后我来过这家酒店，怎么感觉这么别扭。”

这时服务员用托盘端着两杯咖啡走过来，放在俩人面前的茶几上，微笑着说：“请慢用。”然后转身离开。

慕佳懿又接着说：“眼前的这一切与我来时没有任何区别，包括这里的服务，当时我就坐着这里，也是有位服务员给我端来一杯咖啡，唯一不同的是现在你坐在我身边。”

“宇宙学有一个最新学说叫超弦理论，是根据最新的科学观察得出的，宇宙并非是由三维组成，而是有十个维度，所有的十个维度之间都相互关联，如同共鸣的琴弦一样。我们现在看见的这一切，虽然与你在1998年来时看到的完全一致，但是这一切并非处于一个维度上，而是在不同的维度之间，我这样解释你能否听明白？”

“我明白你的意思，比如说我现在去香港孤儿院看到那个小女孩虽然与过去的我没有区别，但是却并不是我，是不是这个意思？”

夏昊天点了点头，“虽然听起来有些匪夷所思，但这就是事实，还有一点你想不到，你知道超弦理论最早是什么时代出现的吗？”

“听你的意思好像是古人发现的。”

“这个理论最早出现在中世纪的《光明篇》里，虽然名称不一样，但是理论完全一致，而且还用绘图进行了描述，《光明篇》第一次出版是用中世纪的亚兰文，这部书是犹太神秘主义最重要的著作，从神秘学的角度论述上帝的本质，宇宙的起源以及结构，《光明篇》不是一本而是一套书，里面所记录的科学智慧有许多超出当今。说实话，以前我也难以理解古人为什么会拥有如此先进的科学理论，在解开了天墓之谜后，一切疑问才迎刃而解。”

“你是说古人的科学智慧都来自未来人？”

“恐怕只有这一种解释最合理，有一位研究埃及金字塔建造史的学者葛瑞姆·汉卡克，在对金字塔进行了大量而又深入的研究后坚信一个事实，古埃及的科学能够如此发达、洗练，必定与继承脱不了关系，你说除了人类有继承关系其他哪里还有?”

慕佳懿摆摆手，“好了，不谈论这些了，你先说说怎么弄到证件和钱，咱们四个人不仅要去伦敦，还要去美洲，这笔费用可不小，但违法的事情可不能干。”

“你把我当成是什么人了，咱也算是从孔孟之乡出来的读书人，怎么可能做违法的事情。”夏昊天边说边看了一眼门厅那边，外面已经是华灯初上，还没有看见杰夫和武凡睦的人影，担心地说：“他们俩不会出什么意外吧，天都已经黑了怎么还不来。”

慕佳懿也在为俩人的安全担心，不过嘴上却在安慰夏昊天，“应该不会出什么事，也许俩人被埃及的景色迷住了。”

“如果真的被景色迷住了，俩人也够悠闲的，等他们来了咱们就去找地方弄证件和钱。”

“你真的有把握搞到证件和钱?”慕佳懿有些怀疑地问。

“下午才说过佩服我，怎么现在又怀疑了，难怪人们说女人总是口是心非，看来这句话有道理。”

“我不是不相信你，而是担心你走邪路。”

“有时候为了达到目的的确需要动用一点小手段，不过只要不伤害其他人的利益，不违背公共道德就不算是邪路。”

慕佳懿沉思了一下，然后说：“这样吧，我在宾客留言簿给他们留下几句话，咱们先去弄证件和钱，否则咱们今天晚上都不能住酒店。”

“也行，你快点去吧。”

慕佳懿起身向服务台那边走去，不一会就回来了，随后俩人便一起离开酒店。

第4章 俩人被捕

俩人忽然感觉不妙，还没来得及下车，已经有四五个全副武装的警察持枪围了上来。

武凡睦和杰夫从金字塔景区的前门出来后，便上了一辆出租车，往市区方向驶来。

出租车是一辆五十年代生产的老式奔驰，司机是一位中年人，非常健谈，而且英语讲得很好，俩人上车后就好奇地问："两位先生怎么这么快就出来了，来参观金字塔的游客一般都是下午才离开。"

武凡睦随口回答道："我们是来找人的，不是参观金字塔的。"

"呃，难怪这么快离开，平时要把这里参观完至少需要大半天的时间。"

司机随后也跟其他埃及人一样，不厌其烦地介绍金字塔、太阳船博物馆、人面狮身像等等。有人说开罗是靠金字塔和尼罗河存活的城市，这句话一点都不假，开罗至少有一半人口从事着与金字塔有关的职业，金字塔在当地人的心中占有非常重要的地位，不管你是否听过，每个人都会热情地介绍金字塔。

杰夫懒得听司机不胜其烦的解说，嘟嘟囔囔地自语道："这两个家伙就想单独在一起，编造个理由把咱们支开。"

武凡睦瞥了他一眼，笑着说："慕佳懿不是那样的人，分开是对的，一来不容易引起注意，如果一组遇到事情另外一组还能援助，就像刚才，四个人一起被人抓住就麻烦了……”

“那她怎么不跟你在一起，我早就看出来了，老K也想单独跟她在一起，俩人现在肯定找个地方亲热了。”

“哈哈，这个时候他们哪里还有心思亲热，其实我们俩之所以分开，是因为干我们这一行的都有一些特殊的联系方式，在任何一个陌生的地方，通过对方留下的标记都能找到，这种方式虽然很原始，但是在某些特殊情况下却很实用。”

“都怪那两个无事生非的家伙，旅游警察维护好景区安全就行了，干嘛要检查咱们。”

“他们不是旅游警察，埃及在1997年才成立旅游警察，别忘了现在是1980年。”

“我怎么总是忘了这个，感觉真是别扭。”

俩人说话的时候并没有避讳前面开车的司机，因为他们的意识中与穿越时空前一样，没有把自己当成是坏人，但是出租车司机却从俩人的交谈中听出了问题，于是偷偷地按下了车上的无线报警按键。

杰夫和武凡睦并没有察觉到危险已经降临，俩人一边交谈一边欣赏着公路右侧尼罗河上美丽的风光，一艘老式的游船冒着白烟，缓慢地航行在平静的河面上，如同一幅美不胜收的油画。

不一会，出租车忽然慢了下来，一辆警车挡在了前面，俩人忽然感觉不妙，还没来得及下车，已经有四五个全副武装的警察持枪围了上来，出租车停下后，司机迅速打开车门下了车躲到一旁。

一个警察敲敲车窗示意俩人下车，武凡睦知道要坏事，不仅证件不能用，他的身上还带着枪，现在的情况是不能反抗，也无法解释。下车后两个警察用枪指着他，让他面向车子，双手放在车顶上。随后一个警察上来搜他的身上，立刻发现了腋下枪套里的手枪。

“我是国际刑警组织的探员，枪是合法佩带的。”武凡睦忍不住大声说。

“请把你的警官证拿出来。”

武凡睦随即泄了气，他的警官证比慕佳懿的还晚两年，是1992年的，现在真是有口难辩，干脆闭上嘴巴一声不吭，任由对方用手铐把自己铐起来。

杰夫也被另外两个警察铐了起来，他气得满脸通红，大声骂道："你们这些混蛋，我是美国公民，你们无权抓我。"

一个警察摇晃着杰夫的护照，质问道："用这个假护照证明你是美国公民吗?"

"你们可以去美国使馆验证我的护照是真是假。"

"这个护照的签发日期是1991年，先生，我们现在是1980年，这个还需要验证吗?"

"我的护照就是1991年签发的，我没有说谎。"

哈哈……几个警察都忍不住笑了起来，其中一个警察用讥讽的口吻说："先生，看来你还需要看精神医生。"

俩人不仅使用假证件，还携带武器，这些都是犯罪行为，警察毫不客气地把俩人押上了警车。

随后警车调头往市区驶去。杰夫一肚子怨气没处撒，只好把火撒在武凡睦身上，"你们俩不是愿意分开吗，这下可好，随你们的愿了吧。"

"这事怎么能怪我们俩?"

"你不知道吸引力法则吗，越是怕什么就越来什么，你总想着出意外自然也就发生意外了，不怪你自己却来怪别人。"

"吸引力法则都是瞎扯，每个人都想成为百万富翁，那怎么没有几个人心想事成?"

"别说那些没用的，赶快想办法跟他们俩取得联系，让他们来救咱们。"

"关在警车里怎么联系?"

"靠，你不是说有特殊的联系方式，在任何地方都能找到，现在怎么又不行了。"

武凡睦也懒得跟杰夫较劲，低下头不再说话，其实他的心里比杰夫还窝火，自己堂堂一个国际刑警现在却被当成了罪犯，而且还无法证明自己，终于尝到了有口难辩的滋味。

见武凡睦不理睬自己，杰夫又问道："你说他们会怎么对待咱们?"

"携带假证件，而且还非法持有武器，关进监狱是肯定了，我想至少也要十年吧。"

"十年！我他妈的又没有持有武器，凭什么关押我?"

武凡睦微微一笑，轻松地说："除非你能证明跟我不是一伙的。"

"我跟你本来就不是一伙的，我和老 K 来埃及是为了救你们，你可千万别把我拉下水，到时候你就跟警察说不认识我。"

"呵呵，你持有假护照一样也要坐牢，这次肯定是跑不掉了。"

杰夫一听狠狠地跺了一下脚，咬牙切齿地说："都是老 K 这个混蛋，要不是他跑到天文台找我，怎么会有这些事情，咱们俩被警察抓住了，他们不知道跑到哪里快活。"

"放心吧，只要咱们俩没有在酒店出现，他们肯定会想办法找咱们。"

"对了，等会警察肯定要审问咱们，该怎么对他们说?"

"什么也不用说，装傻就行。"

武凡睦刚说完，感觉警车停了下来，随后车门从外面打开，四五个全副武装的警察站在车旁，招呼他们下车，然后把俩人押进警局里。

第5章 神秘警探

被夏昊天打伤的警察叫班达尔，埃及人，公开身份是一位警探，但是他的秘密身份却无人知晓。

夏昊天他们离开石头屋不久，高个警察就从昏迷中清醒过来，他的名字叫班达尔，埃及人，公开身份是警探，但是他的秘密身份却无人知晓。

班达尔用手支撑着身体慢慢坐起来，还有点头昏脑胀，轻轻摇了摇脑袋，忽然感到撑在地上的右手一阵钻心的疼痛，赶紧抬起手，只见手背上有一道几公分长的伤口，因为用力支撑身体，伤口又开始流血，他急忙从口袋里掏出手帕，用牙齿咬住手帕的一角，左手扯着手帕的另外一角，把右手掌缠绕起来。他一边包扎伤口一边回忆起被人打伤的情景，隐约记得自己的手好像是被扑克牌弄伤了。

把手帕的两个角系起来后，班达尔向四周巡视了一下，看到了那张带血的扑克牌，伸手拿起来仔细看了看，与普通的扑克牌没有任何区别，他感到有些匪夷所思，一张普通的扑克牌在那个人的手上竟然变成了一把可怕的武器，如果不是亲身经历，绝对不相信这是真的。

这时班达尔看到了旁边的同伴，依然一动不动地趴在地上，于是用脚蹬了蹬同伴的身体。

“喂，伊萨，快他妈的醒醒……”

这个叫伊萨的警察也慢慢清醒过来，抬头看了一眼班达尔，又巡视了一圈空荡荡的屋子，茫然地问："那几个人呢?"

"早跑了，你是不是趴在地上装死呢?"

伊萨翻身坐起来，用手摸着自己的脖颈后面，依然有些胀痛，没好气地说："谁装死了，我是被那个女人打昏了。"

"这几个人的身手好像都很厉害，看来不是普通游客，难怪上头让咱们调查他们。"

俩人从地上爬起来，伊萨发现自己的乌兹冲锋枪还挎在肩膀上，好奇地问："这些人打昏了咱们怎么没有抢走咱们的枪?"

"可能是担心携带不太方便吧，赶快去向上头汇报，他们身上虽然没有太阳石，但是形迹非常可疑。"

俩人从地下室出来，很快来到停车场的一辆路虎越野车边，分别从两侧打开车门上了车。班达尔戴上耳麦，打开车载无线电，然后默默地用手持输入器开始发送信息。

大约一分钟后，看到班达尔摘下头上的耳麦，伊萨急忙问："上头有什么命令?"

"上面已经安排一个叫布尔希的少校专门负责此事，今天晚上到开罗，让咱们听从他的指挥。"

"金字塔里究竟发生了什么事情让上面如此兴师动众?"

"等见到布尔希少校后或许就知道了。"说完，班达尔发动越野车，向景区大门驶去。

第6章 生命之符

看到对方手上的生命之符后，夏昊天仿佛嗅到了一股来自远古的气息，甚至闭着眼睛都能察觉到，令他不解的是这枚生命之符似乎还散发着阴森的邪气。

夏昊天和慕佳懿走出酒店大堂，随即上了一辆出租车，他对司机说了一句："去汗·哈利里市场"。司机爽快地答应一声，马上驾车离开。

慕佳懿来过开罗，知道夏昊天说的市场在哪里。汗·哈利里市场位于开罗市中心地带，那边属于老城区，有几十条狭窄的小街巷组成，街道两旁挤满了小店铺，主要出售金银首饰、铜盘、石雕、古玩及其他埃及传统手工艺品，许多店铺可追溯到公元14世纪，所以店面古朴，货物齐全，深受外国游客喜爱，这里也是来埃及的游客必到之地。这个市场原是法特梅三朝后裔的墓地，在公元14世纪，当时埃及的统治者汗·哈利里以法特梅是叛教者无权建墓地为由下令拆毁墓地，并出资在此建起一个市场，就是这个汗·哈利里市场，现在已成为开罗古老文化的象征，类似北京的琉璃厂。

"咱们又不买东西去汗·哈利里市场做什么?"慕佳懿好奇地问。

夏昊天微微一笑，"除了抢劫银行，干什么来钱最快?"

"赌博。"

慕佳懿忽然明白了他要干什么，在前往吴哥古城的途中，她曾亲眼看着夏昊天在赌船上不到一个小时的时间就替赌场挽回了上千万的损失，她有些不解地问：“在希尔顿饭店附近就有赌场，干嘛要舍近求远?”

夏昊天故作神秘地说：“我们不仅是要赢钱，还要干别的。”

“你是说弄假证件?”

“不错。”

“这个跟赌场有什么关系?”

“世界各地的赌场基本差不多，大型赌场都是由实力雄厚的博彩公司控制，希尔顿附近的赌场就是这样的。另外还有一些小型的或是地下赌场，这类赌场则是由当地黑帮控制。这里不同于国内，而制造假证件也是在黑帮的控制下，咱们很难找到制作假证件的，所以只要找到当地的黑帮，这两件事就都能办成。”

“咱们现在的麻烦够多了，最好别再招惹那些黑恶势力了。”

夏昊天拍拍她的手，安慰道：“放心吧，我自有办法，从现在开始你只要静静地跟着我就行，不要问，更不要管，听明白没有?”

慕佳懿默默地握住夏昊天的手，俩人的十指很自然地扣在一起，不需要说什么，肢体语言表达的含义更丰富，两个人的心早已相融在一起。

出租车驶近汗·哈利里市场，司机用英语问：“请问两位在什么地方下?”

“在前面街口停下就行。”

“好的。”司机答应一声，很快就把车停下了。

下车后，夏昊天牵着慕佳懿的手拐进了旁边的一条狭窄的街道里，他对这一带好像很熟悉，行走的速度很快，对两边的商铺根本不看一眼，径直往前走。

虽然夜幕已经降临，市场里的游客依然络绎不绝，两边的商铺全都在开门营业，热闹程度丝毫不比白天差。这条街上的商铺多是卖仿制的古物，不过也有卖真东西的，只是数量非常稀少，而且多数在阴暗处进行交易，因为这类古物都是从墓穴中偷盗而来，盗墓在埃及也是一个非常盛行的行业。凭借多年的刑警经验，慕佳懿本能地感觉到这里是一个鱼龙混杂的地方。

每家店铺的外面都摆满了琳琅满目的商品，使本来就狭窄的街道显得更加拥挤，俩人沿着熙攘的街道走了不一会，突然从旁边闪出一个身穿白色阿拉伯长袍的人，这个人的身形非常快，而且脚下没有一丝响声，如同幽灵一般突然出现在俩人面前，挡住了他们的去路。

夏昊天差一点撞到这人的身上，猛地吃了一惊，硬生生地停住了脚步，同时拉了慕佳懿一把，让她一起停下来。

眼前的人身高不足一米六，比夏昊天矮了半头还多，头部用阿拉伯方巾包裹得严严实实，只有一双眼睛露在外面，全身透露出难以言表的神秘气息。

夏昊天感觉这双眼睛就像鹰眼一样，目光好像能看穿人的身体。而且长袍内的身体散发出阴惨惨的寒气，就像是刚刚从阴森的坟墓里爬出来的一样。

不知为什么夏昊天的心里情不自禁地打了一个寒战，他急忙做个一个深呼吸，稳住自己的心神，他暗暗有些吃惊，因为很少有人令他产生这样的感觉。

奇怪的是慕佳懿并没有这种感觉，不过她却察觉到了夏昊天的紧张情绪，甚至能感觉到夏昊天掌心里冒出的冷汗，她很好奇夏昊天为什么会如此。

幽灵似的人一声不吭，从宽大的袖口处伸出一只手，只见在他的手掌上托着一个外观古朴，色泽斑驳的东西，默默地把手上的东西伸到夏昊天面前。

夏昊天一眼就认出这是一个“生命之符”，造型与上午在金字塔看到的非常相似，唯一不同的是上部的圆圈并不是镂空而是实心的，从材质上看是木雕的，上面刻着古朴的纹饰，圆圈内镶嵌着三颗红宝石，这三颗红宝石的位置处于等边三角形的三个角上，最奇怪的是在三角形的正中间还镶嵌着一颗硕大的黑色宝石。整个生命之符的大小跟这个人的手掌差不多，表面有一层厚厚的包浆，给人的第一感觉像是个年代久远的古物。

今天已经是第三次看到这个神秘的符号了，不清楚为何接二连三地出现，夏昊天的心里本能地产生了戒备。

因为在金字塔地下室内看到过这个符号，所以慕佳懿也认出这个怪人手上的东西是生命之符，猜想这个人可能是在向他们推销这个东西，在埃及经常会遇到向游客兜售各种玩意的小商贩。她只是对这个人感到有些奇怪，刚才一边走一边观看旁边店铺里那些稀奇古怪的东西，并未留意这个人的出现，如果不是夏昊天拉了她一下，有可能就要撞到这个人身上了。

看到对方手上的生命之符后，夏昊天仿佛嗅到了一股来自远古的气息，甚至闭着眼睛都能察觉到，令他不解的是这枚生命之符似乎还散发着某种阴森的邪气，很显然这枚生命之符来自古墓之中，而且是刚出土不久，所以上面凝聚的千年阴气还没有散尽。

夏昊天竭力控制内心的冲动，他非常清楚眼前这枚生命之符的价值，让他奇怪的是这个人为什么会拦住自己并且给自己看这个宝贝。如果是未穿越时空以前，他会毫不犹豫地买下这个东西，但是现在却不同，他不能确定这个东西会给自己带来什么麻烦。

这个神秘人似乎看出了他的心思，用沙哑的声音问："你能看出它的来历吗?"

"这个生命之符应该是公元前两千年以前的，但是什么来历我看不出来。"

"呵呵，你少说了一千年。"

啊，夏昊天忍不住惊叫一声，随即惊讶地说："那应该是古朝时期以前的东西?"

"不错，你想知道它的来历吗?"这个怪人的声音中充满了诱惑。

慕佳懿对眼前这个神秘人产生了怀疑，猜不出对方想要干什么，而且这人手上的生命之符令她感到一丝的不安，或者说是有些畏惧，不由得提高了戒备。这个人显然是冲他们而来，虽然听不懂俩人所说的阿拉伯语，但是她察觉出夏昊天对这个东西非常感兴趣，急忙拉了拉他的胳膊，低声说："咱们还有事，况且咱们身上也没带钱，快走吧。"

夏昊天好像没有听进她的话，他的注意力已经完全被这个神秘的东西吸引，而且这个人的话也勾起了他强烈的好奇心，如果这个生命之符如此人所说是公元前三千年前，那么就应该是前王朝时期的遗物，他很清楚这个生命之符是出自古墓中，因为在古埃及的墓地中都用生命之符作为保护，如此精美的东西只可能在法老的墓葬中才有，前王朝时期的国王只有很少的几个，从未听说过发现他们的墓葬，如果真的找到了前王朝国王的王陵，肯定会轰动世界，这对于考古学博士来说吸引力实在是太大了。

不等夏昊天有所表示，神秘人又说了一句，"跟我来吧。"随后转身走进旁边一家专门卖古玩意的店铺里，神秘人甚至没有多看夏昊天一眼，好像知道他一定会跟进来似的。

夏昊天像是被施了魔法，被一只无形的手拽着向铺子门口走去，慕佳懿急忙拉了他一把，焦急地说："昊天，我感觉那个东西有些诡异，咱们不去看了好不好?"

夏昊天怔了一下，随即说："我就想了解一下那个生命之符的来历，这个东西可能是古埃及前王朝时期的东西……"

不等他说完，慕佳懿就急忙说：“甭管什么时期的东西都跟咱们没有关系，对咱们来说最重要的是返回到原来的时代。”

“我知道，你不了解那个东西的历史价值，可以说太珍贵了，我就去听他说一下来历，然后咱们马上就走。”

慕佳懿知道不让他了解清楚肯定不会离开，只好说：“好吧，你应该知道这个世界的东西与咱们没有任何关系，而且你也不可能带回去，了解清楚后咱们就赶快离开。”

“好的，虽然处于不同的世界中，但是历史却是相同的，从这里了解到的历史信息也适用我们那个时代。”

夏昊天边说边走进街道旁边的店铺里，店铺很小，有两个店员在忙碌着，两个人一个三十来岁，另外一个只有十七八岁的模样，对进来的俩人笑了笑没有说话，继续忙着各自的事情。店内到处都摆满了造型奇特的石雕、木刻、陶瓷等东西，只留下一条狭窄的通道供人行走。夏昊天巡视了一圈店铺里的东西，看出这些都是仿制的，前面的神秘人没有在店铺里停留，穿过店铺里面的小门向后面走去……

第7章 追踪行动

布尔希抬眼望着班达尔，命令道："动用一切力量找到他们，然后确定他们的身份，摸清楚他们的动向。"

在夏昊天和慕佳懿到达汗·哈利里市场的同时，一架庞巴迪公司生产的喷气式私人商务飞机降落在开罗旧机场的跑道上。

旧机场位于开罗市区东北十五公里处，是二战期间美军修建的一座军用机场，战争结束后改为民用机场。因为在旁边又修建了新的机场跑道，所以人们习惯把这里称为旧机场。

这架十五座的里尔50型商务飞机停稳后，并没有客人下来，而是静静地停靠在停机坪上。

大约过了五六分钟，一辆路虎越野车疾驰而来，在商务飞机旁边停下来，个子一高一矮的两个人下车后走到机舱门下，飞机的舱门随即敞开了，舱门翻下来后变成了一个悬梯，两个人登上悬梯进入机舱。

这两个人正是金字塔那边赶过来的探长班达尔和他的助手。俩人走进机舱后看到座舱内有六个人，其中一个三十来岁的白人男子独自坐在座舱一侧的长沙发上，其他几个人则坐在舱后面的座椅上。

坐在长沙发上的男子一头金发，脸型就像米开朗基罗塑造的大卫，堪称完美，一身笔挺的浅色西装，扎着一条蓝色领带，双臂撑开放在沙发靠背的上面，高高地翘着二郎腿，脚上的皮鞋亮得能照出人影，这身打扮像是参加极其隆重的晚宴。

班达尔虽然没有见过布尔希本人，但是一看这气势，就猜到这位年轻人肯定就是，急忙恭恭敬敬地说："少校好，我是班达尔探长，是侦察分部在开罗的负责人。"

"你好，总部监测到金字塔周围区域的时空出现了异常，你们发现了什么可疑迹象没有?"

"我们接到总部的命令后马上赶到了金字塔那边，发现了四个非常可疑的人，有一个白人，另外三个是亚裔人，其中还有一个女人。在其他游客刚刚到达的时候他们就从金字塔里出来了，而且穿的服装与其他游客有明显的区别。那个女人说自己是国际刑警组织的，但是她的证件的发证时间却是1990年……"

布尔希突然打断了班达尔，"证件是不是伪造的?"

"我看不像是伪造的，而且她的表情好像并不知道证件上的时间与现在不符，否则不会主动给我看她的证件。"

"这么说他们是通过时空机器来到这里的?"

班达尔摇摇头，"还不能确定他们的身份，总部命令我们寻找太阳石，我们把四个人带到一处刚挖掘好的地下室，搜查了他们携带的背包，并没有找到太阳石，后来……"

布尔希见班达尔一副吞吞吐吐的神情，催促说："后来怎么样了?"

"他们把我们俩制服后又打昏了，后面的事情就不知道了。"班达尔用受伤的右手擦了一下鼻尖上的汗，好像是告诉对方自己为此也受伤了。

布尔希似乎并没有责备他们的意思，低头沉思了片刻，然后自言自语地说："如果他们身上没有合法的证件，那么就很难离开这里，而且不能入住正规的酒店，我想他们一定隐藏在开罗的某个角落里……"他抬眼望着班达尔，命令道："动用一切力量找到他们，然后确定他们的身份，摸清楚他们的动向。"

"是，只要他们还在开罗我就一定能找到他们。"

"把寻找重点放在人口密集的区域，特别是老城区、贫民窟这样的地方。"

"知道了，在市区有许多我们的眼线，另外他们从金字塔来市区，肯定会乘坐交通工具，我先安排人调查出租车和旅游车。"

"好的，马上去调查，有消息立刻汇报。"

布尔希响亮地答应一声，然后与伊萨一起走下飞机。

第8章 蝎王死书

这部“蝎王死书”是第三任神王宙斯亲笔所写，内容非常丰富，解答了整个宇宙中的所有秘密，最吸引人的是书中有最完备的部分——关于来世的咒语。

夏昊天和慕佳懿跟随着那个神秘人走进店铺后面的小门，门内是一条又窄又矮的过道，而且光线昏暗，感觉像是钻进了老鼠洞里，过道很短，尽头是木制的楼梯，登上楼梯后走进了一间宽敞的屋子，房间内的摆设像是办公室，但是非常简朴，除了一张办公桌和一组沙发没有其他东西，四周的墙壁上都空着没有悬挂任何东西，显示出主人的低调。

神秘人把头上的方巾解开，露出了庐山真容，清瘦的脸庞上布满了刀刻一般的皱纹，一脸的沧桑，看模样大概有六十来岁。夏昊天没想到这个人会这么老，刚才在街上拦住自己时，动作如鬼魂般轻盈敏捷，根本不像一个六十多岁的人，看来对方肯定是个功夫高手。

老头示意俩人坐下，然后用英语自己介绍说：“我叫穆瓦法嘎，你们听说过这个名字没有?”

夏昊天愣了一下，他对这个名字太熟悉了，简直是如雷贯耳，他吃惊地打量着眼前这个毫不起眼的干瘪老头，用怀疑的语气问：“你……你就是埃及大名鼎鼎的盗墓王?”

若不是刚才感觉这个人身上透出的阴寒之气，他很难相信眼前这个又矮又瘦的干瘪老头竟然就是闻名于世的盗墓王，考古界都知道在六七十年代，埃及有个叫穆瓦法嘎的盗墓人非常厉害，这个人亦正亦邪，既盗墓又参与古墓的保护，据说好几座法老墓的发现都与此人有关，考古人士就是从他手里购买了相关信息进行挖掘后发现的，为此穆瓦法嘎也积累了巨额财富，想不到这样一个传奇人物竟然会躲藏在如此简陋的地方。

穆瓦法嘎似乎看透了夏昊天的心思，轻声说："你们中国有句俗话，大隐于市，这里就是最好的隐藏地方。"

"你怎么知道我们是中国人?"慕佳懿很好奇地问，老头的话令人匪夷所思，这个世界对他们来说是一个陌生的地方，怎么会有人知道他们来自中国。

"我知道很多事情，不仅知道你们是中国人，而且还知道你们现在遇到了很大的麻烦……"

老头的话令俩人大吃一惊，看着老头一副高深莫测的神态，慕佳懿惊愕地问："你怎么会知道我们遇到了麻烦?"

穆瓦法嘎表情平静，缓缓地说："这个么……说穿了也很简单，我能感觉到别人在想什么，也有人把这个称之为'读心术'。"

没想到真的有人会读心术，夏昊天心想难怪感觉对方的眼睛能看透自己，跟这样的人打交道太可怕了，他急忙问："请问你刚才拦住我们究竟有什么事情?"

穆瓦法嘎开门见山说道："想跟你谈件生意。"

"跟我谈生意!"夏昊天感到有点不可思议，自己目前这个状况能谈什么生意，"先生要跟我谈什么生意?"

穆瓦法嘎又拿出了那个生命之符来，小心翼翼地放在夏昊天面前的茶几上，接着说："你能知道这个生命之符是古朝时期的东西，说明我没有看错人，你能看出这个生命之符有什么特别之处吗?"

夏昊天指着茶几上的生命之符说："我见过的生命之符上部都是一个圆圈，而这个是实心，而且……"夏昊天迟疑了片刻，随即用疑惑的语气说："古埃及人以生命之符作为护身符，代表着力量和健康，但是看到这个生命之符后却让我感到一丝不安，它好像带着一种邪气。"

"你的感觉非常准确，看来我没有找错人，其实这个生命之符还有个与众不同之处……"

穆瓦法嘎边说边拿起了生命之符，只见他从一侧将生命之符打开了，原来这个木制的生命之符竟然是空心的，像一个小盒子似的，上面的部分是盒盖。随后他将分开的生命之符又放在夏昊天面前，“这就是最古老的生命之符，最初的生命之符就是这个样子的，中间是空心的罐状，你知道是为什么吗?”

夏昊天摇摇头，心想自己一个考古学博士在这方面竟然不如一个盗墓的，感到有些汗颜。

“生命之符起源于‘礼葬瓮’，所以最早的生命之符内部都是空心的，或者说古朝时期以前的生命之符都是如此。”

“你的意思是这个生命之符与‘卡诺卜坛’有关?”

“不错，这就是你感到这个生命之符有邪气的原因。”穆瓦法嘎看了慕佳懿一眼，然后对夏昊天说：“这位女士的目光中充满了疑惑，你可以向她解释一下‘礼葬瓮’，消除她心中的疑惑。”

夏昊天看着慕佳懿用汉语说：“古埃及人在制作木乃伊时要把死人的内脏挖出来，只留下心脏在体内，而‘礼葬瓮’就是用来盛放死人内脏的器皿，‘卡诺卜坛’是礼葬瓮翻译成汉语的意思。生命之符最初就是代表盛放死人内脏的盒子，就是这个。”

“难怪我感觉这个符号透露着邪气，原来是这样的东西。”

“我也感觉到了这个生命之符上附着阴邪之气，可能是被施加咒语的缘故，每个盛放木乃伊内脏的礼葬瓮都附有咒语，防止死人内脏受到侵害。”

慕佳懿好奇地问：“你相信那些所谓的咒语?”

穆瓦法嘎的脸上突然流露出难以抑制的恐怖神情，用阴森森的语气说：“你没有见识过真正的咒语，绝不是你想象的那些骗人的东西，而是真实的，可以置人于死地的东西。”

慕佳懿的心里顿时有些发毛，背后也感觉凉飕飕的，这段时间的经历让她知道了世界上有太多难以理解的事情，但是并不意味着不存在，她赶紧闭上嘴不再说什么。

夏昊天指着桌上的生命之符问：“您要跟我谈的生意与这个东西有关?”

“不错，首先我要告诉你，这个生命之符来自古埃及前王朝最早的国王——蝎王的墓葬庙……”

“蝎王的墓葬庙！”夏昊天惊得目瞪口呆。

穆瓦法嘎缓缓地点了一下头，“看来你对蝎王有所了解。”

夏昊天缓缓地说：“他是第一个统一了古埃及的国王，生活在公元前3500年左右，他之所以被称为‘蝎王’，据说他能给沙漠中的巨型蝎子施加魔法，利用巨蝎向敌人发动进攻……”

“用蝎子进攻敌人！”慕佳懿吃惊地说，“这怎么可能?”

穆瓦法嘎不以为然地说：“用蝎子进攻敌人有什么不可能的，人类从有战争开始就在使用动物，战马、骆驼、大象，包括现在还在使用的军犬、信鸽，不都是动物吗?”

“可蝎子是昆虫啊！”

“蜜蜂难道不是昆虫吗，还不是被人类驯服了吗?”

慕佳懿哑口无言，穆瓦法嘎说的不错，人类一直就在使用动物作战。

夏昊天看着穆瓦法嘎疑惑地问：“您告诉我这件事究竟有何用意?”

“我用了一生的精力寻找蝎王的陵墓，就在几个月前我在开罗西南的沙漠深处发现了一座被山丘掩埋的神庙，经过对神庙的探查，断定这座神庙应该就是蝎王的墓葬庙，这个生命之符就是从蝎王的墓葬庙中得来的……”

穆瓦法嘎说话的同时一直在观察着夏昊天的表情，“但是在探寻蝎王墓葬庙时，跟随我的三个弟子都神秘地失踪了，只有我一个人逃了出来。”

“呃，他们都是在墓葬庙里失踪的?”夏昊天惊奇地问。

“是，蝎王墓葬庙的规模大得超出了我的想象，为了尽快了解庙内的情况，我们分头进行探查，没想到他们竟然失踪了。”

夏昊天对古埃及神庙的规模很清楚，有些的确是大的惊人，有名的卡纳克神殿是埃及最为古老的庙宇，由砖墙隔成三部分。其中中间部分保存得最完好，占地就有30公顷，整座神庙的规模可想而知。于是问道：“他们会不会是迷失在墓葬庙里了?”

“没有，我在地面上发现了一些奇怪的痕迹，可以断定他们是被什么东西掳走了。正因为如此，我才匆忙从那里逃出来。”

“地面留下了什么样的痕迹?”夏昊天好奇地问。

“是人留下的痕迹。”

“人留下的！”夏昊天惊讶地说，他对这个答案也感到很意外。

穆瓦法嘎缓缓地点了一下头，声音低沉地说："根据我的经验，蝎王的墓葬神庙至少有几百年没有人进入过，根本不可能有人出现在那里，又怎么会有人留下的痕迹?"

"我明白了，您的意思是那种东西有可能是生活在神庙里面的对不对?"

"不错，这正是让我感到可怕的地方。"

能让盗墓王感到可怕的事情还真是不多，夏昊天沉思了片刻问道："请问您找我的目的又是什么?"

"我想让你跟我一起去蝎王神庙继续寻找蝎王的陵墓。"

"你能告诉我，为什么会找上我，并且能确定我会跟你去寻找蝎王陵墓?"

穆瓦法嘎反问道："你知道为什么在墓葬庙里我的三个弟子都失踪了唯独我逃了出来?"

"这也正是我想知道的问题。"

"这个世界就是这么奇妙，每个人从出生的那一刻起，真主就已经安排好了一切，每个人的使命、责任……"

夏昊天打断了穆瓦法嘎的话，"你的意思是命运决定了这一切。"

"不错，没有更好的解释。"

"那你知道我是谁吗?"

穆瓦法嘎摇摇头，"我只知道你们来自中国，其他一无所知。"

"那你怎么能确定我会跟你一起去寻找蝎王陵墓?"

"直觉，我在店铺门口已经坐了三个多月，一直在等待可以跟我一起去蝎王墓葬庙的人，就在你们经过的一瞬间，我就知道我要找的人出现了……"

呵呵，夏昊天笑了两声，"我们是今天才来开罗，而且我们来汗·哈利里市场是有事情要办，说实话我的确对你说的蝎王墓葬庙非常感兴趣，但是我还有更重要的事情要办，所以不会跟你一起去。"

"找上你并不仅仅是直觉，我相信这是真主的旨意，也是太阳神拉的意愿……"

夏昊天摆摆手打断了盗墓王的话，"就算是所有神灵的意愿我也不可能跟你去，我的确是有非常非常重要的事情。"

"你知道在蝎王陵墓里最有价值的东西是什么吗?"

"我不知道，就算比图坦卡蒙法老墓室里的宝藏更有价值又能如何?"

呵呵，穆瓦法嘎冷笑了两声，那些宝藏只是在世俗人眼中有所谓的价值，图坦卡蒙墓室里的宝藏与蝎王陵墓中的那件宝贝根本不能相提并论。”

穆瓦法嘎的话勾起了夏昊天的好奇心，图坦卡蒙墓葬中的陪葬品到目前为止是世界上发现的最有价值的宝藏之一，他不相信还有什么东西比这个宝藏更有价值。

穆瓦法嘎又看透了夏昊天的内心，缓缓地说：“在蝎王的陵墓中有一部古埃及最古老也最完备的《亡灵书》。”

“蝎王死书！”

夏昊天猛地站了起来，一贯沉稳的他，此时竟然连呼吸也变得急促起来，很显然《亡灵书》在他的内心产生了莫大的冲击力。

穆瓦法嘎缓缓地点了一下头，看着夏昊天继续说：“我之所以花费了毕生精力来寻找蝎王的陵墓，就是因为蝎王死书，据说这部《亡灵书》是第三任神王宙斯亲笔所写，内容非常丰富，解答了整个宇宙中的所有秘密，最吸引人的部分是书中有最完备的关于来世的咒语。这么说吧，后世所有的法老陵墓中的《亡灵书》，都只是收录了蝎王《亡灵书》中的只言片语……”

夏昊天一动不动地站在那里，脸色涨红，呼吸急促，内心难以抑制的激动情绪显露无遗。

见此情景，慕佳懿忽然感到了一丝恐惧，她非常了解夏昊天，在伯尔斯的棋牌室里，面对近千万元的现金他都丝毫不为所动，而且夏昊天的自控力非常强，很难想象是什么东西令他产生如此强烈的欲望。虽然不知道俩人所说的《亡灵书》是什么东西，但是她能感觉到这个东西对夏昊天的吸引力来说实在太大了，急忙伸手拉拉夏昊天的胳膊。

夏昊天怔了一下，好像从梦境中清醒过来，低头看了看慕佳懿，激动的情绪随即平静下来，慕佳懿急忙对他说：“咱们该走了，你答应过我，了解清楚后就走。”

夏昊天用手揉搓了一下发红的脸颊，然后对穆瓦法嘎说：“谢谢你对我的信任，不过我真的帮不上忙，说实话我的确非常想找到那部世界上最古老的传奇之书，但是现在不行，很对不起，我们必须要告辞了……”

一听夏昊天说要告辞，慕佳懿一把抓起他的手，拉着他准备往外走。

穆瓦法嘎平静地看着夏昊天，用自信的口吻说：“我相信你一定会回来找我的。”

“也许吧，但肯定不会是现在。”夏昊天心想如果自己能返回到2000年，假如穆瓦法嘎还活着，自己一定会来埃及找他，因为蝎王死书的吸引力实在是太大了。

俩人匆忙走出简陋的办公室，好像走慢了就会被人留下一样。不过盗墓王穆瓦法嘎并没有跟出来，任由俩人离开了商铺。

第9章 装聋作哑

俩人早就商量过了，无论警察问什么都装聋作哑，因为他们知道无论说什么警方都不会相信。

班达尔和伊萨是开罗市南区警局负责治安的警官，与黑白两道的人都非常熟悉，离开机场后俩人赶回警局，马上分头给相关人员打电话，动用黑白两道寻找那四个人。

半个小时后，就得到一个重要信息，吉萨警局抓到了两个持假证件的人，情况也符合他们要找的人。班达尔接到电话后，立刻与伊萨一起驾车赶到吉萨警局。

当警察把杰夫和武凡睦带进审讯室的时候，班达尔一眼就认出了俩人，而杰夫和武凡睦也认出坐在审讯桌后面的两个警察就是在金字塔那边搜查过他们的人。

看到进来的俩人后，班达尔和伊萨都条件反射般感到脖子后面仍隐隐作痛，班达尔忍不住看了看包着手帕的右手，血迹渗透出了手帕，为了追查这两个人，都没有来得及到医院处理一下。心里突然升起了一股无名火，紧盯着俩人怒气冲冲地说："想不到我们又见面了，这一次你们逃不掉了吧……"

杰夫和武凡睦相互看了一眼，然后一言不发地望着班达尔，心想真是冤家路窄，看来有麻烦了。

"你们的真实身份?" 班达尔拖着长音问道。

杰夫和武凡睦装出一副茫然的神情，静静地望着他，什么话都不说。

"你们是聋子还是哑巴，快说究竟是从什么地方来的?"

俩人早就商量过了，无论警察问什么都装聋作哑，因为他们说什么警方都不会相信，他们坚信夏昊天和慕佳懿一定会想办法把他们救出来，所以无论对方问什么，一概不说。

"跟你们在一起的另外两个人去了哪里?" 班达尔气得大声吼叫了起来。

伊萨见两个人依然没有任何反应，于是靠近班达尔的耳边低声说："既然已经找到了这两个人，我看咱们还是先把情况向少校汇报一下，后面采取什么行动由少校安排。"

班达尔觉得伊萨的话有道理，找到人自己的任务就完成了，至于其他事情还是由少校决定。再说从眼前这两个人身上也得不到什么有价值的东西，于是挥挥手，示意站在门口的警察把俩人带走。

随后，班达尔和伊萨回到路虎车里，用车载电台向布尔希少校汇报情况。

第10章 镇馆之宝

“大英博物馆的镇馆之宝竟然是《亡灵书》!”慕佳懿惊讶地说，语气中充满了怀疑，“说实话这个真的让人有点吃惊。”

离开盗墓王隐居的商铺后，慕佳懿依旧紧紧握着夏昊天的手，拉着他沿着狭窄的街巷快步往前走，生怕他经不住诱惑再掉头回去。

走到一个丁字形路口，夏昊天停下脚步前后查看了一下，像是辨别方向，然后指了指左侧的小巷说：“应该走这边。”

慕佳懿一声不吭，拽着他拐进小巷里。

夏昊天边走边笑着说：“慢点走行不? 胳膊快要被你拽断了。”

“我是怕你再回去，知道刚才听到蝎王的《亡灵书》后，你的神情是什么样子吗?”

“什么样子?”

“就像一只饿了十天的狼看到了一块鲜肉，两只眼睛都贼亮贼亮的。”

“没这么夸张吧。”

“一点都不夸张，当时我就感到有些奇怪，在伯尔斯的家里面对一桌子的金钱你都能面不改色心不跳，为什么听到《亡灵书》就像是中了邪一样，你当时的神情真的有点吓人……”

“也许吧……说实话听到蝎王的《亡灵书》我真的动心了，当时就想跟他去寻找蝎王陵墓了。”

“《亡灵书》究竟是一本什么奇书，对你竟然有如此大的吸引力?”

夏昊天沉默了几秒钟，忽然反问道：“你知道世界上规模最大、最著名的博物馆是哪个吗?”

“好像是大英博物馆吧?”

“不错，大英博物馆与巴黎卢浮宫、纽约大都会艺术博物馆同列为世界三大博物馆，但是无论藏品的总量还是价值，大英博物馆都是第一位的，共有六百多万件来自世界各地的各类珍品。你知道大英博物馆的镇馆之宝是什么吗?”

“不知道，我对考古不感兴趣。”

“大英博物馆的镇馆之宝是亚尼的《死者之书》，《死者之书》就是《亡灵书》，也叫《死人书》或《大亡灵书》……”

“大英博物馆的镇馆之宝竟然是《亡灵书》!”慕佳懿惊讶地说，语气中充满了怀疑，“说实话这个真的让人有点吃惊。”

“千真万确，登陆大英博物馆的网站查看一下，就知道我说的是事实。而且这个镇馆之宝是大英博物馆官方公布的，不是人们随便说的。”

“那大英博物馆的这个镇馆之宝与那个盗墓王所说的蝎王《亡灵书》有什么不同吗?”

夏昊天微微一笑，“如果要对两部书进行比较，打个不是很恰当的比喻，蝎王陵墓中的《亡灵书》是太阳，大英博物馆的这部亚尼的《死者之书》只能算是一颗星星。”

“有这么大的差距?”慕佳懿惊讶地说。

“没有一点夸张，大英博物馆的这部亚尼的《死者之书》是收藏家佛里斯班士于1887年在尼罗河中游克索西岸的墓室中发现的，是用草纸写成，时间大约是公元前1200年。而蝎王的《亡灵书》是公元前3500年，不仅时间相差久远，而且内容更是无法相比，刚才盗墓王穆瓦法嘎提到了这一点，后世《亡灵书》的内容只是收录了蝎王《亡灵书》中的只言片语，所以两者之间相差太大。”

“这么说这些《亡灵书》的内容都不一样了。”慕佳懿好奇地问：“那这些书里都有什么内容?”

“《亡灵书》这个名称就来自像穆瓦法嘎这样的盗墓者，盗墓在埃及自古就有，进入陵墓的盗墓者发现木乃伊旁边都有很多书籍，而且数量都很多，因为这些书都是用圣书体书写的，也就是古埃及的象形文字，所以盗墓者对这些书籍一窍不通，于是称之为‘亡灵看的书’，也有直接叫‘死人书’的。”

“原来这些书都是给死人看的，”慕佳懿开玩笑地说，“那你干嘛对这些书如此感兴趣?”

“其实对《亡灵书》感兴趣的不仅仅是我，这些书中蕴涵着非常巨大的精神力量和技术手段，可以帮助古埃及人获得灵魂上的慰藉，所以时至今日《亡灵书》仍是梦想在死后对人世拥有影响力的那些人的必备读物。”

“呃，你说的技术手段是指什么?”

“就是为死者提供进入冥界的指南，帮助死者顺利地应付审判，避免各种厄运。古埃及人相信这些内容可以帮助死者顺利到达来生世界。书中还包括各类可以控制人类、神灵以及动物的咒语，这部分内容是最可怕的。在古埃及并非所有人都有获得亡灵书的权力，大约4000多年前的古王国时期，只有法老和王室成员才能使用亡灵书，他们将亡灵书的内容雕刻或者书写在金字塔以及墓室的墙壁上，也有刻在石棺表面的。大约在公元前1400年左右，由于纸草在古埃及的普及，亡灵书才开始在民间广泛使用……”

“这么说大英博物馆的镇馆之宝应该是民间版本了?”

“呵呵，你的这个比喻很恰当。”

“对了，你相信那个神秘老头的话吗?”

“你是指他说的发现蝎王墓葬庙的事情?”

“嗯，也包括他说的三个弟子失踪的事情。”

“直觉告诉我穆瓦法嘎的话是真的，另外你对这个人还不了解，他可以说是个非常传奇的人……”话没说完，夏昊天忽然停下了脚步。

在俩人说话的时候又走过了两条街巷，在一栋沿街的二层楼房前停了下来。这是开罗市区常见的那种老房子，用大块的石头建起来，显得非常坚固。土黄色的外表，开罗的房子几乎都是这个颜色，所以有人把开罗称为“金色之城”。

高大的门口很像陕西一带的窑洞，上部是半圆形，周围一圈还有漂亮的浮雕，在门口两边站着三个体型健壮的年轻人，都是一身牛仔装，面无表情地看着俩人。

夏昊天辨认了一下地方，然后轻声说了句“就是这里了”，然后便拉着慕佳懿走进门口。门内是一条十多米长的走廊，尽头是一扇很厚实的木门，门口两边各站着一个年青人，见他们过来后主动拉开门。俩人顿时感觉眼前一亮，像是一下子进入了另外一个世界。

出现在他们面前的是一个灯火通明的大厅，像是清真寺里做礼拜的地方，大厅有二十多米宽，至少有七八十米长，中间有两排巨大的方形立柱支撑着屋顶，立柱的四面是五彩斑斓的浮雕，大厅的顶部全部是用彩色玻璃装饰起来，散发着璀璨耀眼的光泽，地面铺着波斯纯毛地毯，四周的墙壁上同样有一些浮雕，而且浮雕的表面有一层金箔，整个大厅显得富丽堂皇，如果不是亲眼所见，让人难以相信在破旧的老城区里竟然藏匿着如此豪华的场所。

大厅内整齐地摆放着三排各式各样的赌台，都是玩扑克的，有21点、德州扑克，还有百家乐，几乎每张赌台旁都有人，算上服务人员里面大约有三四百人，虽然人不少却很安静，听不到嘈杂声，赌客们都在静静地玩着自己的牌，只是偶尔有一两声喜出望外的惊叹，给人的感觉这是一处高档休闲娱乐的场所。

俩人把旅行背包交给门口的服务人员存放了起来。夏昊天巡视了一圈赌场内的情况，然后低声对慕佳懿说：“我身上没钱了，借给我一百美元。”

慕佳懿拿出钱包看了一下，除了几张一美元的钞票以外，就还剩五张二十的，拿出来一起给了夏昊天，开玩笑地说：“只有这一百美元了，这可是我的全部财产了。”

夏昊天微微一笑，充满自信地说：“放心吧，等会就让它变成一百万。”

这时刚好有个漂亮的女服务员从旁边走过，夏昊天向她招了一下手，然后把一百块钱放在她的托盘里，“麻烦给我兑换一个一百的筹码。”

“没问题，先生请稍等。”

嘴上虽然回答的很甜，但是她的眼睛里明显流露出鄙视的眼神，心里肯定在说：就这个钱还敢来这里玩，其他客人给的小费也比这个多。

俩人察觉到了服务员的神情，慕佳懿低声说：“看来咱们俩是这里最穷的赌客了。”

呵呵，夏昊天微微一笑，自信地说：“很快他们就知道谁是最富有的玩家。”

慕佳懿低声说：“你刚才的话还没说完。”

“什么话没说完?”

“你说穆瓦法嘎是个传奇人物。”

“呃，这个等回去后再详细讲，现在的主要任务就是赢钱。”说到赢钱的时候，夏昊天立刻变得神采飞扬。

来赌场的人都想赢钱，但是绝大多数都是输得精光，所以都知道开赌场是一个很赚钱的行业，不过很少有人知道赌场赢钱的秘诀在哪里。有些人把赌场赢钱归于欺诈、抽老千，其实这是一种误解，绝大多数的赌场不使用欺诈手段，特别是大型的正规赌场，这类赌场投资都比较大，一旦被赌客发现赌场使用欺诈手段，这个赌场很快就会关门歇业。博彩业的竞争同样很激烈，而且当今世界服务水平最高的行业就是博彩业。

赌场赢钱靠的是数学，也就是赢率，而非其他。赌场对每一种赌博游戏的设立都是经过了精密策算，各种赌博项目的庄家赢率有的是固定的，有的则是变化的，赌场赢钱的秘诀就是看似微不足道的赢率。也就是说任何一种赌博方式，赌场都有比赌客更多的胜算。玩赌博的人或许在一时能赢很多钱，但是只要长期在赌场里，那么这个微小的赢率就会起作用，优势就会偏向赌场，最终赌客会输掉赢来的钱，所以赌场有句行话：不怕你赢钱，就怕你不来。

夏昊天深知赌场内的秘密，而且知道玩哪种赌博游戏能赢到钱，在赌场内设置的所有赌博游戏中，只有21点的赢率是变化的，也就是说随着牌的变化，庄家和赌客之间的优势会进行转换，所以玩21点也是职业赌客唯一可以赢赌场的一种游戏。

但是用21点来赢赌场并不是靠运气，而是凭借赌客的智慧和超人的计算能力。从理论上说21点的胜负是由大牌和小牌在双方的持有量上决定，这就需要数牌和记牌，并快速地进行计算，然后根据计算结果来下赌注。

很快服务员端着托盘走过来，托盘孤零零地放着一个黑色的筹码，与其他赌客面前成堆的五颜六色的筹码比起来显得太寒酸了。为了便于计算，不同额度的筹码都是不同颜色，有红色、黑色、黄色、紫色等等，在这家赌场最低的是二十元的白色筹码，也许服务员是为了故意刁难夏昊天，所以只给他换了一个筹码。

夏昊天似乎并不在意，他若无其事地拿起托盘里的黑色筹码，拉着慕佳懿径直向赌场的21点赌区走去。

赌场里有十多张专门玩21点的赌台，每张赌台边或多或少都有赌客在玩，也有站在旁边观看的客人，这些人多是在寻找合适的台子。赌客都有种心理，喜欢挑选有人赢钱的赌台，认为这样能给自己带来好运。

夏昊天巡视了一圈，他在寻找快要结束赌局的赌台，因为他要从发牌员发出的第一张牌就开始记牌、算牌，然后确定是否可以下注。他必须非常慎重，手里就只有一个筹码，对他来说不仅仅是赢钱、输钱的问题，他的下注决定是否能顺利离开埃及，甚至决定是否可以返回到原来的世界。

21点的赌局用六副牌进行，除去每副牌中的大小王，发牌盒里的扑克总数是312张，专业赌客所用的方法叫“一分法”。牌中的2、3、4、5、6记作+1，10、J、Q、K记作−1，7、8、9、A记作0分。当庄家在发牌过程中总点累积正数分超过零分，或者说分值越来越大，说明牌势对赌客有利，也就意味着发牌盒里的大牌，如10、J、Q、K这样的牌多，这样一来庄家暴牌的机率就大，只有这时赌客才开始占优势，也就是说赌场的盈率变成了负数。

夏昊天同时关注着周围的好几张牌桌，不一会，他注意到一张赌台刚开了新牌，向慕佳懿示意了一下，俩人默默地走过去……

第11章 开始行动

挂断电话后，布尔希回头对一个手下说："立刻准备车，去开罗市区。"

夜色已经笼罩住了机场，跑道两侧亮起来一长串的引航灯，如同两串美丽的珍珠项链。

里尔 50 型商务飞机静静地停靠在停机坪上，豪华座舱内灯火通明，布尔希一只手端着晶莹剔透的水晶酒杯，身体向后半仰在柔软的座椅里，眼睛望着天花板，静静地思考着什么。

这架商务飞机的座舱堪称奢华，每张座椅都能提供床般的舒适。座舱的长度虽然只有 15 米，却有三个独立区域，配备有厨房和独立通风的洗手间。舱内有供 6 人一起进行商业会议及用餐设施，还可以布置成容纳一个座椅和一张可以拼成双人床的无靠背长沙发椅的豪华私人包间，让主人有独立思考的私密空间。

这时，飞行员从驾驶舱里走到布尔希身边，轻声说："少校，收到班达尔的无线呼叫，已经把信号接到了舱内电话上。"

布尔希立刻直起身体，应了一声，伸手拿起固定在机舱壁上的电话听筒。

"我是飞鹰一号，请说话。"

"报告飞鹰一号，已经找到四个人中的两个。"

“他们在什么地方?”

“他们因为持有假证件和携带武器被警方扣押了，目前在吉萨警局的临时拘留室里，刚刚对他们进行了询问，但是俩人拒不开口，没有提供任何信息，所以向飞鹰一号请示后面的行动。”

布尔希沉思了片刻，然后对着话筒说：“既然他们在警局里就先不要管这两个了，尽快寻找另外两个人，我需要知道四个人是如何来到这里的，以及他们到这里的目的。”

“是，我们会尽快找到另外两个人，有消息马上向您汇报。”

挂断电话后，布尔希回头对一个手下说：“立刻准备车，去开罗市区。”

第12章 挑战赌场

夏昊天指了指面前的一大堆筹码，“我想见见你们的老板，这些是见面礼。”

夏昊天和慕佳懿进入赌场后，很快就找到了一张刚开局的赌桌，急忙走过去。这张赌台上有五个人，三男二女，俩人一声不响地站在他们后面，几个赌客偶尔用英语交谈几句，夏昊天从口音上判断其中一个女人好象是中国人，而且这个年轻的女人占据着牌桌的最后一门牌。一般情况下最后一门牌非常关键，有时会决定着其他赌客的输赢。夏昊天牵着慕佳懿的手走到她的身后。

娇小的身材，黝黑发亮的长发一直披到腰间，典型的东方女性特征，坐姿非常优雅，举止中流露出大家闺秀的气质，虽然看不见她的面孔，夏昊天猜想一定是个美人。

这时发牌员已经开始发出第一张牌。根据规定，庄家的两张牌只有一张是正面向上，另外一张是翻着的，而玩家的两张牌都是正面朝上，有经验的赌客就是根据这些来判断赌桌上的走势。

夏昊天站在赌桌旁边，眼睛紧紧盯着庄家发出的牌，心里则是在默默地计算着。然而结束了两局，算牌的结果都是负数大于正数，夏昊天一直没有出手的机会，只能静静地等待着。他控制住自己蠢蠢欲动的念头，告诫自己必须要等到最有利时机才能出手，因为他只有一次机会，所以绝对不能出问题。

又一场牌局开始了，庄家在发出两轮后，牌势一路攀高，夏昊天预感到这一局肯定会有机会。牌局进行到一半的时候，他计算的牌点数已经超过了＋20，到了出手的时候了。

这里是高额赌区，每次下注的数额不能低于五百，赌台边坐着的几个人，每人面前的筹码最少也有十几万，夏昊天的手里只有一个黑色筹码，根本就没有坐在这里的权力，他灵机一动想出了办法。

前面的女子把一个黄色的五百元筹码放在了下注区，然后静静等待着庄家发牌。夏昊天把自己手里的那个黑色筹码放在了黄色筹码的后面，这是要跟女子赌相同的牌，在赌场内是允许这样做的。

年轻女子回头看了夏昊天一眼，果然是个绝代佳人，不过表情有点冷漠，显然对夏昊天的举动有些不高兴，他急忙微笑着向对方点点头，也许是看到夏昊天是个潇洒倜傥的年轻人，而且跟自己一样是黄皮肤，没有做声又回过头去看庄家发牌。

年轻女子得到了一张 J 和一个 Q，绝好的二十点。庄家的第一张牌是红桃 6，赌桌上的其他赌客显然都是常客经验丰富，面对庄家的 6 点都采取了停牌，等待庄家暴牌。大家现在的停牌是非常正确的，如果发牌盒里的小牌多于大牌那么停牌就很危险。

果然不出所料，庄家在随后给自己发牌，第一张牌是 K。第二张牌 10 点，暴了牌。赌台边的玩家和周围几个观看的都非常高兴，因为大家都赢了一把。

夏昊天没有像周围的人那样高兴，他的大脑里在快速地计算着牌点加减后所剩下的分值，他判断下一轮牌次的分值要比上一轮分值低，但是仍然在可以下注的范围内，只是没有刚结束的这把牌那么有优势。想到这里，他心里忽然有了一个灵感，只要能减少一门牌就能保持原来的优势，在正数分值超出很多时，一收一放会造成庄家拿到的第一张牌是小牌，而玩家的第一门牌和最后一门牌则是大牌。如果放弃一门，就有可能把到前面这个女子手里的第一张大牌让到庄家手里。

夏昊天向前走了一步，弯下腰用中文轻声问：“请问小姐是中国人吧?”

女子回头瞥了他一眼，目光比刚才柔和了许多，用标准的北京话说："不错，有事吗？"

"我有个建议，希望小姐能采纳一次。"

"什么建议？"

"下一把小姐不要牌，把赌注押在前面那位先生身上。"

"呃，为什么？"女子很好奇地看着夏昊天，猜不出这个人为什么要自己这样做，因为这样做有违常理。

夏昊天用坚毅的目光直视着女子，自信地说："请你相信我，下一把只要关闭一门，庄家还会暴牌。"

女子又打量了夏昊天一眼，虽然不知道他为什么会提出这样奇怪的要求，但是从他自信的表情中能够看出他不是在开玩笑，于是点点头，微笑着说："好吧，就听你的，不就是几千块钱吗，输了也无所谓。"

这位年轻女子随后把五个黄色的筹码放在上面那个人的下注区里。其他几个赌客看到后都用惊讶的目光看着她，有的人还在低声议论，不明白这个女子为什么要这么做。因为通常在玩牌过程中，如果上一手牌势很好，大家都会保持稳定，借助好的走势继续下来。在这么好的涨势中忽然撤掉一门牌，把自己的筹码押到别人身上，这个举动的确让人费解。

赌桌经理也注意到女子反常的行为，他一边快速记录着每个人的点数，一边注意着夏昊天，他看出来女子之所以这样做是因为她身后这个人的原因。

有两个赌客把想加倍的筹码都又拿了回来，他们无法相信这种反常的行为，看到两个赌客的举动后，年轻女子把筹码又加了一倍。

夏昊天明白她的意思，用这种方式稳定其他四个人的情绪，感激地说："谢谢。"

"虽然无法理解为什么这样做，但是大家都是中国人，我就相信你一次。"女子眼睛看着牌桌，头也不回地说。

夏昊天自信地说："绝对不会让你失望。"

在众人半信半疑的注视下，庄家又开始发牌，超出这些人的想象，真的出现了奇迹，前面三个人的点数都接近二十点，而最后一门牌一个 K 和 A，竟然是"天成"。只要庄家不是天成，就可以赢一倍半的注码。

而庄家的第一张牌竟是 3 点，很显然庄家不可能赢他们了，其他几个赌客不由自主地惊呼道："My God. "（我的上帝），"怎么可能！"

前面的女子回过头来欣喜若狂地问："你怎么会知道的?"

夏昊天微微一笑，故作神秘地说："天机不可泄露。"

这张赌台的惊呼声引起了其他人的注意，赌区经理也走了过来，开始监视这桌赌客，在其他赌台观看的人也围拢过来，有几个人跃跃欲试准备跟着下注。

女子问夏昊天，"下一把怎么下注?"

"再开你自己的这门牌。"

"好的。"

女孩爽快地答应一声，又开了自己这门牌。其他几个赌客吃惊地看着俩人，都不明白他们为什么总是反其道而行之。

夏昊天用英语对几个人说："请相信我，这样做对大家都有利。"

因为有上一把的胜利，其他赌客都没有再反对这样做，不过有个白人将信将疑地问："你确信?"

夏昊天自信地点点头，然后把前面两次赢的筹码一起押上女子的下注区里，这一次其他赌客没有再抽筹码，还有后面的几个看客也都把筹码押在了女子的筹码后面，整个赌桌上的筹码至少十万美元。

发牌员在赌客们期待的目光中把牌发完，第一门的牌是 19 点，第二门是 13 点，第三门是 15 点，第四门 18 点，第五门是 20 点，而庄家是 4 点。

第二门和第三门都没有达到 17 点的停牌点，理论上需要要牌，看了看庄家的 4 点，两个赌客都用眼睛看着夏昊天，在征询他的意见，夏昊天肯定地摇摇头，示意不再要牌。俩人都毫不迟疑地挥了一下手，轮到庄家要牌。

此时，赌台边的赌客和周围的人都屏住呼吸，急切地看着发牌员，只见她从发派盒里摸出一张牌，是一张 9 点。现在庄家是 13 点，发牌员又开始摸第三张牌，此时此刻整个赌台周围变得鸦雀无声，所有人的眼睛都盯着发牌员的手，竟然是 10 点，庄家 22 点又炸牌了。几个赌客立刻欣喜如狂，都向夏昊天投来惊叹的目光。

赢了三把后，夏昊天手里的筹码虽然不是很多，但是足可以坐到赌台边开始正式赌了，这一局结束，他手里已经有了一万多块钱的筹码，因为这张赌台的人太多，影响了进行的速度，于是他重新换了一张没人的赌台，独自一个人跟庄家鏖战。坐在他身边的那个女子也停了手，兑换了筹码后走到他身边，静静地看着他继续赌。

不到二个小时，夏昊天面前已经有了一大堆色彩斑斓的筹码，大约有十多万元，而他也变成了赌场内众人瞩目的对象，目的已经基本达到，于是停下了手，然后拿起一个紫色的筹码让服务员兑换了一万美元，他把一万美元的现金递给慕佳懿，微笑着说："借了你一百，现在还你一万。"

慕佳懿接过钱，然后指着台面上的筹码问："这些筹码你怎么不兑换?"

"呵呵，这些是咱们的买路钱。"说完，夏昊天向站在旁边的一个西服革履的男子招了一下手。

这个三十多岁的男子是赌场经理，虽然一直没有说话，但是夏昊天一眼就看出他是干什么的，刚才他一直在观察着夏昊天，心里很清楚这位是真正的高手，只是还不知道这位高手的真实来意，看情景并不像是来踢场子的，见夏昊天叫自己，他赶紧走过去，恭恭敬敬地问："先生有何吩咐?"

夏昊天指了指面前的一大堆筹码，"我想见见你们的老板，这些是见面礼。"

经理愣了一下，没有想到这个人会提出这样的要求，沉思了一下问道："请问先生如何称呼? 见我们老板有什么事情?"

"你就说我是从中国过来的，遇到了点麻烦，想请他帮忙。"

"好的，请稍等。"说完，赌场经理转身离开。

第13章 紧追不舍

奔驰 G500 的车窗玻璃悄无声息地落下来，露出了一张年轻英俊，但是表情冷酷的面孔。

两辆黑色的奔驰 G500 缓缓地行驶在汗·哈利里市场内狭窄的街道上，两旁的商铺大多已经关门打烊，街道上行人稀少，喧嚣了一天的市场犹如疲惫不堪的人一样进入了睡眠中。

宁静的街道边停着一辆老式的路虎越野车，看到驶近的两辆奔驰车后，路虎车里的班达尔和伊萨急忙打开车门下来，快步走到奔驰车旁边。

奔驰 G500 的车窗玻璃悄无声息地落下来，露出了一张年轻英俊，但是表情冷酷的面孔。

班达尔靠近车门压低声音说：“报告少校，接到线报，三个小时前有人发现一男一女两个亚裔人曾经在这里出现过，这两个人的外貌与我们寻找的那两个人非常相似，还不清楚他们来这里的目的，也不知道他们去了哪里。”

布尔希沉思了一下，自言自语地说：“对于他们来说现在最要紧的是弄到身份证件，所以我想他们来这里很可能是要寻找制作假证件的人。”

“少校的分析很有道理，开罗制作假证件的人大多隐藏在这个市场里。”

“找到这些制作假证件的人，一旦有我们要找的人制作假证件，让他们立刻提供信息。”

“好的，我马上去办。”

“记住，如果找到了那两个人，先不要惊动他们，密切监视他们的一举一动。”

“知道了，只要是在开罗，绝对逃不出我的监控。”

说完，班达尔向伊萨挥了一下手，俩人急步向前面的路虎车走去。

第14章 神秘女孩

慕佳懿望着陆小瑶的背影轻声说：“昊天，你有没有觉得这个女孩不简单。”

赌场经理离开几分钟后又回来了，恭恭敬敬地对夏昊天说：“老板同意见您了，请随我来。”

夏昊天向慕佳懿眨了一下眼睛，似乎是对她说事情差不多了，俩人跟着经理向赌场旁边的一个小门走去。

门外是走廊，光线有点昏暗，走了没几米就来到一条狭窄的巷子里，借着远处的灯光隐约看见巷子两边破旧的房屋。初到开罗的人都会惊奇地发现这里到处都是破烂的房子，特别是一些民房，几乎没有一栋是完好的，有的没有窗户，有的没有房顶，这与当地的一条法律有关，埃及的法律规定，没有完工的住房不需要交纳房产税，所以市民居住的房屋就故意弄得破破烂烂，好像没有完工的样子，以此来逃避房产税。

沿着小巷走了不一会，赌场经理就带着俩人走进了一栋楼房里，与外面的破烂景象不同，楼内不仅灯火通明，而且装修得非常豪华。进门后三个人都脱下鞋子，在当地进门脱鞋是最基本的礼仪。因为当地人的房间里除去厨房和阳台，其他所有的房间都要铺设地毯，而且样式各异，客厅和楼梯要铺深色毯，卧室要铺花毯，书房桌子下要铺椭圆的羊毛毯，院门前还要铺长方形的条纹毯。就连卫生间和浴室，也要铺上专用的塑料毯。

脱下鞋子后，夏昊天刚要迈步，突然怔了一下，只见脚下的地毯上有一个大大的生命之符，这个黑色的符号显然是绣在地毯上的，在夏昊天的眼里是那么的刺眼，神秘的符号如影随形，今天已经是第四次看到了。

慕佳懿也注意到了这个诡秘的符号，不过她没有夏昊天想得那么多，在她看来这也许是巧合。这时赌场经理已经向旁边的走廊走去，她赶紧拉了一下夏昊天胳膊，示意他快跟上去。

赌场经理领着俩人走进了一间充满阿拉伯风情的屋子里，房间里有三个人，一个身体瘦削流露着一股霸气的老头盘腿坐在卧毯上，当俩人看清这个干瘪老头的样子时忽然愣住了，这个木乃伊似的老头竟然就是来时在街道上拦住他们的穆瓦法嘎，夏昊天惊讶地问："你……你是盗墓王?"

在老头的面前放着一个造型奇特的埃及水烟，他手里握着长长的吸管，三个人进来后他连眼皮都没抬一下，一直在吞云吐雾。在他旁边还有两个戴着面纱的年轻女子，其中一个女子的手里也拿着一根水烟壶上的吸管在吸水烟。

听到夏昊天叫自己盗墓王，干瘪老头把手里的水烟吸管递给身边的女子，用锐利的眼神打量着夏昊天，然后慢吞吞地用阿拉伯语问："你认识盗墓王?"

夏昊天怔了一下，听这个人的口气似乎不是穆瓦法嘎，但是俩人长得简直太像了，连举止动作和神情都非常相似，莫非是双胞胎兄弟？他试探着说："几个小时前在市场不是您拦住我们的吗?"

"看来你见过我弟弟，我们是双胞胎兄弟，不知道的人总会把我误认为是他。"

"你们长得真的是太像了，简直分别不出来。"

"我已经好久没见他了，也不知道他在什么地方……"

夏昊天急忙说："您不知道盗墓王就隐居在汗·哈利里市场?"

老头面无表情地说："不知道，我们兄弟极少来往，我们各干各的事情，刚才你说是他拦住了你?"

"不错，我本来不认识盗墓王，从市场经过的时候他突然拦住了我。"

"我这个兄弟极少与人来往，他能主动找上你，一定是有重要的事情。"

"盗墓王的确是有件非常重要的事情，不过很不凑巧，我也有要紧事情需要办理，所以拒绝了他。"

呵呵，老头冷笑了两声，“在这个世界上你恐怕是第一个拒绝他的活人，那你来找我又有什么事?”

“我们是从中国来的，护照出了问题，所以想请您帮忙弄几本。”

“听说你在赌场里出手不凡，而且我弟弟又主动找上你，想必是个人物，那么我就答应你的要求。”

慕佳懿急忙问：“请问能否制作一本国际刑警的证件?”

“这个不行。”老头很坚决地回绝了。

夏昊天知道这些人的规矩，一般不会主动招惹警方，他拉了一下慕佳懿的手，示意她不要再说话，随后对老头说：“我们一共四个人，拿到护照后请设法保证我们安全离开埃及。”

老头没有说话，把目光投向赌场经理，低声道：“你负责他们的事情。”

“是，我一定安排好。”

老头默默地抬起手向外挥了一下，赌场经理转过身示意夏昊天跟他走。没想到进来不过两三分钟，事情就顺利地办成了，俩人跟着赌场经理一起离开了那里。

走出老头居住的楼房后，夏昊天边走边问那个经理，“请问多长时间可以把护照制作好?”

“如果有照片几个小时就可以弄好。”说着话经理从口袋里摸出一张名片递给夏昊天，“这是我的名片，上面有联系电话，有事可以给我打电话。”

“我们还有两个同伴在尼罗河希尔顿饭店，拍好照片后一起送过来。”

“好的，拿到照片后我会尽快安排人给你们制作护照。”

从原路回到赌场后，俩人就跟赌场经理告辞，准备回希尔顿饭店找杰夫和武凡睦。

走到赌场门口等服务人员把背包取来，这时从旁边闪出一个人，是刚才在赌桌上的那个年轻女孩，她一脸兴奋地问：“你们刚才去哪里了？我一直在这里等你们。”

刚才多亏了这个女孩的帮忙，夏昊天感觉欠她一个人情，微笑着说：“我们出去办了点事，请问小姐怎么称呼?”

“我姓陆，陆小瑶，从北京来旅游的。”

“陆小瑶，名字很好听。”夏昊天开玩笑地说：“乍一听跟古龙笔下的陆小凤像是兄妹俩。”

“呵呵，我从小就爱看古龙写的书，特别喜欢陆小凤，做梦也希望有这样一个哥哥，两位也自我介绍一下吧。”

“我叫夏昊天，山东人。”又指着慕佳懿说，“慕佳懿，香港同胞。”

“能在这里遇到自己人真是太高兴了，夏先生刚才在赌桌上的表现真是太厉害了，能不能教我几招?”

夏昊天微笑着说：“也没什么，任何事物都有规律，只要熟悉和掌握了其中的规律，然后顺势而为就可以了。”

“听起来好像很简单，不过很少有人能掌握牌桌上的规律。”陆小瑶像是一个自来熟，看着俩人提议道：“时间还早，要不要找个地方喝点什么，顺便聊一聊?”

慕佳懿知道男人很难拒绝这样一个尤物的邀请，赶紧抢着说：“真是太对不起了，还有两个同伴在酒店等我们，我们必须先回酒店跟他们会合。”

“呃，你们住哪家酒店?”

“我们在尼罗河希尔顿饭店……”

不等夏昊天说完，陆小瑶就拍着手说：“太巧了，我也住在希尔顿饭店，咱们刚好一起回去。”

夏昊天也高兴地说：“太好了，一起回去吧。”

随后三个人一起离开赌场，随后乘坐出租车返回希尔顿饭店。

女人特有的直觉告诉慕佳懿，事情肯定不会是陆小瑶说得这么巧，因为希尔顿饭店附近就有赌场，如果单纯为了消遣，一个单身女孩子怎么会跑到这里来玩，所以她说住在尼罗河希尔顿饭店十有八九是在撒谎。她很了解女人，越漂亮的女人越会撒谎，而且撒谎的频率也很高。虽然心里有猜疑，不过没有对夏昊天说，因为男人有时就爱听女人撒谎。

回到希尔顿饭店后，在大堂休息区依然没有杰夫和武凡睦的人影，慕佳懿急忙走到宾客留言簿上查看留言，也没有找到武凡睦留下的信息，她感觉有些不妙，猜测俩人可能遇到了意外，回到休息区向夏昊天摇摇头。

“他们会不会……”夏昊天说了一半就停住了，因为陆小瑶站在身边，不便说得很明白。

慕佳懿表情凝重地点点头没有说话。

陆小瑶从俩人的表情看出有事，关切地问："出什么事了？有事就说出来，大家商量一下，帮不上忙也可以出出主意。"

夏昊天看着她说："我们那两个同伴可能遇到了麻烦。"

"呃，他们会遇到什么麻烦?"

"不瞒你说，我们的护照出了点问题……"

"是不是超过了签证日期?"

"不是签证日期的问题……"

陆小瑶急忙说："我知道了，你们是偷渡出来的?"

夏昊天摆摆手，一副无奈的神情，"你别猜了，这件事很难说清楚是怎么回事，反正是护照出了问题。"

"你的意思是不是他们有可能被警察扣住了?"

"有这个可能，我们也不能确定他们会遇到什么麻烦。"

陆小瑶沉思了一下，随后又问："你们的两个同伴也都是从国内来的?"

"不是，一个是美国人，另外一个跟佳懿一样是香港人。"

"美国人如果护照有问题可以打电话向美国使馆求助，这个不应该出什么事。"

"这件事没法解释，也无法向使馆求助，我说出来你也不会相信，反正事情很麻烦。"

陆小瑶想了想，然后对俩人说："这样吧，你们在这里等一会，我在开罗刚好有几位朋友，我去那边打一个电话，让朋友帮忙问一下，如果是警方扣押了他们应该很快会有消息。"

"那就太谢谢陆小姐了。"

"举手之劳，不用客气。"说完，陆小瑶向服务台那边走去。

慕佳懿望着陆小瑶的背影轻声说："昊天，你有没有觉得这个女孩不简单。"

"嗯，是有点神秘。"夏昊天坐在旁边的沙发上。

慕佳懿也在他旁边坐下，接着说："看她的年龄最多二十出头，独自一个人出来旅游，而且还在赌场赌博，你别忘了现在是1980年，国内才刚刚开始搞改革开放。"

"也许她不是从北京来的……"

“那就更可疑了，那她干嘛要撒谎?”

夏昊天看了慕佳懿一眼，心想人家在帮咱们，没有必要怀疑人家，心里虽然这样想，嘴上却说：“如果她真的是从北京来的，那么她不是有特殊身份就是高官的子女，不过她的目光非常单纯，所以是高官子女的可能性最大。”

“她的目光可不单纯，你没发现她看你的眼神里流露着那种意思?”

“流露着什么意思?”

“你是真不知道还是装糊涂？看不出她的目光中情意浓浓。”

“哎，你真能瞎说，刚认识不到半个小时就情意浓浓了，把人家当什么了。”

“这叫一见钟情，看一眼就能爱上一个人，还用半个小时。我告诉你，女人在这方面的直觉特别灵敏，你可要把握住自己啊。”

“饶了我吧，我跟她是两个世界的人，现在的我应该还在穿开裆裤，脸上抹着鼻涕呢。”

慕佳懿抿嘴一笑，“董永跟七仙女也是两个世界的，不也一样相爱了吗，如果你们真心相爱了，你就干脆留在这个世界，也不用回去了。”

“大姐，眼下咱们够麻烦了，你就别开玩笑了。”

“怎么是开玩笑，我是为你着想，其实只要有真爱，在哪个世界都一样。”嘴上虽然这么说，但是慕佳懿的心里却是酸溜溜的。

夏昊天清楚不能跟女人争论这方面的事情，于是赶紧把话题岔开，“你说老鼠和武大哥会遇到什么意外?”

“被咱们打昏的两个警察醒过来后肯定要向上级报告，警方会设卡搜捕，所以他们被警方抓住的可能性最大，说实话在现代社会没有合法的证件会寸步难行，看来咱们返回去的道路困难重重啊。”

“这才是刚开始，太阳石很可能是藏匿在人际罕见的美洲丛林中，那里危机四伏，随时都会有生命危险，想想都让人心惊肉跳。”

“你是不是害怕了?”

“大不了就是一死，有什么好害怕的。”

“嗯，这还差不多，有点男子汉的气概。对了，问你个有意思的问题，刚才你说了，有个穿着开裆裤的孩子现在在你的老家——山东寿光，这个孩子也叫夏昊天，假如说你在美洲丛林里一命呜呼了，那这个孩子的命运会如何?”

夏昊天沉思了一下，“说实话你的这个问题很难回答，因为这是一个永远无法知道答案的问题。”

“就用你的思维来回答好了，反正不知道答案，也就无所谓对错了。”

“这个问题让我想起了小时候经常玩的一个游戏，把两面镜子间隔一段距离对着照，每面镜子里都有无穷个与自己完全相同的图像，做这个游戏时都会令我产生很多遐想，有科学家把另外一个的我们称之为镜像，与两面镜子对照的原理有些相同，所以我的理解是镜像也有无穷个，而且无穷个镜像的最终命运必然相同，如同拿走一面镜子，所有的镜像就同时消失了，否则也就不是镜像了。”

“那你说咱们是不是所有镜像的源头?”

“呵呵，这也是一个没有答案的问题，我感觉所有镜像应该是一个环，首尾相连的环，其中任何一个镜像既是源头又是结尾，拿掉其中的任何一个，整个环就不存在了。”

说到这里，夏昊天神色一怔，“对了，提出镜像理论的科学家曾经警告说，如果通过时空隧道回到了过去，千万不能与平行世界的自己接触……”

“为什么?”慕佳懿不解地问，“我还想去香港看看自己呢。”

“由于过去的物质、现在的物质、将来的物质在本质上是有所区别的。时间旅行者一旦即将与历史中自己的祖先以及过去的自己发生接触，那么作为时间旅行者本人在这个世界的历史中所存在的因素就将消失。”

“你的意思是如果我去香港接触到儿童时期的我，那我将永远不能回到原来的世界了?”

“应该是这样的。”

刚说完，夏昊天就看到陆小瑶快步向这边走来，于是站起身，等她过来后急忙问：“打听到了没有?”

陆小瑶点点头，“今天上午开罗西区的吉萨警局扣押了两个人，符合你们说的那两个同伴，他们一个来自香港一个是美国人，罪名是非法持有枪支和携带伪造的身份证件。”

夏昊天与慕佳懿交换了一下眼神，肯定是杰夫和武凡睦了，他急忙又问：“有办法把他们保释出来吗?”

“我问过了，朋友说不知道什么原因，警方对这两个人好像特别关注，他无能为力。”

"为什么对他们俩特别关注?"

陆小瑶摇摇头,"不知道,可能是有人跟警方打过招呼。"

夏昊天对慕佳懿说:"咱们先去关押俩人的吉萨警局查看一下,无论如何也要把他们救出来。"

陆小瑶忽然笑了起来,"夏先生不会是想要劫狱吧?"

慕佳懿秀眉紧蹙,红唇紧闭,似乎在思考着什么。

陆小瑶看了一眼手腕上的宝玑女表,对夏昊天说:"快午夜了,现在时间有点晚了,要不大家先休息,明天我陪你们去警局看那两个同伴。"

夏昊天脸色一红,不好意思地说:"不瞒你说,我们是今天才到达开罗,因为护照都出了问题,没法入住酒店。"

"怎么不早说,我帮你们订房间不就可以了吗。"

"太感谢了,否则我们今晚只能露宿街头了。"

"客气什么,都是自己人。"

慕佳懿急忙说:"陆小姐只要帮我们订两个房间就行,费用我来付。"

"呵呵,可以,那我就请两位吃夜宵吧,请稍等一下,我先去订房间。"话音未落,陆小瑶就兴高采烈地往总服务台那边走去。

慕佳懿望着陆小瑶的背影自言自语地说:"这个女孩子还真是神通广大,这么快就打听到消息了。"

"人家在帮咱们,别疑神疑鬼的,先想办法救出杰夫他们来。"

"刚才我已经想到了一个办法。"

"什么办法?"

"国际刑警组织有一个求助系统,这个系统是由一个秘密电话和一组识别码组成,打这个电话并输入识别码后可以向世界各地的国际刑警分局进行求助,利用这个系统求助埃及分局,就说武凡睦和杰夫是特殊身份的人,正在跟国际刑警组织进行合作,让他们通知埃及警方把俩人放出来。"

"我明白了,但现在是1980年,电脑网络还没有广泛使用,如果验证你的话还需要一定时间。"

"不错,关键是要有识别码,而且这是一个非常机密的电话号码,只有内部高级探员才知道,进入九十年代后国际刑警组织基本放弃了这种求助系统,解密后我才知道有这个秘密电话和特殊的识别码。"

夏昊天忍不住笑了起来，“看来返回到过去也有许多好处，我们掌握现在这些人不知道的许多秘密。”

“明天上午的时候你陪那位陆小姐去警局查看一下，我在酒店等着，如果确定俩人是杰夫和武凡睦就给我打电话，然后我就跟国际刑警埃及分局联系，你就在警局外等着，如果一旦把他们救出来，就立即带他们一起回酒店。”

“好吧，把他们俩救出来后咱们就尽快去伦敦，不知道为什么我总感觉这里有些不对劲。”

“是不是因为那些诡秘的生命之符?”

“不光是那些生命之符，还有今晚见到的那两个古怪老头，没想到两个人竟然还是兄弟俩。”

“最好尽快离开埃及，我担心那个盗墓王还会来找你。”

话音刚落，陆小瑶便拿着房卡和钥匙回来了，分别递给俩人，笑着说：“咱们三人的房间紧挨着，先到房间洗漱一下，然后我请两位吃夜宵。”

俩人连声道谢，一起向电梯间走去。

第15章 解救同伴

班达尔感到很意外，昨天特意叮嘱过吉萨警局的人，任何人都不能跟这两个人接触，怎么会把他们放出来了？

第二天吃过早饭后，按照慕佳懿的计划，夏昊天与陆小瑶一起来到吉萨警局，要求探视昨天被抓的杰夫和武凡睦。没想到值班警员非常坚决地拒绝了俩人的要求，无论陆小瑶说什么，警局就是不允许探视那两个人。俩人只好从警局出来，到附近的公共电话亭给慕佳懿打电话。

电话拨通后，夏昊天拿着话筒问："是佳懿吗?"

"是我，见到他们俩了没有?"

"没有，警方不让见。"

"呃，为什么不让见?"

"没有理由，小瑶问过了，值班警员说上面有命令，不允许任何人见他们俩，我感觉好像有什么事。"

电话那边沉默了片刻，"能确定扣押在吉萨警局的俩人就是接武凡睦和杰夫吗?"

"听值班警员的描述，应该就是他们俩。"

"那好，你们俩就等在电话旁，我马上给国际刑警开罗分部打电话，有什么情况及时联系。"

就在夏昊天与慕佳懿通电话的同时，班达尔探长也接到了吉萨警局的电话，有一男一女两个中国人要求见昨天扣押的两个嫌疑犯，他马上叫上伊萨驾车赶过来。

在距离警局门口还有几十米的时候，伊萨突然发现路边公共电话亭的旁边站着两个人，其中的男子很像昨天在金字塔见过的人，他急忙了叫一声，“停车。”

班达尔不知道发生了什么事情，急忙踩下刹车，越野车迅速停在街道边。

伊萨回身指着站着车后不远处的俩人说：“头，那个男子是不是昨天袭击你的那个中国人?”

班达尔透过车后窗看了一眼，只见电话亭边站着一个青年男子，上身穿乳白色的休闲西服，下面是洗得发白的牛仔裤，好似玉树临风，正是昨天用扑克牌打伤自己的人，不过与他说话的女人显然不是昨天的那个，他一把抓起车载电台的通话器，兴奋地呼叫起来。

“紧急呼叫飞鹰一号。”

电台马上传出布尔希的声音，“我是飞鹰一号，有什么事情?”

“发现了一个要寻找的人，就在吉萨警局附近的电话亭边。”

“盯紧他，我们马上赶过去。”

“是。”班达尔答应一声，放下通话器，然后把车开到街道边，静静地观察着电话亭边的两个人。

过了大约五六分钟，只见两个人突然向这边走过来，班达尔急忙抓起中控台上的一张报纸，将报纸敞开，装作看报纸的样子，把自己的脸部遮挡起来。而伊萨则蜷缩了一下身体，然后看着两个人从车旁走过去，径直向警局门口走去。

俩人走过去十多米后，班达尔正要发动汽车准备跟在俩人后面，突然发现从警局那边过来两个人，而这俩人正是关押在警局里的杰夫和武凡睦。刚才一直盯着车后，没有发现前面的俩人是什么时候从警局出来的，已经往这边走了一段路。

伊萨吃惊地说：“头，怎么回事，关押的那两个人怎么出来了?”

班达尔也感到很意外，昨天特意叮嘱过吉萨警局的人，任何人都不能跟这两个人接触，怎么会把他们放出来了?

只见过去的俩人与从警局出来的那两个人凑在一起，四个人说了几句话，随后一起上了一辆出租车，班达尔赶紧驾车跟在后面，他一边开车一边抓起通话器呼叫布尔希。

"呼叫飞鹰一号，听到请回答。"

"我是飞鹰一号，请讲。"

"不知道为什么关押在警局里的俩人被放出来了，跟外面的俩人会合在一起，目前正乘坐出租车沿着金字塔街往市区方向去，我现在就跟在他们后面。"

"我刚刚驶过尼罗河大桥，很快赶过去与你们会合。"

伊苏突然指着前挡风玻璃大声说："快看，少校的车过来了。"

班达尔果然看到远处有两辆高大的黑色奔驰 G500 疾驰而来，他急忙举着通话器说："飞鹰一号，我看到你们的车了，从你们旁边驶过去的那辆出租车就是。"

两辆奔驰越野车迅速掉过头去跟在了出租车后面，车载电台传出布尔希少校的声音，"我负责跟踪前面的出租车，你去吉萨警局了解一下情况。"

"是，我马上返回吉萨警局调查情况。"说完，巴达尔放慢车速，随后掉转车头往回开。

布尔希的车一直尾随着他们来到尼罗河希尔顿酒店，看到四个人从出租车里下来后，示意两个手下上前跟踪监视，而他则在车里静静地等着。

十几分钟后，一个手下回来了，上车后向他汇报情况。

"少校，四个人进入了酒店六楼的客房，我去前台了解了一下，房间都是一个叫陆小瑶的中国女人包下的，他们一共有五个人，三男两女。"

布尔希心想怎么又多出一个女人来，沉思了一下对手下说："马上在六楼订两个房间，位置最好能观察到他们居住的客房。"

手下答应一声又下了车，然后径直向酒店大门走去。

这时，车载电台忽然传出班达尔的呼叫，布尔希拿起通话器，按住通话键说："我是飞鹰一号，请讲。"

"报告飞鹰，已经调查清楚，是国际刑警埃及分部要求吉萨警局把两个人放出去的。"

"呃，国际刑警组织为什么要求放人？"

“没有说明理由，对了，昨天在金字塔那边的时候，那个女人曾经说自己是国际刑警，正在执行任务，此事肯定与她有关。”

布尔希少校想了一下，然后举着通话器说：“我在尼罗河希尔顿酒店前的停车场，你们马上赶过来。”

“是，一个小时后我们就能赶到希尔顿酒店。”

第16章 正面交锋

夏昊天听出这个家伙在威胁自己，看来这个家伙与跟踪自己的人是一伙的，这说明要见自己的人可能就是白天的跟踪者。

四个人回到客房后，马上用陆小瑶的相机拍照，然后夏昊天与陆小瑶一起去照相馆把照片洗出来，直接去赌场交给赌场经理。下午赌场经理就派人送来了能够以假乱真的护照，为了方便全部是美国护照，因为持有美国护照除了少数几个国家，基本可以在世界各地畅通无阻。

担心夜长梦多，拿到护照后，夏昊天和慕佳懿立刻订了第二天飞伦敦的机票。晚上夏昊天特意在酒店的餐厅安排了一个晚宴，因为第二天就要跟陆小瑶分开了，得到了她不少帮助，表示一下感谢。

陆小瑶虽然跟大家相处的时间很短，却已经跟几个人成了好朋友，她不仅是个自来熟，还是个乐天派，跟大家都很合得来，而且总能给大家带来笑声和欢乐，陆小瑶与四个人都感到对方不是普通人，不过都很默契，互相没有询问对方的底细。

晚餐进行到一半的时候，夏昊天端起酒杯，对陆小瑶说："小瑶，明天我们就要去伦敦了，谢谢你给我们的帮助，我敬你一杯。"

陆小瑶摆摆手，满不在乎地说："敬酒就免了，下午我听杰夫说你们要去伦敦，夏大哥也太不够意思了，订飞机票也不告诉我一声，害怕我知道似的。”

“怎么会呢。”

夏昊天瞥了杰夫一眼，不高兴地问：“老鼠跟小瑶瞎说什么了?”

“只说咱们要去伦敦，其他什么都没说，不信你问陆小姐。”

陆小瑶急忙说：“杰夫真的什么都没说，刚好我也要去伦敦玩，所以就订了跟你们一个航班的机票，明天跟你们一起走。”

“你明天也去伦敦?”

“请放心，我保证不碍你们的事。”

“不是怕你碍我们事，是担心你有事。”

“我什么事情也没有，我现在的事情就是旅游，咱们中国不是有句老话叫行万里路吗，不过一个人旅游真的有点闷，如果你们不反对，我就跟着你们到处玩了。”

杰夫高兴地问：“陆小姐真的愿意跟我们在一起?”

“要看夏大哥是否同意了?”

夏昊天看了慕佳懿一眼，像是在征询她的意见。慕佳懿明白他的意思，笑着说：“小瑶愿意跟着咱们就让她一起去呗，反正咱们又不是去做什么违法的事情，也没什么秘密可言。”

“谢谢佳懿姐。”陆瑶的一声姐叫的很甜，随即用神秘的口吻说：“其实让我跟着去对你们也有好处。”

“呃，对我们有什么好处?”夏昊天好奇地问。

“我可以托朋友搞到使馆的证件，这样大家就可以走免检通道，你们身上携带的东西就不怕被检查出来了。”

“我们又没带什么危险物品……”

陆小瑶嘿嘿一笑，打断了夏昊天的话，“佳懿姐身上带着枪，肯定不能过安检通道。”

夏昊天没想到这个丫头看起来大大咧咧，观察力却很强，竟然能看出慕佳懿带着武器，她说的不错，现在没有合法证件，枪支肯定不能带上飞机，后面去美洲丛林肯定离不开枪。急忙说：“你怎么不早说，我们刚刚还在为没法带枪伤脑筋呢。”

陆小瑶笑嘻嘻地说：“你们也没告诉我要带着武器去伦敦呀。”

慕佳懿忽然问："小瑶，你难道就不怀疑我们为什么会携带着枪支吗？"

"你们都是好人，这一点凭直觉就能感觉出来，既然是好人带着枪肯定是为了对付坏人，有什么好怀疑的。"

"但是我们都没有合法证件。"

"我相信你们一定是有什么特殊原因，跟你们相处的时间虽然不长，但是能感觉出你们是好人，而且还是很神秘的人，所以只要你们不反对，我就想跟着你们一起玩。"

夏昊天点点头，"好吧，你可以跟着我们一起去伦敦，但是以后就不能再跟着我们了。"

"为什么？是不是嫌我碍事？"

夏昊天挥挥手，"好了，以后的事先不说了，大家一起喝酒吧，预祝我们一路顺风。"

吃过饭后，因为明天一早就要去机场，大家各自回客房准备早点休息。夏昊天走进屋后忽然感觉有点不对劲，发现房间像有人进来过，床铺有翻动过的痕迹，橱柜的门敞开着，特别是旅行背包的位置被挪动了，他急忙拉开背包的拉链，检查了一下里面的东西，手枪还在里面，其他物品也没少。

就在这时，突然传来轻轻的敲门声，从敲门的节奏，夏昊天就听出来人是慕佳懿，于是急忙走过去把门打开，站在门口的果然是慕佳懿。

夏昊天注意到慕佳懿的表情有点严肃，急忙侧身把她让进客房。慕佳懿一边向房间里走一边低声说："吃饭的时候有人进过我的房间，好像在寻找什么东西。"

"我的房间也有人进来过。"

"少东西没有？"

"没有。"夏昊天急忙问道："护照和机票都在你那里，没被人偷走吧？"

"担心出现意外，现金、护照、机票我都随身带着，根本没有放在房间里。"

夏昊天一脸疑惑地问："进到房间里的会是什么人？小偷还是其他什么人？"

"从现场留下的痕迹看不像是小偷，门锁完好无损，而且搜寻的手法也很老练，感觉像是现场勘查人员在勘查犯罪现场。"

“你的意思是警察?”

慕佳懿没有说话，而是慢慢地坐在在靠窗的圈椅上，一副沉思默想的神情。

“对了，我去问一下杰夫和武大哥，看看他们房间进去人没有。”

“算了，”慕佳懿摆摆手，“他们俩今晚都喝了不少酒，别打扰他们了，让他们睡吧。”

“有件事没告诉你，上午接他们俩回来的时候，我注意到后面一直有两辆黑色越野车尾随着，像是在跟踪我们，而且我和小瑶去送照片的时候，也有一辆黑色的越野车跟在后面。”

“这么重要的事情你怎么没说?”

“我主要是不想让大家都跟着担心。”

“看来咱们被什么人盯上了。”

“是不是警方?”

慕佳懿想了一下问道：“跟踪你们的是什么样的越野车?”

“四四方方的，好像是奔驰 G500。”

“那应该不是警方，开罗警方没有这么豪华的装备，肯定是另有其人。”

“会不会是地球监察会的人阴魂不散地跟着咱们?”

话音刚落，突然响起了嘭嘭的敲门声，俩人对视了一眼，从敲门声就能听出外面的既不是自己人，也不是酒店服务人员。慕佳懿把手伸到腋下握住了枪柄，用眼神示意夏昊天过去看看。

夏昊天走到房门前，透过门镜往外观察了一下，发现走廊里站着一名身穿黑色警服的警察，忽然感觉这个警察有点面熟，透过门镜看到的东西都有些变形，但是那顶歪戴的帽子让他想起来敲门的这个家伙就是在金字塔被自己打昏的警察。

真是冤家路窄，这个家伙怎么会找到这里了? 夏昊天回头低声说：“是在金字塔景区要搜查咱们的那个警察。”

慕佳懿也暗暗吃惊，心想是祸躲不过，示意夏昊天开门。

夏昊天打开房门，发现走廊里不仅仅是这一个警察，两边还有四五个身穿便衣的人，都是表情冷漠、身材魁梧的白人，而且几个姿势给人的感觉像是军人出身。

“请问有什么事?”夏昊天语气平静地问。

来人正是班达尔，他打量了一眼这个打昏自己的人，强压住内心的怒火，冷冷地说："有人想见见你，希望你跟我们走一趟。"

夏昊天感到有点意外，对方的话好像不是来找麻烦的，好奇地问："是谁要见我?"

"见了面你就知道了，请跟我们走吧。"

看这几个人的架势像是要霸王硬上弓，不跟着走是不行，夏昊天正在琢磨的时候，慕佳懿从房间走出来，看着警察问："你们凭什么抓人?"

班达尔微微一笑，"我们不是来抓人的，有人要见这位先生，希望你们最好配合。"

"有区别吗? 如果要将人带走请出示合法的手续。"

班达尔把注意力转向夏昊天，"今天下午你和一个女子去赌场干什么了，相信你心里很清楚，如果要抓你还需要理由吗?"

夏昊天听出这个家伙在威胁自己，看来这个家伙与跟踪自己的人是一伙的，这说明要见自己的人很可能就是白天的跟踪者，去见见也不错，至少可以了解对方是什么人，有何目的，于是点点头，"好吧，我跟你们去。"

"我跟你一起去。"

班达尔伸手拦住了慕佳懿，蛮横地说："你不用跟着，就让他一个人去。"

夏昊天猜想对方还不至于加害自己，于是对慕佳懿说："我一个人去就可以，放心吧，不会有什么事情。"说完，转身朝电梯间的方向走去。

第17章 紧急逃亡

慕佳懿看了看表，离航班起飞还有六个小时，沉思了一下说："四个人一起离开目标太大，咱们分开行动，从现在开始就逐个离开这里，飞机起飞前一个小时在机场航站楼会合。"

夏昊天跟随几个人来到酒店前的停车场，看到前面的人走向一辆黑色的奔驰 G500，心想自己的猜测是正确的，就是白天跟踪过自己的人。

上车后班达尔递给他一根黑布带，示意他把眼睛蒙上，夏昊天没有说什么，用布带系在头上，把双眼蒙了起来。

越野车开动后，夏昊天很随意地把双手放在腹部，拇指摸着手腕处的脉搏，心里默默地数着脉搏跳动的次数，一直数到三千七百多次的时候，感觉汽车停了下来。他知道行驶了大约五十分钟，而且刚才车外的声音越来越安静，说明来到了市郊。

听到车门被打开，一个人拉着夏昊天的胳膊示意他下车，他嗅到了很清新的空气，四周很宁静，感觉像是在野外。他忽然有点担心自己在天亮前是否能回去，因为他们要乘坐最早的一班飞机去伦敦。

这时一个人拽着他的胳膊开始往前走，脚下似乎是石头地面，很硬，但又不是很平整。很快，夏昊天感觉好像进入了山洞中，走了一段后，又踏着向下的台阶往下走，又走了好长一段，最后终于停下来。

身边的人把蒙在夏昊天眼睛上的黑布带取下来，他慢慢睁开眼，因为长时间蒙住眼睛，所以眼前的一切都还有些模糊，只能看到头顶有亮光。

眼睛很快适应过来，看出这是一间不大的地下室，中间有一张很厚实的大桌子，对面坐着一个三十来岁的白人，穿着深色西装，上身挺得很直，显示出一副贵族气质，在男子的身后站着四个威风凛凛的保镖。

男子打量了一会夏昊天后，很优雅地抬手，同时用英语说："请坐。"

夏昊天没有客气，坐在男子对面的椅子上，然后用平静的眼神望着男子那张堪称完美的脸庞，心里揣测着对方的身份，为什么会把自己带到这样的地方会面，好像有意弄出一种神秘的气氛来。

男子开口道："先自我介绍一下，我叫布尔希，是一个研究机构的负责人，请问先生如何称呼?"

"夏昊天，爱丁堡大学考古学博士，请问把我带到这里有什么事情要谈?"

"先生还是位考古学博士，真是太好了，希望咱们能开诚布公，毫无保留地进行交谈。"

"我不知道先生说的太好是什么意思。"夏昊天微微一笑，"另外我们之间素未平生，而且我还是被你们强行带到这里，如何能开诚布公地交谈?"

"我说的太好是指我们能很好地合作。"

"合作！我们能合作什么?"

"我想请博士证实一个问题，你和三个同伴应该不是我们这个时代的人吧?"

夏昊天愣住了，这个人是如何知道他们不是这个时代的人？他吃惊地望着布尔希，一时间不知道该承认还是否认，张口结舌地说："我……我听不懂你的话是什么意思……"

"呵呵，我说过希望我们能毫不保留地交谈。"

"你怎么知道我们不是这个时代的人?"

"我不仅知道你们不是这个时代的人，而且还知道你们是通过金字塔下面的时空机器过来的，我说的对不对?"

夏昊天没想到对面的人连金字塔下面有时空机器的事情都知道，看来不是一般人，他吃惊地望着对方，"你到底是什么人？你怎么会知道金字塔下面有时空机器?"

"我已经说过了，我是一个研究机构的负责人，说实话金字塔下面的时空机器对我们来说不是什么秘密，请你来是想知道你们是如何通过时空机器来到我们这个时代的?”

夏昊天简明扼要地讲了一下来这里的经过，布尔希脸上露出了失望的表情，“这么说你们手里并没有太阳石?”

“我们是因为发生了时空扭曲才来到这里的，并不是利用太阳石。”

“接下来你们有什么打算? 就这样留在我们这个时代了?”

夏昊天摇摇头，“当然不能留在这里，我们必须想办法返回去。”

“呃，你们要怎么样返回去。”

“唯一的办法就是找到太阳石，利用太阳石启动时空机器重新返回到2000年。”

“对于太阳石你们有什么线索没有?”

夏昊天刚要说去伦敦找汉克斯博士，话到嘴边又咽了回去，这些人的行事方式让他产生了怀疑，直觉提醒他要提防这些人，摇着头说：“我们也不知道该如何寻找太阳石，因为启动石块机器的太阳石并不是我们发现的，所以我们也在为这件事焦虑。”

布尔希略一沉思，“博士，我们是否可以一同寻找太阳石，假如能找到的话，就可以送你们返回到原来的时代。”

“请问你们为什么对太阳石这么感兴趣?”

“应该说我们对于许多未知秘密都很感兴趣，太阳石可以帮助我们解开许多秘密。”

夏昊天知道事情绝非是对方说的这么简单，想了想说：“我当然很乐意与你们合作，不过我需要跟其他朋友商量后才能答复您，这种事情不是我一个人说了算的。”

“我能看出来博士是他们的精神领袖。”

夏昊天摆摆手，笑着说：“您说笑了，我们四个人认识的时间也很短，相互之间没有任何关系，所以有事情必须商量着来，谁也不能擅自做决定。”

“好吧，博士回去后告诉你的朋友，如果跟我合作，我可以给你们提供许多帮助，说实话在这个世界很少有我办不成的事情。”

夏昊天在心里说，这么厉害为什么还要跟我们合作，自相矛盾。心里虽然这么想，嘴上却连声说好，“好的，如果没有其他事情，是不是可以把我送回去了，我的朋友还以为你们绑架了我，现在肯定还在为我担心。”

布尔希抬手示意了一下，站在夏昊天身后的人又用黑布带把他的眼睛蒙上，带着他离开。

回到酒店已经是午夜一点多了，慕佳懿急得不停地在房间里来回走动，看到夏昊天回来，悬着的一颗心才放下来，急切地问：“怎么去了这么长时间？真把人急死了。”

夏昊天微笑着说：“我不是说过不会有事。”

“谁能保证没事？最要命的是在这里就是有事也干着急没有任何办法，不能报警，不能打电话求助，说实话刚才我真的体会到什么叫无助。”

“现在没事了，就是感觉没什么大事才跟他们去的。”

“你快说说到底是怎么回事。”

夏昊天把经过详细讲了一遍，最后说：“我之所以没有答应跟他们合作，一是不了解他们的底细，二来感觉他们行事很诡秘，不像是正规的研究机构。”

“你说的不错，我也感觉这些人很可疑，如果是国际上正规的研究机构，完全可以光明正大地找我们谈，绝对不会这样鬼鬼祟祟地行事，他们寻找太阳石可能是另有所图。”

“有一点是肯定的，他们很有实力，我猜他们跟地球监察会是否有联系。”

慕佳懿很肯定地否认了夏昊天的推测，“这些人绝对不是地球监察会的人。”

“呃，为什么这么肯定。”

“理由很简单，地球监察会根本不需要太阳石，他们怎么可能去寻找太阳石？”

夏昊天点点头，“不错，你的分析很有道理，从太阳石的作用看，它肯定是未来人留在地球上的，只有现在的人才会去寻找它，让它发挥超现代文明的作用。”

“寻找世界上这些未知秘密的，通常只有两种人，一种是你们这些从事考古研究的，另外一种就是怀有某些特殊目的的人，这些人要么是为了钱，要么是为了某种不可告人的目的，所以我猜测找你合作的人很可能属于后一种情况。”

“我同意你的分析，你说咱们该怎么办，这些人肯定会在暗中监视着咱们的一举一动。”

慕佳懿看了看表，离他们乘坐的航班起飞还有六个小时，沉思了一下说："四个人一起离开目标太大，肯定会被发现，咱们分开行动，从现在开始就逐个离开这里，飞机起飞前一个小时在机场航站楼会合。"

"好的，我现在就给他们打电话，把情况告诉他们……"

夏昊天走到床边，在床头橱上的电话座机旁边有酒店内部的电话号码簿，找到杰夫和武凡睦的房间电话号码，然后拿起听筒，刚要拨号，忽然回过头来问道："佳懿，还通知小瑶姑娘吗?"

"最好别让她跟着蹚浑水了，后面还不知道会出现什么情况，等会我离开酒店的时候，在服务台给她留一封信说明一下。"

"但是她说可以帮我们搞到使馆证件，否则咱们的武器就不能带了。"

"不能带就都留下，不能光考虑自己而让别人涉险。"

"不错，跟着咱们的确很危险……"夏昊天开始拨打杰夫房间的电话。

第18章 伦敦之行

慕佳懿刚说完，就看到夏昊天快步向这边走过来，只见他的脸色乌云密布，阴沉得能滴出水来，慕佳懿猜到情况可能不太好。

一阵悠扬的电话铃声把陆小瑶从熟睡中唤醒，她闭着眼睛伸手抓起床头橱上的电话听筒，应了一声后就把听筒放在松软的鹅毛枕头上，好像还没有完全清醒过来。

昨晚喝了不少酒，担心早上醒不了，特意定了叫醒服务，电话就是酒店总机打来叫她起床的。

在枕头上又趴了几秒钟后，忽然意识到要去伦敦，陆小瑶猛地爬起来，翻身坐在床上思考了片刻，然后伸手把床头橱上的电话座机拿过来放在怀里，拨打夏昊天的房间电话，想问问直接去机场还是吃了早餐后再走。

电话里的振铃响了老半天没有人接，猜想也许去了其他人的房间，于是又拨打慕佳懿的房间电话，还是没人接，陆小瑶预感到有些不对劲，赶紧又拨打杰夫的房间电话，同样没人接，她猜到几个人可能偷偷离开酒店了，心想昨晚说好一起去伦敦，他们怎么会偷着离开？四个人不像是言而无信的人，肯定是有什么原因。

陆小瑶沉思了一下，又拨打酒店前台的电话，这一次很快就有人接电话。

“前台吗，我是6019房间。”

“您好，请问有什么需要帮助的?”

“我一共订了五个房间，我想问一下其他房间客人的情况。”

“其他四个房间的客人已经结算了房费，并且在昨晚已经离开。”

“他们什么时间离开的?”

“凌晨一点多退的房，对了，其中一位女士给您留下了一封信，让我们转交给您，现在是否给您送到房间?”

“好的，请马上给我送过来。”

陆小瑶放下电话，看了一眼石英钟，离航班起飞还有两个小时，她知道四个人肯定是去了机场，立刻跳下床冲进卫生间开始洗漱，刚洗完脸就听到门铃响，急忙打开房门，服务员递给她一个信封。

她迫不及待地抽出里面的信纸，只有两行隽秀的字迹：

小瑶妹：

同行之事，因有意外，故不便应命，尚乞谅解。我等不辞而别，祈恕不恭。

佳懿书

陆小瑶心想自己的猜测是对的，他们遇到了意外，不管怎么样先去机场，如果遇到他们就问问是怎么回事，如果他们没去，自己就把机票退了。

一个小时后，陆小瑶赶到了开罗机场的第二航厦，飞欧洲的客人都在这个航站楼等上飞机，走进候机大厅，她一只手拖着旅行包，一边走一边四下巡视着，绕着大厅转了一圈也没有发现四个人。心想莫非他们都没有来? 她看了一下对面巨大的显示屏，不到一个小时飞往伦敦的班机就要起飞了，也许他们不去伦敦了，一股失望的情绪笼罩在她的心头。

就在陆小瑶准备要去退机票的时候，忽然听到有人叫了一声“小瑶”，她急忙转身寻找叫自己的人，依然没有看到熟悉的身影，莫非自己听错了?

在离她几米远的一排座椅上，一个正在看报纸的人慢慢将面孔从报纸后面露出来，当看到那双明亮的眼睛后，一下子就认出是夏昊天。

陆小瑶隐约记得刚才自己从这里过去的时候这个看报纸的人就在，她气鼓鼓地过来，刚要问为什么刚才不叫自己，夏昊天把食指放在嘴唇上，示意他不要说话，同时巡视了一圈周围的情况。

“我刚才从这里过去的时候你没看到我吗?”陆小瑶低声问。

“看到了。”

“那你为什么不叫我一声。”

“我想观察一下是否有人跟踪你。”

“什么人要跟踪我?”

“我也不知道是什么人。”

“佳懿姐他们呢?”

“都在不同地方藏着，等上飞机后你就能看到他们了。”

“到底发生了什么事情? 你们应该跟我说一声啊，不辞而别也太不够朋友了吧。”

“说实话我们不辞而别也是为了你好，担心后面会遇到危险。”

“跟你们在一起我才不怕什么危险。”

“你跟我们不一样，我们是没办法，你没有必要跟着我们涉险……”

陆小瑶摆摆手打断了夏昊天的话，“如果你们还把我当做朋友，以后就别跟我说这样的话。咱们中国不是有句老话，有福同享有难同当，是哥们就不要再说客套话。”

话音刚落，候机大厅里响起广播，提示飞往伦敦的旅客开始准备登机，俩人起身，随着旅客一起向登机口走去。

上飞机后，陆小瑶果然在机舱里看到了慕佳懿他们，打过招呼后她就坐到自己的座位上，也没有多说什么。大家虽然对陆小瑶充满了好奇，也都没有多想，感觉她就像是一个到处旅游的富家子弟，两个小时后，飞机顺利降落在伦敦希斯罗机场。

下飞机后来到第三航站楼，夏昊天特意观察了一下，发现3号航厦内的环境与二十年后没有多少差别，飞往中国的航班都是通过这个航厦登机，所以对这里的一切都非常熟悉。

慕佳懿紧跟在夏昊天身边，看到他在四处巡视，猜到他在观察这里的变化，轻声说：“这个航厦是七十年代扩建的，到现在已经使用了十年，应该跟咱们那个时候的情景没有多少变化。”

夏昊天用手指了指巨大的玻璃幕墙，“外面的变化很大，那里很快就要建设 4 号航厦，六年后查尔斯王储和戴安娜王妃将会给新航厦揭幕。”

陆小瑶站在慕佳懿身后，听到俩人的话后好奇地问：“亲王还没结婚呢，哪里来的王妃?”

夏昊天微微一笑，“明年七月份威尔士亲王就会举行轰动世界的世纪婚礼。”

“你怎么知道?”陆小瑶惊奇地问。

慕佳懿拉着她的手，笑着说：“他在开玩笑。”

这时武凡睦和杰夫推着行李车过来，车上放着几个人的行李，武凡睦问夏昊天，“咱们怎样去市区，出租还是大巴?”

“以前来机场总是习惯坐地铁，很快捷方便。”夏昊天低头看了一眼手表，接着说：“现在已经是下午四点了，今天是星期六，大英博物馆在下午 17 点半关门，今天恐怕来不及去找汉克斯博士了。”

杰夫忽然追问了一句，“今天是周六?”

夏昊天指了指不远处的一块大屏幕显示屏说：“你看那上面不是显示着日期吗。”

“你们等我一会儿，我去办点事情很快就回来……”不等说完，杰夫就急匆匆地跑开了。

武凡睦看着杰夫的背影好奇地问：“他干什么去了? 怎么这么着急。”

“这小子肯定是去买足球彩票了，足彩周六晚上开奖，他几乎每期必买……”

慕佳懿急忙说：“他是不是知道今晚的开奖结果? 否则怎么会这么着急。”

“不太可能吧?”武凡睦摇着头说：“如果不是特意查过，怎么会记得二十年前的某场球赛的结果。”

夏昊天表情严肃地说：“你还不了解老鼠，别看他平时总是嘻嘻哈哈一副无所事事的样子，这家伙的智商非常高，大脑就跟计算机差不多，只是没用在正路上，否则肯定是第二个霍金。他对英超的每支球队都有很深的研究，记住二十年前的一些比赛结果并不稀奇。”

陆小瑶用惊疑的目光看着三个人，好奇地问：“你们在说什么? 我怎么听不明白，什么二十年前的球赛结果……”

夏昊天对她微微一笑，“没什么，以后你会慢慢明白的。”

“我现在就想知道，你们说话总像是在打哑语，让人摸不着头脑，把人都快憋死了。”

慕佳懿拉着她的胳膊笑着说：“昊天说的不错，现在说你也不好明白，以后慢慢就会清楚的……”说到这里，她好像突然想起了什么，急忙问夏昊天，“对了，我记得汉克斯博士是大英博物馆埃及部的负责人。”

“现在还不是，记得巴利特教授曾经说过，汉克斯博士是在1988年接任的埃及部负责人，他现在只是埃及部的一位研究员。”

“我们忽略了一个问题，来之前应该先打电话问一下汉克斯博士的行踪，像他这样的人经常在外面做考察研究，万一不在博物馆……”慕佳懿把后面的话又咽了回去，已经到了伦敦，再说这些也没用了。

这时杰夫兴高采烈地回来了，夏昊天抓着他的胳膊向旁边走了几步，低声问道：“你是不是去买足彩了?”

杰夫抑制不住内心的兴奋，激动地说：“今晚的球赛将会爆出一个大冷门，我买了一百倍，终于可以享受做富豪的感觉了。”

夏昊天生气地说：“返回到过去最怕的就是随意改变一些事物，你不知道蝴蝶效应吗?”

“买几张彩票会改变什么事物？别说得这么恐怖……”

“一旦改变了历史，最先受害的是你自己。”

“你他妈的去赌场赢钱就没事，我买足彩就变成了改变历史，哪有这样的道理?”

“这是两回事，足球赛是已经发生的历史，你是在利用已知的历史去赢钱。”

“靠，跟你在赌场赌博有什么不同，你知道吗，这期足彩的最高奖金是35万便士，我买了一百倍就是三十五万英镑，再说咱们不是正需要钱吗，我也是为大家着想。”

“你这只死老鼠，如果不能控制自己的欲望会很危险，眼前的这一切虽然与我们原来的没有区别，但是本质上是不一样的，你应该比我更了解这一点。”

慕佳懿走过来，低声对俩人说：“你们俩就别争执了，反正杰夫已经买了，咱们先离开机场再说。”

“稍等一下，博物馆现在还没有下班，我先去打个电话问一问汉克斯博士的情况，然后咱们再决定去哪里。”说完，夏昊天向不远处的公共电话亭走去。

杰夫看着夏昊天的背影低声嘟囔着，“妈的，只许州官放火不许百姓点灯。”

呵呵，慕佳懿忍不住笑了起来，“杰夫，没想到你也知道我们中国的这句俗语。”

“我说的是实话，你们俩去赌场赢了那么多钱没什么事，我买个足彩就能改变历史了?”

“昊天在赌场赢的钱并没有要，他与其他人最大的不同就是能控制住自己的欲望，这一点看似简单，其实非常难。另外他说的不错，我们的确应该小心，自从咱们来到这个世界后，总是不顺利，大家必须团结一心，千万别为了什么事情闹别扭。”

杰夫咧开嘴嘿嘿一笑，“我们俩在一起就是这样，总是吵吵闹闹，但是从来没有影响过我们之间的感情。”

“你说的不错，昊天带我去卡尔顿山天文台的时候，你们刚见面就又吵又闹的，一直到现在好像也没有停止过。”

慕佳懿刚说完，就看到夏昊天快步向这边走过来，只见他的脸色乌云密布，阴沉得能滴出水来，慕佳懿猜到情况可能不太好，急忙问：“汉克斯是不是不在博物馆?”

夏昊天重重地点了一下头，声音低沉地说：“真让你给猜中了，昨天就离开伦敦去了埃及，博物馆的工作人员告诉我，在埃及南部的沙漠中发现了一座神庙，汉克斯去进行考察了。”

慕佳懿好像意识到了什么，急忙问：“发现了一座什么样的神庙?”

“我问过了，详细情况博物馆的工作人员也不知道，只是告诉我神庙的大致方位，不过他提到神庙的规模很大……”

“你说会不会是盗墓王提到的蝎王墓葬庙?”

“我也有这种预感……”

杰夫好奇地问：“你们俩在说什么，什么盗墓王、蝎王的?”

这时武凡睦和陆小瑶也走过来询问发生了什么事情。夏昊天对大家说：“汉克斯博士昨天去了埃及，下午还有一班飞往伦敦的航班，咱们乘坐下午的班机返回埃及。”

杰夫一听着急地说：“下午就飞走那我的足彩怎么办，整整35万英镑啊。”

陆小瑶好奇地问：“你怎么知道自己买的足彩一定能赢，你是神仙啊?”

“我虽然不是神仙，但是我知道我买的足彩一定能赢钱。”

“好了，把你的彩票保管好，等以后有机会回来你再去兑奖吧。”夏昊天又看着陆小瑶问：“我们下午就返回埃及，你只能自己在伦敦游玩了。”

“我也跟你们一起回去。”陆小瑶毫不犹豫地说。

“你何苦跟着我们来回瞎窜，再说我们回到埃及后很可能要去沙漠里找人，沙漠里可不好玩。”

“谁说沙漠不好玩了，我早就想到沙漠里去玩了，一直没有机会。”

慕佳懿对夏昊天说：“小瑶愿意跟着咱们，就让她跟着吧，小瑶给咱们帮了不少忙，再说多一个人多一份力量。”

陆小瑶拉着慕佳懿的手笑嘻嘻地说：“还是佳懿姐好。”

见此情景，夏昊天也不好再多说什么，随后几个人先去买了下午的机票，准备返回埃及。

第19章 改变行动

布尔希静静地思考了一下，没想到任务又发生了改变，真是计划不如变化快，他决定把追查四个人下落的事先放一下，先集中精力寻找蝎王的死人书。

昨天晚上布尔希的手下把夏昊天送回到希尔顿酒店后就放松了警惕，监视他们居住的客房的人过了半夜后就睡了，没有料到他们会在半夜偷偷离开酒店。直到上午八点以后，酒店的保洁人员打开几个人居住的房间，开始整理卫生，负责监视的人才感觉有些不对劲，到前台一问，才知晓几个人已经在昨晚就退房离开了，便急忙去向布尔希汇报。

此时，布尔希正在尼罗河的一艘游艇上，他穿短裤，仰卧在游艇尾部的躺椅上，一边喝着美酒一边享受着早上温柔的阳光。接到手下的报告后，立刻把手下大骂了一顿，然后让手下通知班达尔探长来见他。

半个小时后，班达尔和伊萨驾车来到河边码头，他已经得到四个人失踪的消息，猜到布尔希让他来肯定是为了此事。

布尔希已经换上了笔挺的西装，坐在游艇的豪华客厅里等着，看到班达尔进来后，亲自倒了一杯香槟酒递给他，同时说："你可能已经知道了，昨晚的那个中国人耍了我们，他回到酒店后当晚就偷偷溜走了，我希望你尽快找到这几个人。"

"少校，来的路上我已经考虑过这件事了，只要他们还在开罗，找到他们应该不是问题，但是我担心已经离开了埃及。”

“呃，你根据什么推断他们离开了埃及?”

“我找他们去过的那家赌场经理了解过，他们制作的都是美国护照，肯定是为了方便去其他国家，才会制作美国护照。”

布尔希点点头，“你的分析很有道理，马上去机场、港口等地方，调查一下是否有他们的出境记录。”

“没问题，只有他们离开埃及一定可以查到，另外在来的路上我还想到了一个寻找这几个人的办法，就算他们跑到其他国家，这个方法也有用。”

“呃，是什么好方法这么厉害?”

班达尔把高脚杯里的香槟酒一饮而尽，吧嗒了两下嘴巴后说：“我已经了解到，国际刑警埃及分部之所以会要求吉萨警局把那两个人放出来，是因为接到了一个求助电话，说那两个持假证件的人是为国际刑警组织服务。我了解到打电话的是个女人，她自称是国际刑警组织的人，我猜测打电话的一定是他们中的那个女人。我们只要告诉国际刑警埃及分部，这个女人在假冒国际刑警组织的人，国际刑警组织肯定会进行调查，一旦证实没有这个女人，那么国际刑警组织就会在全球通缉他们，这样无论他们进入哪个国家，只要是国际刑警组织的成员国，都有被发现的可能。”

“不错，你的这个方法不错，马上按照这个思路去执行，等完成这次任务后，我一定向基地请示给你嘉奖。”

“谢谢少校，我一定全力以赴找到这几个人。”

班达尔离开后，布尔希坐在松软的真皮沙发上思考了一会，然后起身向舱门走去。他来到游艇的通讯室，坐在操作台前，戴上专用耳麦，熟练地操作着控制台上的按键，控制台上的一个显示屏亮了起来，然后开始呼叫基地。

一个坐着电动轮椅的白人老头出现在显示屏上，布尔希急忙说：“博士，我已经调查清楚了，这四个人来自2000年，不过他们身上没有太阳石，他们是在金字塔下的时空机器启动的瞬间，因为发生了时空扭曲而被带来这里，所以他们也在寻找太阳石，然后返回到二十年后。”

“他们既然来自未来世界，那么一定掌握了太阳石的线索，可以利用他们找到太阳石。”

“我也是这样考虑的，昨晚与其中的一个考古学博士接触了一下，我提出与他们一起寻找太阳石，不过他们似乎不愿意与我们合作，今天上午四个人突然从酒店失踪了。”

“突然失踪了！”

“我已经安排班达尔探长去追查他们的下落，有消息我会及时向博士汇报。”

“一定要尽快找到这几个人，他们能从2000年返回到现在绝非偶然，我相信他们肯定能找到太阳石。”

“是，我一定尽快找到他们。”

“另外还有一件事，我刚刚得到一个消息，在埃及西南部沙漠中发现了蝎王墓葬庙，如果这个消息确切，那么《蝎王死书》就有可能现世，要知道《蝎王死书》中记载的内容太重要了，毫不夸张地说，如果掌握了《蝎王死书》就可以控制整个世界，所以对我们来说它的价值不亚于太阳石，你尽快确定这个消息的真实性，如果真的发现了蝎王墓葬庙，要不惜一切代价弄到《蝎王死书》。”

“是，我马上安排人调查这件事。”

“蝎王时代还没有草纸出现，所以我推测蝎王的死人书很可能是刻在他的石棺或是墓室的墙壁上，所以《蝎王死书》根本无法带走，把死人书的内容详细地拍摄下来，然后再把《蝎王死书》全部毁掉，绝对不能让其他人得到一点《亡灵书》的内容，否则会对我们造成很大威胁。”

“是，我明白了。”

“目前来说找到蝎王的《亡灵书》比寻找太阳石还重要，你刚好在埃及，要尽全力寻找，这关系到我们是否能够重新掌控世界。”

“明白，我一定不惜一切代价找到蝎王的死人书。”

结束了与博士的通话后，布尔希静静地思考了一下，没想到任务又发生了改变，真是计划不如变化快，他决定把追查四个人的事先放一下，先集中精力寻找蝎王的死人书。

想到这里，伸手打开无线电台，调整好通讯频率后，拿起通话器开始呼叫。“班达尔探长，我是飞鹰一号，听到请回答。”

电台马上传出班达尔的声音，“我是班达尔，请讲。”

“尽快来游艇，有重要事情，完毕。”

“明白，马上赶过去，完毕。”

一个小时后，班达尔又返回到停靠在尼罗河边的游艇，见到布尔希后急忙说：“报告少校，我已经把情况通报给了国际刑警埃及分部，他们已经开始核实那个女人的身份，相信很快就会有结果。”

“很好，先让国际刑警组织追查四个人的下落，咱们现在有新的任务……”布尔希边说边走到船舱一角的吧台旁，然后问道：“探长喝点什么?”

“苏打水吧。”

布尔希打开瓶装的苏打水，倒入一个水晶杯里，然后端着冒着白色气泡的水杯走到班达尔身边，递给他后接着说：“刚刚接到基地命令，有消息说埃及西南部沙漠中发现了蝎王墓葬庙，基地让我们调查消息的真实性，如果消息确切，让我们不惜一切代价找到蝎王的死人书。”

“基地从哪里得到的这个消息?”巴达尔的表情显得有些吃惊，作为一个埃及人，他非常清楚《蝎王死书》的价值。

“不知道基地从什么方面得到的消息，不过基地得到的消息一向都很准确。”布尔希停了片刻，又补充了一句，“巴达尔探长，如果真的能找到蝎王的死人书，你我都应该能得到大铁十字勋章，这可是帝国最高荣誉。”

听了布尔希少校的话，班达尔的手不由自主地摸了摸自己的脖颈，那里戴着一个二级铁十字勋章的仿制项坠。其实这也是一种传统，铁十字勋章的获得者往往都佩戴仿制品，真正的勋章防止损坏都被收藏起来。铁十字勋章有八个级别，而大铁十字勋章是其中最高级别的。班达尔心想如果能得到大铁十字勋章，让自己献出生命都值得。

布尔希好像看透了班达尔的心思，坐在他对面的沙发上，静静地望着他。

班达尔沉思了一会，然后抬头看着布尔希说：“如果说要找到蝎王墓葬庙的话，整个埃及可能只有一个人能做到。”

“谁能找到蝎王墓葬庙?”布尔希急切地问。

“盗墓王穆瓦法嘎。”

“那这个人在什么地方?”

“没有人知道他在什么地方，盗墓王一向神出鬼没，很少有人见到他……”班达尔微微摇着头说，停了片刻后，忽然又说：“不过有个人应该知道他的下落……”

“谁知道盗墓王的下落?”

“他的同胞兄弟。”

“那他的兄弟在什么地方?”

“盗墓王的兄弟就在开罗，而且是开罗最大的黑帮头目，为失踪的四个人办理假护照的那家赌场就是盗墓王的兄弟开的，不过这个人为人很低调，极少出头露面，我也从来没有见过他。”

“怎么样能找到他?”

“赌场经理肯定知道他的住处，昨天我还找过赌场经理，向他询问给那四个人办理假护照的事情。”

“事不宜迟，马上去赌场找这个经理。”布尔希立刻站起来，招呼站在旁边的手下，带上人跟随班达尔去市区。

第20章 绑架人质

班达尔明白了布尔希的意思，看来他是想把赌场老板做人质。

班达尔探长带着布尔希和其他人来到汗·哈利里市场的时候已是正午，这个时间是赌场内客人最少的时候，服务人员大多没上班，门口只有一个人把守着。

保安认识班达尔，见他带着这么多人来，立刻笑脸相迎，“探长好，请问您这是?”

“我来找你们的经理。”

“经理还没来，他要在下午四点以后才会来上班。”

“马上去把他给我找来，就说我有要紧事情找他。”

保安知道像班达尔这样负责治安的警官是不能得罪的，否则赌场就不用开了，急忙说：“没问题，我先带您去经理的办公室吧，然后给经理打电话。”

班达尔点了一下头，几个人跟着保安走进赌场，一直来到经理办公室，然后用老板桌上的电话，当着他的面给经理打电话，让经理尽快回来。

半个小时后，经理就气喘吁吁地走进办公室，看到有七八个人，暗暗吃了一惊，不知道哪里又出了乱子，赶紧陪着笑脸说：“探长好，您来也不提前打个电话，我好安排一下。”

班达尔摆摆手，“今天带朋友过来不是为了赌钱，是有件事情要麻烦你。”

“有什么事情您尽管说。”

“这几位朋友想要见见你们赌场的老板。”

“见我们老板。”经理感到有点意外，急忙问：“能说一下为什么要见我们老板吗?”

“是想向你们老板打听一个人。”

“打听谁?”

班达尔的脸上明显流露出不高兴的神情，“你问这么多干什么？你就带我们去见你们老板就行，其他不要多问。”

经理一脸为难的表情，“您有所不知，我们老板很少抛头露面，要见他必须经过他的同意才行，否则我就不用干了，希望探长能体谅我的难处。”

“我的朋友想要打听有关盗墓王的情况。”

“盗墓王……据我了解我们老板对盗墓王的情况了解的很少，他们虽然是同胞兄弟，却从不往来……”

班达尔打断经理的话，“难道他连自己的兄弟住在什么地方都不知道吗?”

“前两天我刚听老板亲口说过，他的确不知道盗墓王在什么地方。”

“呃，你们老板当时怎么说的?”

“您昨天来找我问过那四个人办理假护照的事情，我陪同其中的两个中国人去见我们老板，那个人刚见到我们老板的面，就吃惊地叫盗墓王……”

“那个中国人为什么叫你们老板盗墓王?”班达尔追问了一句。

“当时我也感到有些奇怪，说实话虽然知道盗墓王，但是我也从未见过他，老板说他们是双胞胎兄弟，外人很难分辨出他们来。”

“这么说那个中国人见过盗墓王?”

“嗯，那个中国人在来赌场前刚刚见过盗墓王，所以才会把我们老板误认为是盗墓王。”

班达尔与布尔希交换了一下眼神，他们都没有想到失踪的那四个人竟然与这件事也有牵扯，一直沉默不语的布尔希突然用阿拉伯语对经理说：“你详细描述一下当时的情景，特别是那个中国人都对你们老板说了什么。”

“那个中国人说他本来不认识盗墓王，从市场里的街道经过的时候盗墓王突然拦住了他，盗墓王好像有非常重要的事情找他，但是他有重要的事情要办，所以拒绝了盗墓王。”

“他有没有说盗墓王找他是为了什么重要的事情?”

经理摇摇头，“没有，对了，他提到盗墓王就隐居在汗·哈利里市场。”

“呃，他真的说盗墓王在这里?”班达尔追问道。

“他当时是问我们老板，是否知道自己的兄弟也住在这里，我们老板说不知道，老板说自己极少与兄弟来往，所以不知道盗墓王的情况。”

班达尔望着布尔希少校，等着他做出决定，只见布尔希沉思了片刻，然后低声说：“让他马上带路去找他们的老板。”

班达尔对经理说：“立刻带我们去见你们的老板。”

“让我给老板打个电话请示一下……”

不等经理说完，站在旁边的两个彪形大汉同时拔出大口径的军用手枪，迅速向前走了两步，将他夹持在中间，控制了他的活动。

布尔希用利剑一样的目光逼视着他，“马上带我们去见你们老板，只要你配合就不会有事，否则会有什么后果你心里很清楚。”

经理看出这几个白人不是警察，既然要找盗墓王，肯定也是黑道上的，好汉不吃眼前亏，只能答应他们，“好吧，我带你们去，请把你们的枪收起来，我不习惯被人胁迫。”

班达尔知道开赌场的人多是黑道出身，所以不能把他们逼急了，示意两个人收起枪，随后几个人跟随着经理离开办公室。

几个手下挟持着赌场经理在前面走，班达尔和布尔希跟在后面，俩人边走边小声交谈着，班达尔低声说：“少校，失踪的那几个人好像知道盗墓王在什么地方，他们与这件事是否有什么联系?”

“现在看来这四个人的出现的确很令人怀疑，如果盗墓王找他们这件事是真的，那么很可能与蝎王墓葬庙有关，所以寻找这四个人的行动也不能放松，必须尽快找到他们。”

“知道了，我会尽力寻找四个人的行踪，另外……”班达尔沉吟了片刻，接着说：“听赌场经理的意思，他们的老板并不清楚盗墓王的行踪，我们见到他也没什么用吧?”

“我们可以利用他把盗墓王逼出来。”

班达尔明白了布尔希的意思，看来他是想把赌场老板做人质。

赌场经理在一栋破旧的三层小楼前停下来，指着门口说：“我们老板就在这里，我是否可以回去了。”

“你现在还不能走，等会我还有事。”说完，布尔希对一个手下说：“把我们的车带到这里来。”

这名手下答应一声转身跑开了，布尔希对挟持赌场经理的两个人说：“你们在外面看着他，其他的跟我进去找人。”说完，他从怀里掏出手枪，其他几个手下已经冲进了楼里。

布尔希走进客厅，手下已经控制住了两个保镖，随后在一间装饰豪华的卧室里发现了一个正在午睡的老头，听到开门声，床上的老头睁开眼睛扫视了一遍冲进来的几个人，布尔希一看老头的气势，就知道正是自己要找的人。

老头起身坐在床上，看了一眼指着自己的枪口，然后又打量了一下屋子里的几个陌生人，神情平静地问：“你们是什么人?”

布尔希答非所问，“我们是来向你了解盗墓王的情况……”

“我们已经多年不来往了，我根本不知道他的情况。”

“那就只好委屈你跟我们走一趟了。”

布尔希挥了一下手，身边的两个人立刻过去把老头捆绑起来，并且用黑布带把眼睛蒙上，随后架着老头从卧室出来。

两辆奔驰越野车已经停在了小楼前面，有两个人挟持着老头从楼里出来，塞进其中一辆车里。

布尔希走到赌场经理面前，把一张卡片塞进他的西服口袋里，然后低声说：“上面有我的电话，盗墓王不是藏在这个市场里吗，你安排人放出风去，如果盗墓王想救他哥哥就打这个电话，如果二十四个小时内没有接到盗墓王的电话，你们就准备收尸吧。”说完，布尔希转身向前面的越野车走去。

挟持经理的俩人也松开了他，跟着布尔希一起上了车，随后两辆一前一后疾驰而去。

第21章 再会盗墓王

盗墓王缓缓地说："所有前往蝎王墓葬庙寻找宝藏的人没有一个回来，知情的人基本都死了，所以这个秘密才一直被隐藏到现在。"

接近傍晚的时候，夏昊天他们乘飞机返回开罗，出机场后在市东郊找了一家汽车旅馆住下，夏昊天让杰夫、武凡睦和陆小瑶三个人在旅馆休息，他和慕佳懿一起去汗·哈利里市场找盗墓王穆瓦法嘎。

俩人乘坐出租车来到市场时已经是华灯初上，与上次来到这里的时间点差不多，有时让人感觉世间的事情似乎真的存在轮回，转一圈后又回到起点重新开始。

找到盗墓王隐居的那家商铺，里面只有一个年轻的店员，上次来时有两个人，那个三十来岁的店员没在。这个年轻人还认识俩人，很热情地跟俩人打招呼，告诉他们主人在楼上，于是俩人来到二楼办公室，穆瓦法嘎一个人静静地坐在沙发上，就像是在等他们似的。

对于俩人的到来穆瓦法嘎似乎一点也不惊讶，表情平静地对夏昊天说："我说过你一定还会回来的，人生的每一步，万能的真主都已经替我们安排好了，永远逃避不了。"

夏昊天心想老头把自己当成真主安拉了，明明是他要自己去神庙，却说成是真主的意思。不动声色地把一张字条递给穆瓦法嘎，"您说的蝎王墓葬庙是在这个方位吗?”

穆瓦法嘎看了一眼手上的字条，脸上的表情没有任何变化，但是目光中却露出惊讶的神色，抬头望着夏昊天问：“你是从哪里得到的这条线索?”

夏昊天从穆瓦法嘎的语气中得到了确认，汉克斯博士前往的神庙就是蝎王墓葬庙，“大英博物馆埃及部的一位工作人员告诉我的，另外他还说博物馆里的一个科学考察组已经启程前往这里了……”

“他们是什么时间启程的?”穆瓦法嘎声音急促地打断了夏昊天的话。

“来之前我给埃及国家博物馆打电话询问了一下，考察组是今天早上离开的开罗，详细情况我也不太了解。”

盗墓王怒视着夏昊天，厉声问：“是你把蝎王墓葬庙的消息透露给大英博物馆的?”

夏昊天没想到盗墓王会这样认为，微微一笑，“你不是说会读心术吗，应该这件事与我没有任何关系。”

“那你干嘛要回到这里告诉我这件事?”

“前往蝎王神庙的科学家中有位汉克斯博士，上午我们去伦敦找他，博物馆的工作人员说他昨天来了埃及，要去一个新发现的神庙进行考察，我预感到他们发现的这个神庙可能是你说的蝎王墓葬庙，所以来找你证实一下。”

“这么说你打算前往蝎王神庙去寻找这个人了?”

“是，我必须找到汉克斯博士，因为我们有非常重要的事情需要向他了解。”

“两天前你拒绝同我一起前往神庙是不是因为这件事?”

“不错。”

呵呵，盗墓王冷笑了两声，“真是太奇妙了，也就是说你现在不想去也得去了。”

“可以这么说，即便是您不邀请，我也必须去神庙寻找汉克斯博士。”

“你恐怕找不到这个人了。”

夏昊天暗暗吃了一惊，急忙问：“为什么这么说?”

“事实上蝎王墓葬庙并不是最近才被发现的，几百年前就已经有人知道了这座神庙的存在，不过所有前往神庙寻找宝藏的人都没有回来，知情的人基本都死了，所以这个秘密才一直被隐藏到现在。”

“您到过蝎王神庙，不是全身而退了吗?”

“你说的不错，因为有真主安拉的保佑，我是唯一一个活着回来的人。”

“蝎王神庙如此神秘恐怖，您怎么还邀请我一起去探寻，难道您不怕回不来吗?”

“正因为蝎王神庙的神秘我才想去探寻，越是险要的地方越能激起探险者的兴趣，不是这样吗?”

夏昊天点点头，盗墓王说的不错，人有时就是这样奇怪，仅仅是为了满足心理需求就能不顾生命危险。

慕佳懿急忙对夏昊天说：“咱们应该尽快动身，如果能赶在汉克斯博士到达神庙前找到他就不会有危险了。”

盗墓王摇着头说：“据我所知大英博物馆在埃及考古小组的装备非常先进，他们有最好的越野车，要想追上他们恐怕很难，再说你们并不知道他们行进的路线，根本无法追赶。”

夏昊天沉思了一下，对穆瓦法嘎说：“无论如何我们明天必须动身去找汉克斯博士，您是否跟我们一同前往蝎王神庙?”

穆瓦法嘎摇摇头，“我邀请你的时候被拒绝了，现在我也不能答应你的邀请。”

夏昊天知道对盗墓王这样的人多说无益，于是站起身，“那好，谢谢您告诉我们这些事情，告辞了。”说完，便准备和慕佳懿一起离开。

“稍等一下。”

穆瓦法嘎忽然叫住了俩人，把手从宽大的袍袖中伸出来，手掌上托着上次看到那个木刻的生命之符，他把手里的东西递给夏昊天，“这个东西送给你吧，带在身上或许会有用。”

夏昊天想不到盗墓王会把如此贵重的东西送给自己，心想盗墓王绝对不会平白无故地把生命之符交给自己，也许是对进入蝎王墓葬庙有帮助，于是没有客气，说了句谢谢之后便把生命之符接过来放进自己的旅行背包里。

穆瓦法嘎看着他叮嘱道：“进入蝎王神庙后，肯定会遇到一些意想不到的事情，只要小心应对，应该有活下来的机会。”

“谢谢您的提醒，我们走了。”

俩人刚要离开，只见那个三十来岁的店员神色慌张的走进来，顾不上有外人在场，焦急地说：“出事了师父，您哥哥被人绑架了。”

夏昊天和慕佳懿都知道盗墓王的哥哥是那个赌场的老板，而且得到过他的帮助，俩人都感到有些吃惊，因为赌场老板是本地的黑帮老大，什么人敢绑架他?

“别急，慢慢说，到底是怎么回事?”看得出盗墓王是经过大风大浪的人，遇到这样的事依然不慌不忙。

“刚才我出去办事，听到市场里的人都在议论说赌场老板被人绑架了，而且绑架者放出话，让您明天中午前见他们，否则就给赌场老板收尸，都说这个消息是从赌场里传出来的。”

夏昊天忽然明白了，绑架赌场老板的目的显然是为了逼迫盗墓王现身，也许这件事也是与蝎王墓葬庙有关。

只见穆瓦法嘎阴沉着脸，眉头皱起，使额头上的皱纹显得更深了，闭着嘴巴一声不吭。

店员接着说：“我担心消息是假的，特意跑到赌场找朋友问了一下，朋友说消息是赌场经理让他们撒布出来的，他们老板的确是被人绑架了，而且绑架的人还留下了一个电话号码，如果您想见大哥就打电话。”

夏昊天看着盗墓王说：“看来这件事是针对你而来。”

穆瓦法嘎微微点了一下头，轻声说：“不错，而且很可能是为了蝎王墓葬庙……”

“您认为绑架者会是什么人?”

“不知道，我哥在这里的势力不算弱，敢这样明目张胆地对付他，来头肯定不小。”

夏昊天问店员，“你说绑架者留下了一个电话号码?那这个号码是什么?”

“朋友说电话号码在赌场经理手里，我着急回来也不知道号码是什么。”

夏昊天知道盗墓王不便出面，想了一下说：“我认识这个经理，我马上去找他要电话号码，顺便了解一下具体情况，然后再作打算，您看如何?”

盗墓王也没有客气，“那就辛苦博士了。”

夏昊天顾不上多说，赶紧和慕佳懿下楼离开，从这边去赌场轻车熟路，俩人沿着街道急匆匆地往赌场方向去。

夜晚的汗·哈利里市场是另外一番热闹景象，比白天多了一些向游客兜售商品的小贩，不时地有人拦住他们，举着手里的小玩意向他们兜售。

慕佳懿边走边对夏昊天说："咱们现在是泥菩萨过河自身难保，再扯进这件事里你认为值得吗?"

"我感觉这件事很可能与蝎王墓葬庙有关，汉克斯博士已经去了墓葬庙，咱们明天也会去墓葬庙，所以咱们就是想要独善其身也很难，不如把情况了解清楚，再说盗墓王和他哥哥对咱们都有帮助，既然知道了就不能坐视不管。"

"盗墓王、他哥哥、赌场经理，几个人都与咱们有过接触，我担心绑架事件与咱们可能有某种联系，本想能离开这个是非之地，没想到又回来，也许这就是天意。"

俩人很快来到了两天前来过的赌场，此时正是上客的时候，赌场的经营似乎没有受到影响，门口处有三三两两的赌客往里走。进入赌场后夏昊天巡视了一圈没有发现经理的身影，于是向服务人员询问了一下，服务员把俩人领到了经理办公室。

看到俩人后赌场经理感到有点意外，他知道这两个人离开埃及了，好奇地问："你们不是已经去了伦敦，怎么又回来?"

"我们要找的人来了埃及，所以我们又返回来了。"

"那你们这是?"

"我们刚才在盗墓王那里听到一个消息，你们老板被人绑架了，所以过来了解一下情况。"

"你们从盗墓王那里过来?"经理显得很吃惊。

"不错，怎么了?"

"那些人就是为了要找到盗墓王才绑架了我们老板。"

夏昊天与慕佳懿不约而同地对视了一眼，心想刚才的猜测是正确的，绑架者果然是针对盗墓王，夏昊天急忙问："绑架你们老板的是些什么样的人?"

赌场经理把来的人描述了一下，夏昊天忽然感觉这些人与昨天带走自己的那些人非常相似，听经理说完后，他急忙问："这么说绑架你们老板的是些外国人?"

"嗯。"

"你们为什么没有报警?"

"带他们来的就是当地警局的警察，怎么报警?"

夏昊天想到昨晚也是警察陪同那些人去的酒店，低声对慕佳懿说："这些人极有可能和昨晚去酒店找我的是同一伙人。”

慕佳懿问经理，“你们赌场安装监控镜头没有?”

经理摇摇头，“赌场安装那玩意谁还敢来玩?”

夏昊天低声对慕佳懿说：“现在这个时候很少有地方安装监控。”说完，他又看着经理问，“听说绑架者留下了电话?”

“不错，”经理急忙从口袋里掏出布尔希塞给他的卡片，递给夏昊天，“麻烦你把电话号码交给盗墓王，请他一定要把我们老板救出来。”

“知道了，就是盗墓王委托我们过来要电话号码的，他也非常着急。”

“谢谢你们了，一定要快，那些人临走前留下话，明天中午前如果盗墓王不出现，他们就会撕票。”

“我们这就回去把情况转告盗墓王。”

夏昊天和慕佳懿不敢耽误时间，赶紧向经理告辞。

第22章 准备装备

夏昊天高兴地说，“奔驰乌尼莫克是全地形的越野卡车，是真正的越野之王，如果能搞到一辆乌尼莫克，咱们就一定能找到蝎王墓葬庙。”

离开赌场后，俩人急匆匆地往回赶，夏昊天不时地回头查看后面的情况，慕佳懿知道他是担心被人跟踪，所以她也留意着周围的人。

“昊天，你是不是认为绑架赌场老板的人与昨晚把你带走的是一伙?”

“嗯，从赌场经理的描述看是一伙人，而且我怀疑带他们去的警察就是在金字塔景区搜查咱们的那个人。”

“那个警察一直阴魂不散地跟着咱们，他到底是什么人?”

“我想不会仅仅是警察这么简单，自从来到这个世界后，好像有张大网在罩着咱们，一般的秘密组织没有这个实力。”

“莫非又是地球监察会?”

“不知道。”

“我们怎么样帮助盗墓王? 跟他一起去救人?”

“等盗墓王给绑架者打电话后看是什么情况，我感觉对方的目的是为了找到蝎王墓葬庙，说实话上次听盗墓王提到蝎王墓葬庙，我就感到会引来一场腥风血雨，蝎王的亡灵书对有些人来说吸引力太大了。”

“你说盗墓王会向绑架者屈服吗?”

夏昊天摇摇头，模棱两可地说：“盗墓王亦正亦邪，行为怪异，外人很难揣摩他的心思。”

“对了，盗墓王为什么拒绝跟我们一起去找蝎王墓葬庙?”

“他这样的人很注重脸面，当初咱们没有答应跟他一起去，现在他肯定不会这么痛快答应了，不过他虽然拒绝陪咱们去找蝎王庙，但是却把生命之符交给了我。”

“他把这么贵重的东西交给你，一定有什么用意?”

“我想可能与进入蝎王墓葬庙有关。”

“对了，你认为他说的那些话可信吗?”

“哪些话?”

“前往蝎王神庙的人没有一个回来的。”

夏昊天瞥了慕佳懿一眼，微笑着说：“他不就回来了吗?”

“上次他提到三个弟子都在神庙里神秘失踪了，你说他们会遇到什么情况?”

“很难说，不过有一点可以肯定，古代法老的陵墓中都设置了许多很阴毒的东西，我曾经听巴利特教授讲过这方面的事情，所以去之前必须做好充分准备，否则真的非常危险。”

俩人回到盗墓王隐居的店铺，直接来到二楼办公室，盗墓王坐在沙发上默默地沉思，见俩人进来，语气平静地问：“拿到电话号码了?”

夏昊天把赌场经理交给他的卡片递给盗墓王，然后把了解到的情况讲述了一遍，盗墓王听完后对俩人说：“谢谢两位的帮助，时间不早了，你们先回酒店休息吧。”

俩人都感到有些意外，听盗墓王的口气好像问题已经得到了解决，夏昊天急忙问：“令兄被绑架的事情如果办?”

“这件事我会妥善处理，你们明天还要去寻找英国来的博士，抓紧时间回去准备，提醒你们一下，蝎王墓葬庙所在的那片沙漠非常险恶，一定要特别小心，有好多人没等找到蝎王墓葬庙就消失了。”

听盗墓王的话不需要他们帮助，俩人也不便久留，向盗墓王告辞后离开。

来到街道上，慕佳懿一脸疑惑地说：“怎么回事，事情好像突然发生了转变。”

“也许是盗墓王不想让咱们牵扯进去，别多想了，赶紧回去准备吧。”

夏昊天伸手拦下了一辆出租车，拉着慕佳懿的手上了车，往旅馆开去。

回到旅馆后，夏昊天把杰夫他们三个叫进自己的房间，商量一下明天的行动，俩人先把刚才经历的事情讲述了一遍。

大家没想到俩人出去仅仅几个小时就经历了这么多事情，俩人说完后，杰夫忽然问夏昊天：“你认为绑架赌场老板的人与昨晚找你的是一伙人?”

夏昊天点点头，“根据赌场经理的描述猜测是一伙人，怎么了?”

“那些人找你是想寻找太阳石，而我们去蝎王墓葬庙是为了找汉克斯博士了解太阳石的线索，这些人找盗墓王会不会也是出于相同的目的?”

慕佳懿若有所思地说：“我们刚才没有想到这一点，也许有这种可能。”

夏昊天沉思了一会，摇着头说：“我感觉不太可能，因为在埃及的考古活动都要经过官方批准，如果单纯为了寻找汉克斯博士，找官方询问一下就可以，根本没有必要弄出这么大的动静来，他们肯定另有所图。”

武凡睦忽然说：“盗墓王既然不需要咱们帮忙就把这件事放下，对咱们来说最重要的是找到汉克斯博士，刚才你们说蝎王墓葬庙充满了危险，所以咱们必须尽快找到博士，万一他有什么危险……”

杰夫不慌不忙地说：“放心吧，汉克斯肯定不会有什么事的，至少是死不了。”

“你怎么会知道博士没事?”武凡睦好奇地问。

“你们也不想一想，如果他现在有事，二十年后还能出现吗?”

夏昊天点点头，“杰夫说的不错，博士肯定不会有生命危险，但是不能保证没有其他事情，咱们最好尽快找到他。”

陆小瑶一脸惊喜地问：“夏大哥，你们真的是从2000年返回到现在的?”

“你听谁说的?”

“杰夫告诉我。”

杰夫急忙解释道：“你们俩离开后，她就跑到我的房间里缠着我，非要让我告诉她实情，最后没办法只好说了。”

夏昊天看着陆小瑶问：“你相信老鼠说的话?”

嗯，陆小瑶用力点了一下头，兴奋地说：“杰夫讲了许多你们那个时代的生活情况，太令人向往了，我最喜欢他说的手机、网络什么的，可以随时随地跟朋友聊天，真是太方便了，我也想跟你们返回到那个时代去。”

“不用跟我们返回去，相信你很快就会过上那样的生活，二十年一眨眼就过去。”

夏昊天向几个人招招手，接着说：“咱们现在先商量一下寻找汉克斯博士的事情，博士前往的那座神庙位于开罗西部，有八百多公里的路程，那里是人迹罕至的沙漠，盗墓王特意提醒我们，路上非常危险，咱们必须做好充分的准备，首先必须要有一辆可以在沙漠中行驶的越野车……”

陆小瑶突然插嘴说：“我认识一个朋友，在埃及从事石油勘探，我知道他的公司有好几辆野外用的奔驰卡车，好像叫乌什么……”

“是不是乌尼莫克?”

“不错，就是乌尼莫克，我们可以借一辆用。”

“太好了，”夏昊天忍不住大叫了一声，高兴地说，“奔驰乌尼莫克是全地形的越野卡车，是真正的越野之王，如果能搞到一辆乌尼莫克，咱们就一定能找到蝎王墓葬庙。”

“他们公司因为经常在野外勘探，还有一些野外装备，也可以一起借来用一下。”

“如果能把野外装备借来就更好了，也省了我们好多事，你跟朋友说我们租用他们的……”

陆小瑶摆摆手，“我跟朋友从来不谈钱的事情，我保证能把车和野外装备的事情搞定，不过我有个条件你必须答应。”

“什么条件你尽管说。”

“让我跟你们一起去。”

杰夫满不在乎地说：“这算什么条件，我们巴不得你跟着一起去。”

陆小瑶没有理睬杰夫，看着夏昊天说：“我要夏大哥亲口答应。”

“这个不行。”夏昊天态度坚决地说，“刚才我说过了，路上会非常危险，不能让你跟着我们去冒险。”

“刚才杰夫不是说过了博士不会有事，你们肯定也不会有事了。”

“汉克斯博士没有生命危险，并不代表其他人没有……”

“我不管那么多，反正就是要跟着你们，不同意我也要去。”

陆小瑶一副软硬不吃的架势让夏昊天无计可施，只好用求助的眼神看着慕佳懿。

慕佳懿想了一下，用商量的语气说："要不就让小瑶跟咱们一起去？多一个人多一份力量。"

陆小瑶抱起慕佳懿的胳膊，笑嘻嘻地说："还是佳懿姐好，你们找到汉克斯博士后一定还有其他的事情，除非是我自己想回来，否则你们就让我跟着。"

"别得寸进尺。"夏昊天无可奈何地说，"我们找到博士后很可能就要去美洲丛林，你应该知道美洲丛林中充满了危险……"

陆小瑶满不在乎地说："我才不怕危险，别看我是个女孩子，从小就天不怕地不怕，早就想去美洲丛林里探险了，跟着你们去刚好有伴。"

"只要你不怕就跟着我们，再说我们去寻找的东西并不是什么秘密宝藏，只是一块古代流传下来的石头。"

"寻找一块石头！你们找石头干什么?"陆小瑶的语气中充满了好奇。

"不是一般的石头，关系到我们能否返回到原来的时代。"

"既然如此重要，我一定帮助你们找到这块石头，明天一早我就去找朋友借车。"

夏昊天对武凡睦说："武大哥，明天早上你陪小瑶去一趟，只要借到越野车咱们就能早点出发。"

"没问题。"

夏昊天对几个人说："时间不早了，如果没有其他事大家赶快休息吧，明天晚上能不能睡觉就不一定了。"

第23章 设计救人

盗墓王穆瓦法嘎又穿过了两个街区，观察了一下周围的情况后，拿起电话拨通了刚才打过的那个电话。

盗墓王穆瓦法嘎看着夏昊天和慕佳懿离开后，看了一眼卡片上的电话号码，他清楚夏昊天有重要的事情，所以不想把他们牵扯进来，他要自己解决哥哥被绑架的事情。

穆瓦法嘎起身走到衣服架前，取下阿拉伯方头巾，把头部包裹起来，只有一双鹰一样的眼睛露出外面，然后走出办公室。下楼后从店铺的后门出去，走出漆黑一团的小巷，然后沿着街道往前去，穿过了好几条街道后，在一个投币电话旁停下脚步，然后观察了一下周围的情况，没有发现可疑人员，拿起话筒，投进一枚硬币，然后开始拨打卡片上的那个电话号码。

电话很快接通了，一个低沉的声音传出来，“喂，是谁?”

虽然对方说的是阿拉伯语，不过盗墓王听出说话的人显然不是埃及人，他压低声音说：“我是盗墓王，说吧，有什么要求。”

“盗墓王!”语气中带着惊讶，随即问道：“你真的是盗墓王?”

“在埃及没有第二个人敢有这个称呼。”盗墓王的语气中充满了无形的霸气。

“这么说你知道自己的兄弟在我们手里了。”

“不用说废话，就说有什么要求吧。”

“呵呵，很痛快，我就喜欢跟有个性的人打交道，我们需要你带着找到蝎王墓葬庙。”

“可以。”

“你同意了。”

“嗯，不过前提条件是先把我大哥放了。”

“我们可以把你大哥放了，但是你必须来替换他。”

“我不能去替换他。”

“不来替换那我们怎么能相信你?”

“信不信是你们的事情，反正我不能去替换他。”

“你难道不怕我们杀了你大哥?”

“杀了他是你们的自由，在埃及见过我的都是死人，你们就是把整个开罗的人全部杀光，我也不会让你们见到我本人。”

“那怎么能相信你会带我们找到蝎王墓葬庙?”

“盗墓王说出来的话从来是说一不二，给你半个小时的考虑时间，放了我大哥，明天带你们去蝎王墓葬庙，如果不同意你们就杀了他，半个小时后我会给你们电话。”说完，不等对方有所反应，盗墓王啪的一下挂断了电话，然后快步离开。

盗墓王穆瓦法嘎又穿过了两个街区，看了一下手表，刚好过去了半个钟头，于是在一个公用电话亭边停下，观察了一下周围的情况后，拿起电话拨通了刚才打过的那个电话。不等对方开口，就主动说：“我是盗墓王。”

“我们同意你的条件，不过你不现身又如何带我们找到蝎王墓葬庙。”

“等确定了我大哥回到家里后，我就会告诉你们一条行进路线，在你们到达沙漠边缘后，我会在路上留下标记，引导你们一直到达蝎王墓葬庙。”

“可以，不过找到蝎王墓葬庙并不是我们的主要目的。”

“你们还想干什么?”

“我们要找到蝎王的死人书。”

“我只负责把你们引到蝎王墓葬庙的所在地，寻找蝎王死书的事情你们自己去做。”

“你可以开个价，美元、黄金要什么都行，价格随便你开。”

“我对金钱不感兴趣。”

“那你对什么感兴趣?”

“我只对坟墓感兴趣。”

说完，盗墓王挂断了电话，前后巡视了一遍，然后快步向旁边的一条小巷走去。

第24章 袭击警察

夏昊天趁对方低头的时候，挥掌砍向他的后脑勺，哈迪哼了一声，向前扑倒在地毯上。

一夜无事，第二天大家很早就起来了，吃过早饭后武凡睦陪同陆小瑶去借车，杰夫待在房间闷得慌，也跟着俩人一起去了。

三个人离开后，夏昊天把慕佳懿叫到自己房间，从背包后拿出在机场买的埃及地图，把地图摊开放在床上，然后跟慕佳懿一起研究去蝎王神庙的路线。

夏昊天指着地图说："我考虑过了，咱们先沿着尼罗河南下，到达迈莱维后开始西行，翻过阿布穆哈里克沙丘后往西南行进大约一百公里，应该就是蝎王神庙所在的地方。"

"我听说阿布穆哈里克沙丘地势险要，而且在这一带经常有非常可怕的风暴，风暴袭来时甚至能把骆驼卷走。"

"不错，阿布穆哈里克沙丘是地球上环境最恶劣的地区之一，许多地方寸草不生，看不到任何生命迹象。我听巴利特教授讲过，他的一个朋友就是进入这一带考察古代遗迹便再也没有出来。"

慕佳懿担心地说："盗墓王说去蝎王墓葬庙的路上很危险，看来不是吓唬咱们，必须做好充分准备，特别是给养一定要充足，咱们现在是孤军作战，没有任何后援，一旦陷入危机就麻烦了。”

“只要陆小瑶能借到乌尼莫克就保证没有问题，这种全能越野卡车可以应付一切地形。”

慕佳懿忽然咧嘴一笑，“多亏有小瑶帮忙，女人坠入情网后心甘情愿地为所爱的人做任何事情……”

夏昊天赶紧打断了她的话，“别扯到这上面好不好?”

“我说的是实话……”

慕佳懿没说完，忽然听到有敲门声，与夏昊天相互看了一眼，起身走到门口靠近门镜往外看了看，门外站着两个陌生的男子，都穿着休闲西服，好像不是本地人，回头对夏昊天说：“是两个男人。”然后伸手打开了房门。

进来的两个男子，前面的三十来岁，后面的有些年轻，俩人穿着很随意，下身是已经发白的牛仔裤，上身穿浅色的休闲西服。看到后面的年轻人后，夏昊天忽然愣住了，惊讶地发现跟在后面的这个人竟然是初到埃及时去机场接他和杰夫的阿法尔，他吃惊地叫了一声，“阿法尔，你是阿法尔?”

男子怔了一下，用疑惑的目光打量着夏昊天，惊讶地问：“你认识我?”

“你不记得我吗?”夏昊天急忙又提示道：“你曾去机场接过我和杰夫。”

“去机场接你? 什么时候的事情，我怎么不记得了。”阿法尔双眉紧蹙，一脸茫然的表情。

夏昊天突然间不知道如何回答这个问题，总不能说二十年后的某天去机场接自己，这到底是怎么回事? 眼前这个人明明就是阿法尔，夏昊天也被搞得晕头转向。

另一个男人问阿法尔，“你认识这个人?”

阿法尔摇摇头，肯定地说：“不认识，我从来没有见过他。”

这名男子从口袋里掏出一本蓝色的警官证亮了一下，然后向俩人自我介绍说：“我叫哈迪，国际刑警组织埃及分部的探员，这位是我的搭档阿法尔，有件事情需要找你们了解一下情况。”

忽然间夏昊天有点分辨不清眼前的情景究竟是幻觉还是现实，这个人就是初到埃及时去机场接他和杰夫的那个人，而且哈迪的介绍也证实了这一点，莫非这个阿法尔也穿越时空回到了二十年前，如果是那样不可能与哈迪是搭档，他紧张地思索着。

看到警官证上那个熟悉的警徽后，慕佳懿就意识到发生了什么事情，一定是那个秘密求助电话惹出麻烦来了。

叫哈迪的警探看着慕佳懿问："你是来自香港的慕佳懿小姐？"

慕佳懿点点头，"不错，我是慕佳懿。"

"两天前你给国际刑警组织埃及分部打过一个紧急求助电话，让我们协调开罗警方释放了两名嫌疑犯，请问有没有这件事？"

"不错，是我打的紧急求助电话。"

"事后我们与国际刑警组织亚洲分部进行了联系，发现你提供的资料是假的，那边根本没有你这个人……"

慕佳懿突然打断了他的话，"你们应该知道紧急求助电话只有高级别警探掌握，我的身份是保密的，只有分部的负责人知道我的真实身份。"

"正是亚洲分部的负责人要求我们调查你的真实身份，而且总部机要处也没有查到你的相关资料，所以请你跟我们走一趟，协助我们把情况调查清楚。"

就在哈迪说话的时候，慕佳懿向夏昊天使了一个眼色，告诉他准备动手。夏昊天心领神会，他很清楚如果慕佳懿被带走肯定要露馅儿。

刚才夏昊天的一番话让两个警探都放松了警惕，虽然阿法尔否认认识他，但是心里却在琢磨着或许在什么地方见过。夏昊天走到俩人的身边，微笑着对阿法尔说："兄弟，你真的想不起来在哪里见过我吗？"

阿法尔用疑惑的眼神打量着夏昊天，他实在想不起面前这个人是谁。趁对方发愣的瞬间，夏昊天出击了，胳膊肘猛地撞击到旁边的哈迪右侧软肋上。

哈迪感到肝部一阵剧痛，身不由己地弯下腰，同时用手捂住肋部，夏昊天趁他低头的时候，又挥掌砍向他的后脑勺，哈迪哼了一声，向前扑倒在地毯上。

这一连串的动作在眨眼间就完成了，阿法尔大吃一惊，把手伸向左侧腋下准备拔枪，不过为时已晚，夏昊天已经抓住了他掏枪的手腕，左手同时掰住他的肘部，将他的胳膊顺势扭到了身后，阿法尔立刻痛得张开大嘴。夏昊天把他的衣领往后扯下来，把他的两条胳膊紧紧缠绕起来。

慕佳懿扯下床上的床单，然后把床单撕成一根根长布条，把俩人捆绑结实，又用毛巾把他们的嘴塞起来。最后分别抬到床上，再用毛毯把俩人盖起来。

夏昊天把一支手枪放在自己的背包里，另外一只递给慕佳懿，“你的枪没了，带着这个，后面肯定会用到。”

昨天去机场前，担心无法通过安检，他们把携带的武器都拆散扔了。慕佳懿把枪插在腰后，然后擦了一把脸上的汗珠，低声问夏昊天，“后面怎么办?”

“我在这里看着俩人，你去替小瑶他们收拾好行李，等着他们回来后马上离开。”

慕佳懿答应一声走出房间。

接近中午的时候，三个人驾驶着奔驰乌尼莫克回来了，因为担心旅店里的服务人员看见车，慕佳懿在旅店外面把车拦下，然后招呼三个人去房间把行李搬出来，随后五个人驾车离开。

这是一辆经过改装的厢式货车，驾驶室与后面密封的车厢有一个小门相通，非常适合在沙漠地区使用。夏昊天和武凡睦在前面的驾驶室里，开了几公里后，武凡睦边开车边问夏昊天：“去哪里?”

“必须尽快离开开罗，穿过市区后沿着尼罗河西岸的公路一直往南去，争取天黑前到达迈莱维市。”

“旅馆里发生什么事情了?”

“有两个国际刑警组织的探员找上门来，调查慕佳懿营救你和杰夫的事情，被我们制服捆绑在床上了。”

“这么说我们成了自己人追捕的对象了，真他妈的憋屈。”

这时慕佳懿从车厢与驾驶室连接处的门口探过头来，神情严肃地说：“后面的情况不容乐观，我猜测国际刑警组织很可能会下发红色通缉令在全球范围内追捕咱们。”

武凡睦回头看了她一眼，笑着说：“外人不知道，咱们应该很清楚，红色通缉令多的时候每年有上千个，最后抓住的犯罪分子却没有几个。”

“但是你别忘了只要不撤销，红色通缉令会永远起作用，直到抓住犯罪嫌疑人。”

慕佳懿刚说完，陆小瑶也从门口探过头来，对夏昊天说：“夏大哥，过来给你看样东西。”

夏昊天答应一声，然后对慕佳懿说：“你来前面陪武大哥，注意查看地图别走错了路。”随后起身来到后面的车厢里。

密封的车厢内改装得像间实验室，一侧是固定的操作台，另外一侧是软包的长靠背椅，操作台的下面还有好几个金属箱子，估计是盛放实验仪器的，这是一辆用于野外勘探实验的越野车，想不到陆小瑶神通广大，竟然能搞到这样的车。

陆小瑶从操作台下面拉出一个一米多长，扁平形状的皮箱，她把皮箱放在操作台上，随后打开侧面的两个密码锁，掀起箱盖，只见里面并排放着两支土黄色的五连发猎枪。

夏昊天伸手抓起一支，看了一下商标，是雷明顿的民用产品。野外考察这可是必备的装备，带着一支雷明顿猎枪，就是遇到黑熊也不用怕。高兴地说：“太好了，有了这家伙再凶猛的野兽也不怕了，小瑶，这次真是太谢谢你了。”

陆小瑶撅着嘴不高兴地说：“夏大哥，如果把我当朋友以后就不要跟我说这种客气话。”

夏昊天把猎枪又放回到枪盒中，然后笑着说：“好，以后不跟你客气了。”

杰夫坐在后面的长椅上，大声问夏昊天，“老 K，刚才听慕佳懿说找你们的两个警探有个叫阿法尔的?”

夏昊天转身坐到杰夫身边，若有所思地说：“不错，那个人不仅叫阿法尔，而且与接待咱们的那个阿法尔长得一模一样，简直就像一个人，奇怪的是他好像什么都不知道。”

“是不是这小子也穿越时空回到了现在?”

“他当时也在地下王城的入口处，如果发生了时空扭曲他也有可能回到现在，但是他应该与咱们一样没有身份记录，绝对不会是国际刑警组织的探员。”

“他妈的，到底是怎么回事?”

“世界上的任何事情都存在因果关系，也就是说所有发生的事情，必然有促使其产生的原因。我们所看到的表面现象都是‘果’，背后肯定藏着不知道的‘因’。”

“照你这么说我们返回到八十年代这件事背后也有原因了?”

夏昊天沉默了片刻，神情凝重地说：“我一直在考虑这个问题，自从咱们返回到这里后，发生了一些很奇怪的事情，我想不仅仅是发生了时空扭曲这么简单的事情，背后或许还隐藏着什么秘密。”

“会不会又是特雷佛上校在暗中搞鬼?”

夏昊天沉思了片刻，微微摇了摇头，“我感觉不像，这一次遇到的情况与他们的做事风格不一样……”还没说完，忽然感觉车好像慢慢停下了。

陆小瑶急忙走到通往驾驶室的小门边，探身看着前面，只见前方的路边停靠着好几辆警车，路上有全副武装的警察在检查过往的车辆，她回头对夏昊天说：“好像是一个临时检查站，有警察在检查通行的车辆。”

夏昊天心想别是旅馆里的两个警探被人发现了在这里堵截他们，转念一想应该不是，从时间上判断不会这么快，现在刚出市区不远，他走到小门旁，探头往前面查看情况，刚好看到有一个警察带着两个人向这边走过来。夏昊天一眼就认出前面领头的警察就是前天晚上带人到酒店找自己的那个人，真是冤家路窄，他急忙对慕佳懿说：“佳懿，赶快跟小瑶换一下。”

这时慕佳懿也认出了前面的班达尔，赶紧起身从小门钻进后面的车厢里。夏昊天不知道班达尔曾经在吉萨警局审问过武凡睦和杰夫，没有意识到班达尔也认识武凡睦，等陆小瑶坐到副驾驶位上后，夏昊天拿起挂在车厢壁上的一顶工程帽递给武凡睦，戴上帽子后武凡睦把帽檐往下压了压。

昨天晚上布尔希接到了盗墓王穆瓦法嘎的电话，他没有料到盗墓王态度强硬，被迫同意了盗墓王的要求，今天早上便依照盗墓王的话把他哥哥给放了。两个小时后，又接到了盗墓王的电话，告诉他在埃及博物馆前的狮身人面像下压着一封信，信上有前往蝎王墓葬庙的地图。

埃及博物馆位于开罗市中心的解放广场，距离汗·哈利里市场不到三公里，博物馆前的广场上有许多石刻，这些石刻浓缩了埃及的众多古代遗迹，狮身人面像是必不可少的石刻。

布尔希安排一个手下来到博物馆，绕着石刻的狮身人面像转了一圈，果然在石刻下的缝隙里发些了一个白色的信封，取出来带回到游艇上交给布尔希。

信封里有一张折叠起来的八开白纸，上面有一幅草图，从开罗向南，一直到达迈莱维市后拐向了正西，再到阿布穆哈里克沙丘的一处山口后就停止了，从这个山口开始盗墓王每隔几百米会留下一个箭头标记，一直到蝎王墓葬庙附近。最后明确注明，明天正午十二点到达沙丘的山口才能发现标记，在信的下部有一个大大的人字形符号“♀”。

看完信后，布尔希马上把班达尔找来，让他看了一遍信，随后问他，“探长，信的最后那个符号是什么意思?”

“这个符号在埃及叫安卡，也被称为生命之符，一般与坟墓有关，古埃及的坟墓中都有这个符号。”

“这么说应该是盗墓王的符号了?”

“可以这样认为，不过……”班达尔有些担心地说：“盗墓王会不会欺骗我们?”

布尔希摇摇头，“他不敢欺骗我们，假如他这一切是假的，我们可以再找他哥哥的麻烦，别忘了他哥哥的赌场在汗·哈利里市场。”

“那您打算什么时间动身?”

“我刚才估计了一下，尽快做好进入沙漠的准备，然后下午动身，今天晚上到达迈莱维市，明天上午去阿布穆哈里克沙丘。”

“您找我来有什么安排?”

“我估计盗墓王今天会离开开罗，你带人在通往达迈莱维市的公路上设下检查站，仔细地检查所有前往达迈莱维市的车辆，如果发现了盗墓王，就设法在他的车上，或是携带的东西里放置一个无线跟踪器，这样我们就可以随时掌握他的行踪了。”

“没问题，不过……我们没人见过盗墓王，即便是拦下了他乘坐的车，恐怕也认不出他……”

“你昨天不是见过他哥哥吗，他们是双胞胎兄弟，俩人长得肯定非常相近。”

“怎么把这件事给忘了，我马上带人去设立检查站。”

布尔希把一个火柴盒大小的黑色小盒交给班达尔，“只要把这个无线追踪器放进盗墓王随身携带的东西里就行。”

班达尔带着无线追踪器离开游艇，随后带着几个警察在距离开罗十多公里的公路上设了临时检查站。不到一个小时，就看到了一辆奔驰越野卡车驶过来。

夏昊天他们不知道班达尔在这里设卡检查的真正目的，还以为是针对他们而来，班达尔走到右侧车门边，敲了敲车门大声问：“你们是干什么的，把证件拿出来检查一下。”

陆小瑶放下车窗玻璃，一副爱理不理的神态，“我们是埃克森美孚驻埃及办事处的，你们无权检查我们的车。”

班达尔根本不吃这一套，用手敲打着车门大声说：“我才不管什么埃克森美孚，马上给我下车检查……”话没说完，他忽然发觉对面的司机有点眼熟，于是绕到车的左侧，用手敲着车门说：“喂，你给我下来……”

夏昊天一听就急了，这个家伙有可能认出了武凡睦，如果都下车检查，肯定把大家都认出来，于是低声说：“冲过去!”

武凡睦已经猜到这个警察认出了自己，所以早做好了冲卡的准备，左脚一直踩在离合器上，把档位推在二档上，听到夏昊天说冲过去，右脚猛踩了一下油门踏板，乌尼莫克如同一头巨大的钢铁怪兽，发出了一声低沉的吼叫，然后忽的一下窜了出去，把车旁的警察吓得赶紧躲闪到一边，乌尼莫克庞大的车身呼啸着撞向拦在路上的横杆，栏杆应声折断，随后越野卡车沿着公路向前疾驰而去。

夏昊天走到车厢尾部，打开门口上部的活动小窗查看后面的情况，只见四五辆警车鸣响着警笛，急速向这边追赶。他知道这些轿车即便是追上也拿他们没办法，根本不敢靠近高大威武的越野卡车，就怕警察用无线电与公路前方的警察进行联系，如果在前面的城镇设卡堵截就麻烦了。先前制定的行进路线肯定是不行了，急忙从旅行背包内取出地图，慕佳懿也坐过来帮着他把地图摊开在工作台上。

这时后面响起了清脆的枪声，杰夫趴在车厢尾部的活动窗口上观察着后面的情况，吓得他回过头来大声吆喝道：“老 K，后面那些快追上了，而且在向天鸣枪。”

慕佳懿指着地图说：“咱们先拐向西面的沙漠地带，这样后面的警车就追不上了，然后再找地方购买给养。”

夏昊天点点头，“只能这样了，在咱们进入阿布穆哈里克沙丘地区前应该还能遇到几个城镇。”他走到通往驾驶室的门口边，对武凡睦说：“武大哥，离开公路往西面的沙漠里开，把后面追赶的警车甩开。”

“知道了。”

武凡睦答应一声，随即把车速稍微放慢了一些，这条公路是沿着尼罗河的西岸往南，所以只能向西拐，而公路的两边生长着许多椰枣树，必须选择一处合适的地点。

后面的车厢里又传来杰夫的大叫声，“开快点，那帮混蛋快追上了。”

这时武凡睦发现前方不远的公路右侧出现了一条小路，急忙转动方向盘驶上了旁边的羊肠小道，后面的警车随后也跟着拐过来，向前行驶了几百米后，道路就消失了，完全是一片荒野，乌尼莫克的四驱功能显示出了强大威力，在没有道路的荒野中如履平地，速度丝毫不减，十几分钟后，追赶的警车就不见了踪影。

第25章 通缉令

“马上申请红色通缉令，立刻通缉他们。”

哈迪和阿法尔只是被捆绑起来手脚，身体仍然能动，在夏昊天离开房间后不久，俩人就扭动着滚到了床下，然后躺在地毯上一点点挪动到了房门口，用捆绑着的双脚用力踹房门，巨大的响声不一会就把旅馆的服务人员招来了。

服务员打开房门后吓了一大跳，发现地毯上竟然躺着两个捆绑得像木乃伊的人，吃惊地问：“请问你们是什么人，怎么会被人捆绑在这里?”

“我们是警察，赶快把我身上的绳索松开……”

哈迪气得暴跳如雷，没好意思说自己是国际刑警，没想到阴沟里翻了船，被人打倒捆绑起来，在服务员给他松绑的同时，气急败坏地问道：“住在这间客房的人呢，他们都去哪里了?”

“我不知道啊，客人定下房间后我们是不能随便进入的，我怎么知道客人去了哪里?”

“我好像听到外面汽车的声音，他们是不是乘车走了?”

“半个小时前好像有一辆卡车停在旅店的外面，不一会就离开了。”

“是辆什么样的卡车?”

“我在房间里没看清楚，像是厢式货车。”

说话的时候，俩人身上的绳索都被解开了，哈迪走到房间外面的走廊里，趴在护栏上向院子外张望了一下，然后又问服务员，“他们一共几个人?”

“一共五个人，三男两女，都很年轻，其中一个是白人……”

哈迪挥手打断了服务员的话，“你马上检查一下其他房间，看看他们是否都离开了。”

“好的。”服务员答应一声转身离开。

“妈的，竟然敢把我们的手枪也抢走了……”哈迪猛地转过身来，盯着自己的搭档质问道：“那个男的怎么会认识你?”

“我真的不知道他怎么会认识我，以真主的名义发誓，我从来没有见过这个人。”

“这就奇怪了，他好像跟你很熟悉，根据吉萨警局的描述，这个人并不是被他们扣押的那个中国人，看来他们很可能是一个团伙。”

“接下来怎么办?”

“马上申请红色通缉令，立刻通缉他们。”

“可是根本不知道他们是什么人，如何下达红色通缉令?”

“我相信他们一定跑不出埃及，马上与警方联系，让警方协助抓捕他们。”说着话，哈迪转身向楼道口走去。

第26章 惊险不断

车里的五个人赶紧用双手捂着耳朵，把身体蜷缩在座椅里一动也不敢动，谁也没有经历过如此恐怖的沙暴，仿佛世界末日的降临一般。

夜幕降临前，五个人驾车到达一个叫格苏丹的小镇，从地图上看这是与距离阿布穆哈里克沙丘地带最近的一个小镇。

阿布穆哈里克沙丘位于埃及中东部地球，横贯南北，长度大约有七八百公里，宽接近一百公里。夏昊天原来计划从沙丘的中间部位穿越过去，向西进入利比亚沙漠，现在计划全被打乱了，为了躲避警方的追缉，必须沿着沙丘的西边向南行进，到达中间地段后再往西去。

格苏丹是进入沙漠前最后一个小镇，必须在这里把给养准备充足。他们在镇上购买了足够支撑一周的食品、水和汽油，因为担心警方通知镇上的警察，没敢在这里久留，买齐东西后就赶紧离开了。

小镇格苏丹位于阿布穆哈里克沙丘的北部，也可以说是这条沙丘地带的起始点，出小镇后就沿着沙丘的北部边缘往西去。卡车驶出小镇后发现根本没有路，完全是在荒漠的戈壁上行驶，刚开始遍地都是大块没有风化的石砾，地面上的这些石头大的有如拳头，小的如同鸽子蛋，而且每个石头都有尖棱利角，奇怪的是当地人竟然习惯光脚走路，不知道他们是如何在这样的地面上行走。

靠近大沙丘的戈壁地段只有大块的石砾没有细沙，然而几百米外的沙漠边缘却是见不到一块有尖棱利角的石头，两种地带的交界处远远望去犹如一条两边泾渭分明的隔离带，让人不解的是如此神奇的地貌是怎么形成的。

沙漠上的太阳似乎落下的格外慢，圆圆的大红球悬浮在地平线上，好像一直不忍落下去。

在石砾地面上行驶了一个小时后，进入了松软的沙地，不一会儿车轮就陷入了细沙中。乌尼莫克显示出了卓越的越野能力，因为带有轮胎气压控制系统，不必在车外进行操作，在驾驶室中就可以对前后桥轮胎实施控制，甚至在行驶中也可以根据路面状况改变轮胎压力。武凡睦察觉车轮陷入细沙中后，马上将前后轮胎气压降低，增大轮胎的着地面积，然后慢慢踩下油门踏板，排量为6.4升的发动机输出了280马力的功率，使这个钢铁怪兽轻松地从松软的沙地里爬了出来。

越野车的概念就是可以在最恶劣的地理环境中行驶，被称为越野之王的乌尼莫克在这方面无疑是最出色的。标准的门式车桥结合驾驶室内操作的轮胎气压控制系统以及后置式缆索绞盘，使其成为了几乎无所不能的特殊越野车，可轻松爬过80％的徒坡，最大爬坡能力达45度，最大涉水深度1.2米，而且每个档位都配有倒档。传动轴外有套管，驱动系统和车桥都是密封加压的，可以防止沙、水等物质的渗入，所以无论是沙漠、沼泽还是山丘，对于乌尼莫克来说都不在话下。

夏昊天坐在副驾驶位上，通过车窗可以看见南面连绵不绝的沙丘，这里的沙丘不是人们通常看到的那种，这种山丘表面是非常坚硬结实的沙砾，一种比岩石颗粒要小但比粉砂粗糙的沉积物，是由岩石经风化、剥蚀而形成，表面异常尖锐，被狂风吹起后碰到人身上，有时能将皮肤割破，非常恐怖。而阿布穆哈里克沙丘地带又是风暴经常出没的地区，如果运气不佳遇到狂风，躲避不及时就有可能要了人的命。夏昊天对这一地区的恶劣气候非常了解，所以在驾驶室里时刻关注着外面的情况。

当天空完全黑下来后，卡车顺利地到达了沙丘的西侧，沿着沙丘的边缘地区开始往南行驶，按照目前的行进速度，明天早上能到达沙丘的中间位置，对于这一点夏昊天毫不怀疑，因为夜晚不影响行进，几个人可以轮换着驾驶，车上安装着一套导航定位系统，所以不用担心会迷失方向。

又行驶了两个多小时，慕佳懿从后面车厢过来，让武凡睦把车停下，准备替换他，让他休息一会。在爱丁堡的时候，夏昊天见识过慕佳懿的驾驶技术，绝对不亚于一般的赛车手。

武凡睦停下车后，打开车门跳下车，然后跑到车后开始方便。其他人也借这个机会下车活动一下筋骨，从上午离开旅馆后，除了在格苏丹镇购买给养时休息了一段时间，已经在车上颠簸了十多个小时，大家都又累又乏。

陆小瑶下车后，被沙漠的夜景吸引，情不自禁地赞叹道："哇，好漂亮的夜空啊！漫天都是星星……"

在城市里生活久了，无所不在的光污染已经让人们忘记了头顶上还有星光璀璨的夜空。在沙漠中可以一览无余地看到整个星空，漫天的点点繁星，虽然遥远，却是那么的清晰，几个人都被美丽的夜色迷住了。

夏昊天站在陆小瑶身边，轻声说："记得一位诗人说过，生活在都市的人，一辈子看到的星星总和，也超不过在沙漠一个晚上看到的星星。"

杰夫走到陆小瑶身边，"如果想要看星星就跟我去卡尔顿山天文台，用太空望远镜看到的星星才是最漂亮的。"

"我还是喜欢在这里看星星，你看这片沙漠多么宁静安详，真想躺下来数着天上的星星慢慢进入梦乡。"

夏昊天笑着对杰夫说："老鼠，别总跟着小瑶身后讨好人家。"

杰夫气得骂道："老 K，都他妈的被你霸占着就行，我讨好一下你就不高兴了。"

"行了，你们俩要吵到一边去吵，别搅了大家的兴致。"

慕佳懿的话音未落，夏昊天突然感觉空气中有些异样的气息，第六感好像在向他发出警告，他急忙向四周巡视了一圈，东面是阿布穆哈里克沙丘，夜幕下连绵起伏的沙丘呈现出千奇百怪的形状，其他三面都是一望无际的沙漠，头上是美丽的星空，并没有什么可疑情况。但是周围好像一下子变得死一般寂静，空气好像被压缩了，而且让人有种窒息的感觉，不知为什么夏昊天的心跳在加速，以往只有在遇到紧急情况下才会如此。

其他几个人也察觉到周围似乎弥漫着某种超乎寻常的气氛，都竖起耳朵静静地听着，正南方忽然传来口哨一样的声响，声音在逐渐变大，而且在向这边移动。

夏昊天猛地意识到出现了什么，急忙大声叫道："赶快上车，快，大家赶快上车。"

几个人虽然不知道发生了什么，但是从夏昊天焦急的语气中感觉到事态可能很严重，慌忙爬进车厢里。

武凡睦刚坐到驾驶位上，夏昊天就急促地说："快，赶快把车调头……"

武凡睦看了他一眼，疑惑地问："调头！干嘛要调头?"

夏昊天用手指着前方说："有沙暴，赶快把车调转方向。"

此时，刚才的声响似乎减弱了许多，慕佳懿用手扶着车厢与驾驶室衔接处的门框，透过前面的挡风玻璃看了一眼，并没有发现什么变化，松了一口气，"刚才我还以为要发生什么大事，看把你吓成什么样了。"

"等会你就知道有多厉害了，沙暴里面如果裹挟着沙丘上的沙砾，会把车的挡风玻璃击碎，赶快调头，把车尾朝向沙暴来的方向。"

就在说话的空当，只见前方的地平线上隐约有一团黑色的东西，仿佛一头发疯的野牛，盘旋着往这边过来，后面拖着巨大的尾巴，已经遮挡了部分明亮的星空，眨眼的工夫，黑色球体越来越大，仿佛有股巨大的力量把地面扯了起来向这边压过来。武凡睦不敢怠慢，赶紧开始掉转车头。

越野卡车的尾部刚转向沙暴袭来的方向，就听到车外响起了一阵刺耳的呼啸声，尖锐的响声如同无数根铁钉摩擦玻璃发出的，听起来仿佛用锋利的刀子划过心头，有种说不出的难受滋味。紧接着车外变得一团漆黑，晴朗的星空消失不见了，好像一下子陷入了无底洞中。

"放掉轮胎里的气压，让重心降到最低。"对武凡睦说完，夏昊天又回头对车厢里的三个人大声说："赶快坐下，无论发生什么事情都不要乱动……"

外面的嘶叫已经盖过了他的声音，车厢里的人已经听不见他说什么，车厢外面响起了噼里啪啦的声音，像是冰雹砸在车身上，而且响声越来越密集。

武凡睦急忙拉起手刹，把前后轮胎的气放出去，心里暗暗说，多亏夏昊天发现及时，如果车头迎着沙暴，前面的挡风玻璃有可能被打碎。

刺耳的嘶鸣越来越强烈，这是沙暴中裹挟着沙砾在高速运动时相互摩擦发出的声响，车里的五个人赶紧用双手捂着耳朵，把身体蜷缩在座椅里一动也不敢动，谁也没有经历过如此恐怖的沙暴，仿佛世界末日的降临一般。面对巨大的自然灾害，任何人都无能为力，这时才感觉到自己的渺小和无助，只能在心里暗暗祈祷。

猛烈的沙暴来得快去得也快，持续了大约有半个小时，车外的呼啸声渐渐降低了，透过车窗又看到了晴朗的星空，几个正在庆幸躲过了一场可怕的灾难。突然间，车身猛烈地晃动了一下，好像是发生巨大的撞击，大家的心随即又提了起来，还没反应过来是怎么回事，车身又猛地晃动了一下，而且还发出了很大响声，好像是有东西从车的一侧在撞击车身。

武凡睦急忙去看后视镜，只见一团巨大的黑影正靠在车厢上来回晃动着，借助明亮的月光，他发现这个巨大的黑影大小和外形跟河马差不多，但是绝对不是河马，而这个东西的动作就像动物把身体靠在树干上蹭痒痒一样，也许是把这辆车当成了一块巨石。这辆改装过的乌尼莫克有七八吨重，竟然被这个大家伙轻而易举地弄得晃来晃去，可想而知这个家伙的力量有多大，他急忙对夏昊天说："你快看车外面是个什么东西。"

夏昊天向左侧探了一下身体，从后视镜里看到了那个大家伙，他一眼就认出这个东西竟然是在高棉森林的那座神庙中遇到的史前巨兽披甲蜥蜴，人迹罕至的沙丘地带正是这种怪兽的生活范围。他低声说："这是披甲蜥蜴，我们在高棉森林里见过一只，没想到在这里又遇到了。"

武凡睦吃惊地问："这个东西是从哪里冒出来，它怎么不怕沙暴的袭击。"

"它外面的那层鳞甲连子弹都不怕，别说是沙暴了。"

听说外面有一只披甲蜥蜴，杰夫从车厢挤进驾驶室里，从后视镜里观察着那个怪兽，低声说："还不赶快开车跑，小心让这个东西把咱们的车顶翻了。"

武凡睦刚要伸手去启动发动机，夏昊天一把按住了他的手，低声说："别动，看情景这个东西把咱们的车当做石头了，突然发动车子会惊动了它，如果让它感觉受到了威胁就麻烦了，它会发起进攻，在沙漠里这个东西跑得比车还快。"

因为车厢两侧是密封的，后面的人看不见外面的情景，陆小瑶听说外面是蜥蜴，急忙打开枪盒，从里面拿起一支雷明顿猎枪，走到通往驾驶室的小门边，把枪递给夏昊天，"夏大哥，给你枪。"

夏昊天轻声说："枪对付不了外面的家伙，反而会激怒它。"

"快看，那个家伙离开了。"杰夫看着后视镜突然大叫道。

这时沙暴已经过去，周围恢复了平静，武凡睦放下车窗玻璃，然后探出上半身向后张望，只见那个身形庞大的怪兽不慌不忙地挪动着脚步向东面的沙丘地带走去，回过头来轻声说："那个东西向沙丘那边走了。"

陆小瑶着急地说："赶快下车，我看看披甲蜥蜴到底什么样子。"

夏昊天赶紧拦住她，"再等一会，让那个东西走远了再下车。"

杰夫笑嘻嘻地对陆小瑶说："你不知道，老K被那个东西吓怕了，上次我们遇到的时候，他说长鳞片的东西不会主动发起攻击，结果差一点被它毁了。"

夏昊天瞥了杰夫一眼，没好气地说："你还有脸说，都是你开枪惹恼了那个东西，它才进攻咱们的。"

陆小瑶一脸兴奋的表情，"你们怎么能遇到这么多稀奇古怪的东西，真是太羡慕你们了。"

杰夫拍着陆小瑶的肩膀说："不用羡慕，你这不是也遇到了，只要跟着我们，让你惊喜的事情多了。"

武凡睦又探出头看了一下，然后打开车门跳下去，"好了，那个东西已经走远了。"

几个人纷纷从车里出来，陆小瑶拿着望远镜查看已经走到沙丘上的披甲蜥蜴。夏昊天围绕着卡车转了一圈，查看车辆情况，车厢后面仿佛是被密集的子弹扫射过一样，留下密密麻麻的小坑，特别是尾部的油漆基本没有了，露出了下面的铁皮。

慕佳懿站在他身边，望着伤痕累累的车厢惊叹地说："没想到这里的沙暴竟然这么厉害，如果咱们没有待在车里非死即伤。"

"这主要是沙丘上的沙砾造成的。"夏昊天弯腰从地上抓起一把沙子，只见里面夹杂一些黄豆粒大小的碎石，他把手伸到慕佳懿面前，"你看这些碎石，都是些还没有完全风化的岩石颗粒，有的还带有尖锐的棱角，被飓风吹起来后跟子弹差不多，打在人身上后果可想而知。"

"看来也就像披甲蜥蜴这样有一层坚硬鳞片的生物才能在这里生存。"

"不错，这里的生存条件太恶劣了，一般生物很难适应。"说着话把手里的沙砾撒在地上，然后大声说："赶快上车了，咱们必须尽快离开这里，沙暴不一定什么时候还会有。"

重新上路后换成慕佳懿驾驶汽车，夏昊天坐在副驾驶位上。乌尼莫克的驾驶室很小，只能做两个人，其他人都只能坐在后面的车厢里，因为车厢与驾驶室有一个小门连接，所以并不影响相互之间的说话。

杰夫靠在车厢那边的门框上，一边望着前面荒芜的沙漠一边跟俩人聊天，“老 K，咱们第一次遇到这个东西的时候，你说过它可能是通过那个什么地下长廊过去的，现在看来高棉地区跟这一带的确有联系。”

“是阿尔加塔地下长廊，我相信这条地下长廊一定存在。猎户星座和天龙星座的运行关系证明了吴哥古城与吉萨金字塔的联系，我相信在地下同样有东西连接着吉萨高地和高棉地区。”

慕佳懿瞥了他一眼，“你的意思就是阿尔加塔地下长廊把吉萨高地与高棉地区连接在了一起?”

夏昊天点点头，“不仅是吴哥古城与吉萨金字塔，我感觉世界各地出现过的早期超高度文明之间都应该有联系，虽然现在还没有证据证明这一点，不过我对此毫不怀疑。”

“先别管其他的超高度文明了，你就考虑如何找到汉克斯博士就行，说实话在这个世界真待够了，感觉一分钟都呆不下去了。”

杰夫生气地说：“这个汉克斯也是，待在博物馆里多好，多舒服，干嘛跑到沙漠里来，真是的。”

夏昊天笑着说：“你待在天文台多舒服，没事就玩电脑游戏，干嘛也跑到沙漠里来。”

“靠，你还有脸说，要不是你们俩跑到天文台把我骗出来，我能遭这么多罪吗，交了你这么个朋友算我倒霉了，足彩中了 35 万，还没来得及领取又回来了。”

慕佳懿一边全神贯注地驾驶车一边说：“能把汉克斯博士吸引到沙漠里来，我想肯定是非常重要的东西，会不会是盗墓王所说的《亡灵书》?”

“发现蝎王死书的可能性不大，因为亡灵书是在墓室里，根据盗墓王的描述，现在发现的仅仅是蝎王的墓葬庙，不过蝎王墓葬庙中的东西也足以震惊世界。还有一点，蝎王的死书与大英博物馆的镇馆之宝——亚尼的《死者之书》有所不同，后者是莎纸草写成，而蝎王时代莎草纸还没有发明出来，所以只能是雕刻或是书写在石棺以及墓室的墙壁上。”

杰夫好奇地问：“你说的是不是法老墓室的墙壁上那些色彩鲜艳的画?”

“不错，准确地说那些不是画，而是象形文字，古埃及文字有三种，圣书体、僧侣体和世俗体。圣书体就是法老墓室墙壁上的象形文字，这种文字在公元前三千多年前就出现了，也就是蝎王时代就已经有了。‘圣书’一词来源于希腊语‘神圣的雕刻’，这种文字一般刻写在神庙和法老的墓室内，而且只有少数祭司掌握，所以埃及人也称之为‘神的文字’，在公元四世纪以后就没有人能认识圣书体，此后这种文字就逐渐变成了一个谜。而汉克斯博士就是研究圣书体的专家，几乎精通全部的圣书体文字……”

杰夫一副恍然大悟的神情，“难怪胡夫王城里其他人都被抓走了，只把他留下在密室里翻译古文。”

夏昊天忽然一怔，杰夫的话好像提醒了他，眉头紧蹙陷入沉思中。

慕佳懿因为一直注视着前方的地形，没有注意到夏昊天的表情变化，目不斜视地说：“我怎么感觉你的话有些矛盾，既然从四世纪起就没人认识圣书体了，那汉克斯怎么会精通这种文字?”

呃，夏昊天从沉思中回过神来，看了慕佳懿一眼，“不矛盾，在1800年的时候，拿破仑的军队远征埃及，法军上尉布夏贺在罗塞塔城附近修筑防御工事发现了一块用圣书体、世俗体和古希腊文三种文字写成的黑色玄武石碑，后人将其称为‘罗塞塔石碑’，这块石碑给解读古埃及象形文字带来了关键性的资料。第二年英军战胜了法军，这块碑又落入了英国人手里，现在就存放在大英博物馆里。而古埃及象形文字之谜正是透过这块碑被重新解读出来。”

杰夫笑着说：“我就知道美国有一款‘罗塞塔石碑’语言学习软件非常受欢迎。”

“你说的不错，罗塞塔石碑由于是破解埃及象形文的起始点，所以后来人们就用它来暗喻要解决一个谜题或困难事物的关键线索或工具，不仅是你说的语言软件，欧洲航天局探索太空的航天器也叫‘罗塞塔’，用意都是一样的。”

慕佳懿用诙谐的口吻说：“这么说汉克斯博士就是咱们的‘罗塞塔石碑’了。”

“对，汉克斯的确是咱们的罗塞塔，刚才杰夫提到汉克斯博士在胡夫王城密室里翻译资料时我突然意识到一个问题，记得当时博士曾说过与他一起失踪的人都被‘亚麻拉迪’带走了。”

“亚麻拉迪!”慕佳懿好奇地问：“亚麻拉迪是什么东西?”

杰夫抢着说：“是传说中的一种怪物，长得跟人类相似，这种行踪诡秘的生物生活在人迹罕至的偏僻山区和沙漠里，据说‘亚麻拉迪’可以驱动死者的亡灵对敌人发动进攻。”

“呃，真的有这种东西?”慕佳懿的语气中充满了怀疑。

夏昊天点点头，“嗯，的确有，据汉克斯博士说胡夫王城就是由这种生物控制着。”

“我们在地下城怎么没有遇到这种怪物?”

“汉克斯说这种生物的智能很高，平常并不待在地下城里，主要生活在荒无人烟的沙漠里。你还记得在盗墓王那里他提到过自己的三个弟子在神庙失踪了，而地面的痕迹却是人留下的……”

“你的意思是他们是被‘亚麻拉迪’抓走的?”

“嗯，我忽然有种感觉，这两者之间好像有着某种联系，而且‘亚麻拉迪’似乎与古埃及传说中的一种死者的保护神很相似……”

这时天空逐渐放亮，虽然太阳还没有出来，不过夜空逐渐隐遁，空气中弥漫着朝露的气息。

慕佳懿看了一眼放在中控台上的地质罗盘，对夏昊天说：“对了，是不是应该测量一下咱们的方位了，我感觉快到沙丘的中间位置了。”

“嗯，我也感觉快到了，你把车停下。”

等车停稳后，夏昊天拿起地质罗盘跳下，向四周寻找巡视了一圈，三面都是一望无际的茫茫沙漠，只有东侧是连绵不绝的巨大沙丘，在沙丘的上部飘浮着一层金色的彩霞，很快太阳就要从沙丘背后跳出来。

他打开罗盘盖，放松制动螺丝，让磁针自由转动，把罗盘放在胸前，使罗盘的长水准器对准卡车的车头，然后转动反光镜，使车头和长水准器都映入反光镜中……

这时，其他人也都从车里出来，大家都活动一下腿脚，在车里颠簸了一个晚上，身体都僵硬了。

杰夫看着夏昊天在测量方位，忍不住说：“世界变化真快，仅仅是二十年世界就有天壤之别，如果有GPS导航哪里还用这么麻烦。”

武凡睦笑着说：“GPS最早投入使用是在第一次海湾战争，美军士兵正式利用GPS进行定位，刚好是十年以后。”

陆小瑶好奇地问：“武大哥，你们说的GPS是什么东西?”

“是一种卫星定位系统，最初是由美国的陆海空三军联合研制的利用卫星进行准确定位，后来很快就发展到了民用，如果我们携带一个手持式的GPS，不管在地球的任何角落，都可以准确地知道自己所处的方位。”

“这么先进，听起来就像是童话世界，我越来越想到你们那个时代去看看。”

武凡睦笑着问她，“小瑶，你相信有童话世界吗?”

陆小瑶摇摇头，“不相信。”

“呵呵，刚才还说二十年后的世界就像是童话世界，其实人类的发展就是在创造着一个个的童话世界，如果再过五十年，那时的人类世界比任何的童话世界都要美好。”

“这个我相信，其实就拿你们穿越时空这件事来说，跟童话故事又有什么区别。”

这时夏昊天已经用罗盘测量出了所处的准确位置，指着右侧两点方位说：“咱们就沿着这个方面进入沙漠，神庙的位置离这里大约还有一百公里左右。”

慕佳懿看了一眼披着金色的沙丘，自言自语地说：“今天咱们就应该能赶到神庙那里。”

“嗯，如果顺利的话，争取天黑前赶到就行。”说完，夏昊天招呼大家上车继续赶路。

进入沙漠后，才发现情况比想象的还要糟糕，这里的沙漠到处都是松软的大沙丘，乌尼莫克的越野能力虽然很强大，但是每小时行进的距离也只有几公里，整整一天时间行进了竟然不到五十公里。

五个人已经一天一夜没有休息了，都疲惫不堪，夏昊天决定停下来休息一晚上，于是找了一处避风的地方，在一个大沙丘的旁边停下来，准备第二天再走。

第27章 疯狂追击

班达尔顾不上多想，赶紧指挥警察们上车追赶。他上车后立刻用车载电话呼叫布尔希少校。

当越野卡车呼啸着冲出去后，班达尔猛地想起了戴着安全帽的司机就是在吉萨警局审讯过的那个中国人。此前，他得到消息，四个人在昨天早上已经离开开罗飞往伦敦了，怎么现在又会出现在这里？

班达尔顾不上多想，赶紧指挥警察们上车追赶。他上车后立刻用车载电话呼叫布尔希少校。

“呼叫飞鹰一号，听到请回答。”

很快通话器里就传出布尔希的声音，“我是飞鹰一号，请讲。”

“我在市区南部路上设立检查站，刚刚发现了一辆奔驰越野卡车，车上的司机是昨天失踪的那四个人中的一个。”

“你不是说他们飞往伦敦了吗？”

“机场登记显示，他们昨天早上的确乘坐飞机离开了。”

“四个人都在吗？”

“只看到其中一个中国人，估计其他人可能在后面的车厢里，坐在副驾驶位上的是一个年轻的中国女人，这个人我没有见过。”

布尔希也许是从通话器里听到了警笛声，于是问道：“现在是什么情况？”

“他们可能认出了我，所以驾车闯过了检查站，我正跟在后面追赶他们。”

“一定要抓住他们。”

“卡车离我的距离不到两百米，很快就追上了，完毕。”

班达尔说完，放下通话器，随后拔出手枪，伸到车窗外，枪口向上鸣枪警告。

伊萨紧张地驾车追赶，同时大声说：“头，鸣枪好像没有用，是不是呼叫沿途的警察进行拦截?”

班达尔心想不错，让前方城镇的警察进行拦截，他把车载电台调到警用频道上，刚要进行呼叫，突然听到伊萨又叫起来，“头，他们拐到岔路上了。”

他急忙抬头看前面，已经看不见越野卡车的影子，路旁的椰枣树林挡住了视线。很快，乘坐的路虎越野车也拐上了旁边的小路，只见前方越野卡车的速度明显降下来，离他们距离不过一百来米，他催促道：“快，赶快追上去，一定要抓住他们。”

这条行人踩出的小道比车辆要窄许多，一侧车轮压在上面，另外一侧的车轮只能在高低不平的土地上行驶，车身仿佛跳舞似的上下跳动，后面的几辆普通警车在这样的地方根本无法行驶，很快就落在后面，在追赶了一两公里后，就看不见其他警车的影子了，而前面的奔驰越野卡车与他们之间的距离也越来越远。

伊萨有些担心地说：“头，这样的地形后面的车肯定过不来，就咱们俩恐怕很难对付前面的人。”

班达尔挥舞着手里的枪说：“我们有枪怕什么?”

“万一他们车上也有武器怎么办? 再说……”伊萨本来要说他们俩被制服的事，话到嘴边又咽了回去。

班达尔明白伊萨要说什么，他的手背上还包着纱布，那个中国人用一张普通的扑克牌就打伤了自己，如果是其他东西的话，自己的这只手就废了，手背的伤口条件反射似的一阵疼痛，心想不能为了追赶前面的几个人把命搭上，于是摆手示意伊萨停下来。

伊萨慢慢把车停下来，班达尔一声不吭地遥望着越来越远的越野卡车，一直到看不见影子后，他伸手拿起通话器，把频率调到与布尔希少校的通话频道上。

“呼叫飞鹰一号，听到请回答。”

“我是飞鹰一号，追赶上那些人了没有?”

“没有，他们的越野卡车驶入了地形复杂的山野中，我们的车无法追赶，让他们跑掉了。”

通话器里沉默了好几秒钟，随后又传出布尔希的声音，“你们返回来继续在公路上设卡检查，我会尽快赶过去。”

“明白。”

班达尔放下通话器，向伊萨挥了一下手，示意返回去。

第28章 夺命流沙

当他准备回身的时候却发现自己的双脚根本不能动了，流沙已经淹没到右腿的膝盖处，他感觉自己的腿竟然像生根了一样无法动弹。

天黑以后，因为沙漠里地形非常复杂，而且变化多端，夏昊天决定安营扎寨休息一个晚上，天亮后再赶路。

颠簸了一天大家都已疲惫不堪，而且昨天晚上都没有睡觉，吃了些东西后就蜷缩在座椅上开始休息。杰夫算是最舒服的，他把毛毯铺在车厢一侧的操作台，然后躺在上面，他身体矮小，躺在操作台上刚好合适，很快就睡着了。不知道过了多久，被尿憋起来。

车厢顶上一盏五瓦的照明灯散发着暗淡柔和的亮光，慕佳懿和陆小瑶身上裹着毛毯，侧卧在旁边的长椅上。沙漠里昼夜温差很大，白天虽然很热，但是到了晚上气温却只有几度。

杰夫从操作台上跳下来，走到车厢尾部，想出去方便，用手握着门柄往外推了一下门，感到车厢后门竟然纹丝不动，他感到有些奇怪，用两只手握住门柄用力往外推，车门像是被焊死了，无论怎么用力推也打不开。他感到有些不对劲，临睡前还看见慕佳懿和陆小瑶从这里出去过，怎么会打不开了？杰夫一头雾水地走到与驾驶室连接的小门口。

夏昊天和武凡睦在驾驶室里，俩人都歪着身体仰着头在沉睡，杰夫想把夏昊天叫醒，然后从他这边下车去撒尿。

杰夫弯着腰准备从小门钻进驾驶室里，无意中看到前挡风玻璃上全部是沙子，就在那一刹那，他猛地明白了车厢后面为什么打不开了，他紧盯着前挡风玻璃，仿佛看见了鬼似的吓得毛骨悚然，惊恐地大叫起来，“老 K，赶快起来，我们被活埋了……”

四个人都被杰夫的叫喊惊醒了，夏昊天猛地直起身体，不安地问：“发生什么事情了?”

杰夫用手指着挡风玻璃，声音颤抖着说：“你看……看前面……”

夏昊天看了一眼挡风玻璃，心脏一下子提了起来，头上顿时冒出了冷汗。只见前面的挡风玻璃百分之九十已经被沙子掩埋起来，只有上部不到十公分的部位看不见沙子，他心里很清楚卡车陷入了流沙中，而且眼看着前面挡风玻璃上的沙子还在缓缓往上升，说明卡车正在往流沙里陷落。

武凡睦也被眼前的景象吓了一跳，本能地想打开车门，右手掀起门柄，把身体靠在车门上用力去推，但是无论如何用力，车门都是纹丝不动。

慕佳懿和陆小瑶也被杰夫的叫声惊醒，挤到他身边，不安地问：“发生什么事情了?

杰夫回过身来，焦急地说：“我们被埋在沙子里出不去了。”

武凡睦声音低沉地说：“车门打不开，咱们恐怕要被活埋了。”

慕佳懿和陆小瑶也看到了驾驶室前挡风玻璃外的沙子，还有一点点整个玻璃就要被沙子埋起来了。车厢一下子变得鸦雀无声，只听到大家急促的呼吸和嘭嘭的心跳，五个人都很清楚等待他们的将会是什么结果……

这时，车身四周响起了轻微的嘎吱嘎吱的声音，这是沙子挤压车身发出的声响，夏昊天的神经如同绷紧的琴弦，在心里暗暗对自己说一定有办法，这是辆用乌尼莫克改装的野外勘探车，设计人员应该预先考虑到越野可能会遇到的各种险情，想到这里，急忙问：“这辆车有几个应急出口?”

陆小瑶突然大叫起来，“我想起来了，车厢顶上有一个应急出口，可以从那出去。”

慕佳懿迅速走到车厢中间，只见车厢顶部果然有一个半米见方的四方形应急出口，而且在出口盖的下方有一个红色的手柄，她立刻伸手抓住了手柄，用力向下一拉，只听嘭的一声，金属盖子竟然弹了出去，一下子看到了外面晴朗的夜空。她马上拱起右腿对陆小瑶说："快，踩着我的腿上去。"

陆小瑶一只脚踩着慕佳懿的大腿，纵身向上一跃，双手攀住出口的两边，迅速爬了出去。她站在车顶上向周围巡视了一圈，只见整个驾驶室已经完全陷入沙子中，因为车厢顶部高出驾驶室三十多公分，所以暂时还没有被掩埋，不过能听到沙子流动发出的唰唰声，就像是有无数蚂蚁在爬动时发出的声响，瘆得她立刻起了一身鸡皮疙瘩。赶紧对着出口大声说："你们快出来，流沙快要埋到车顶了。"

陆小瑶上去后，慕佳懿又对杰夫说："快，你踩着我的腿上去。"

杰夫什么话也没说，学着陆小瑶的样子迅速爬出去。这时夏昊天和武凡睦也从驾驶室里过来了，俩人二话不说，一起用力托起慕佳懿，把她从车顶的出口推上去。

夏昊天一边往上推慕佳懿一边大声说："离开车顶的时候千万别跑，一定要躺下翻滚出流沙区，千万不要用力挣扎……"

话音未落，驾驶室里响起玻璃的破碎声，很显然流沙压碎了车窗玻璃，紧接着细沙像流水一样从通往驾驶室的小门涌进车厢里。夏昊天急忙对武凡睦说："你先上去……"

"你先出去……"武凡睦推辞道。

"别争了，你快出去。"

夏昊天吼了一声，转身去找他的旅行背包，在背包里有盗墓王交给他的那个生命之符，他有种预感，盗墓王之所以能离开蝎王墓葬庙与这个生命之符有很大关系，所以前往蝎王神庙就不能少了这个东西。

旅行背包挂在通往驾驶室的小门旁边的车厢壁上，此时流沙正从小门一个劲地涌进了车厢里，车厢前半部的地板已经被流沙覆盖起来，要拿到旅行背包就要踩着流沙过去，好在涌进车厢里流沙并不是很多，他没有多想赶紧走过去拿背包。

脚踩到流沙后夏昊天猛地吃了一惊，仿佛是踩到水上一样，细沙竟然很轻盈地从鞋子的两边闪开了，然后迅速从上面把鞋子包裹起来。夏昊天的左脚落下后，再向前走一步，伸手刚好拿到背包，但是当他准备回身的时候却发现自己的双脚根本不能动了，流沙已经淹没到右腿的膝盖处，他感觉自己的腿竟然像生根了一样无法动弹，立时吓出了一身冷汗，知道自己的双腿被流沙吸住了。

科学家曾经对流沙做过深入的研究，陷入流沙里的人一般都动不了，主要是因为流动的沙子密度增加以后对人体形成很大的压力，让人很难使出力来。即使大力士也很难一下子把受困者从流沙中拖出来。夏昊天知道自己陷入什么样的困境中了，心想这一次是在劫难逃了。奇怪的是当明白自己陷入绝境中后，心里却突然变得异常平静，也许这就是人们常说的当死神降临时，人会变得非常坦然。

武凡睦出去后，大家发现夏昊天没有跟出来，慕佳懿赶紧趴在紧急出口上向下查看情况，发现夏昊天站在靠近前门的地方一动不动，急忙叫喊他，“昊天，车要沉入沙子里了，赶快上来……”

夏昊天回头看了一下，然后平静地说：“你们赶快离开车顶，一定要躺下翻滚出去，千万不要用脚和手接触流沙。”

慕佳懿忽然发现夏昊天的小腿陷在流沙里，焦急问：“你是不是动不了了？我下去把你拉出来。”

“千万别下来，你们赶快离开车顶……”夏昊天心里很清楚，靠人的力量根本无法把自己从流沙中拖出来，不小心还会把其他人带入危险的境地。

慕佳懿赶紧对三个人说：“你们赶快离开车顶，要躺下来翻滚着离开流沙地带。”说完，她急忙坐下来，把双腿先伸进出口里，然后双手把住出口的边沿，身体随即缩进了车厢里。

在紧急出口下方靠右边是操作台，慕佳懿双脚没敢落地，她悬空着身体甩了一下，双脚踩到了操作台上，随后松开双手，身体就势蹲在了操作台，然后赶紧把手伸向夏昊天，急促地说：“抓进我的手，我把你拖出来。”

这时涌进车厢内的流沙已经淹没到了夏昊天的小腹，他赶紧把旅行背包背在身后，然后抓住慕佳懿伸过来的手，将身体尽量往后仰，随后俩人同时用力，但是夏昊天的腿始终不能从流沙中拔出来。他松开慕佳懿的手，无奈地说：“没用的，只要流沙还在移动，就是十个人也帮不了我，你赶快出去，再晚就来不及了。”

“不能放弃！”慕佳懿突然大声叫道，“你如果出不去我就陪你一块死在车里。”

“老K，你一定要出来，否则我们就一起下去陪你了。”头顶出口处突然传来杰夫的叫声。

夏昊天仰脸往上看一眼，只见杰夫、陆小瑶还有武凡睦三个人都趴在出口上，三个人都没有离开，他大声骂道："混蛋，你们赶快离开，否则我就一枪打死自己了。"说着话，夏昊天又把背包取下来，拉开拉链，从里面拿出手枪，把背包扔给慕佳懿，把枪口指向自己的太阳穴，大声说："赶快带着包出去，否则我就打死自己……"

"昊天，你别干傻事!"

"我数三声，你再不出去我就开枪了。"

夏昊天心里很清楚，慕佳懿根本救不了自己，她再不出去很可能就跟自己一样死在这里了。

"好，我出去……"

看到夏昊天一副毅然决然的神情，慕佳懿真怕他当着自己的面开枪，她赶紧把夏昊天的旅行背包从紧急出口扔出去，然后向前探身双手把住出口边沿，双脚抬起做了一个躯体向上的动作，先把双腿从出口伸到外面。

武凡睦在外面抱住慕佳懿的双腿，把她拉出去，慕佳懿脸色铁青，低声说："赶快离开车顶，千万不能用脚踩到流沙……"

车厢内的情景三个人都看到了，谁也不忍心再往下看一眼，默默地转过身准备离开。陆小瑶在车厢边沿坐下来，准备躺下身体滚出去，她突然发现流沙的表面与车厢顶部边沿的距离似乎没有变化，急忙回头对慕佳懿说："佳懿姐，车好像不下沉了。"

呃，慕佳懿心里一阵惊喜，急忙走到陆小瑶身边，刚才几个人因为都在关注车厢里情况，所以谁也没有注意流沙，只见车厢边的沙子的确不动了。

陆小瑶指着身边的流沙说："我出来的时候沙子就到这里，现在还是。"

慕佳懿顾不上多说，转身趴到车顶的出口上，激动地对着下面喊道："昊天，卡车停止下沉了……"还没说完就哽咽着说不出话了，眼泪紧跟着流了下来，一向坚强的她竟然喜极而泣。

听到慕佳懿的喊叫，夏昊天心里顿时一阵狂喜，如果汽车不再下沉自己就死不了，他赶紧看了一眼通往驾驶室的小门，沙子果然不再往这边流动，而身边的沙子也都静止不动了，他急忙晃动了一下身体，发现自己的腿竟然能动了，巨大的吸力似乎一下子消失得无影无踪，他慢慢晃动着身体，逐渐将双腿从细沙中拔出来。

从沙子里出来后，夏昊天突然感觉全身没有一点力气，身体像煮熟的面条一样柔软，一下子瘫坐在沙子上，刚才巨大的精神压力消耗了他身体内的力量。

见此情景，慕佳懿又赶紧跳下来，抓住他的胳膊，焦急地问：“你怎么了？是不是受伤了？”关切之情溢于言表。

夏昊天微微摇了摇头，轻声说：“没事，就是感到有点累，喘口气休息一下就没事。”

慕佳懿忍不住破涕而笑，“你这是吓的，刚才还装出一副英雄气概，原来你也怕死啊。”

“哪有不怕死的人，不过当确定自己无法逃避死亡的时候，心里的确很坦然，没有一点恐惧感。”

武凡睦也从出口跳下来，关切地问：“你没事吧？”

“没事，对了，你们先把车里的食物和水弄出去，咱们后面肯定要徒步进入沙漠了。”

随后几个人将车厢里的食物、水还有必需的装备都从紧急出口递出去，收拾完后五个人都长长地松了一口气，然后坐在车厢顶上等着天亮。

经过这一番折腾，大家都没有了睡意，看着没入沙中的卡车，夏昊天对陆小瑶说：“这辆车肯定是报废了，这一次给你惹了不小的麻烦。”

陆小瑶摆摆手，满不在乎地说：“没事，他们公司每年都有好多车出事，报废几辆车很正常。”

“这不一样，等回去后一定要赔偿他们的损失。”

“我说过了没事。”陆小瑶急忙把话题岔开，“真是奇怪，咱们停下的时候好好的，怎么突然沉下去了？”

“流沙是沙子‘液化’的一种特殊现象，人们大多在一些影视中看到过，不过影视中对流沙的描述基本都是错误的。就像昨晚咱们看到的一样，流沙的表面看起来是平静的，与正常的沙子没有区别，不过流沙表面一旦受到运动干扰，就会逐渐‘液化’，表层的沙子会变得松软，浅层的沙子也会很快往下跑，这种迁徙运动会使表面的运动物体下沉，就是所说的流沙吞噬东西。”

“那这辆车怎么沉到这里就停下来？是不是这辆车太大流沙吞不下去了？”

夏昊天摆摆手，“这个与物体的大小没有多少关系，沙子随着下沉深度的增加，从上层经迁徙运动掉到下方底层的沙子和黏土逐渐聚合，便会创造出厚实的沉积层，使沙子的黏性快速增加，阻止了物体进一步下陷，这辆车没有被全部吞噬纯属巧合，也许是上天不保佑大家。”

杰夫好奇地问：“老K，刚开始的时候看到你就是小腿陷入了流沙中，你干嘛不快点拔出来？平时你反应挺敏捷的，这次是怎么回事?”

“说实话我也没有料到流沙如此厉害，刚踩上去的时候感觉像是踩到了水，等反应过来已经晚了。”

“真的拔不出来?”杰夫的语气中充满了怀疑。

夏昊天点点头，“研究流沙的科学家曾经计算过，如果以每秒钟一厘米的速度从流沙中拖出受困者的一只脚，需要大约10万牛顿的力，这与举起这辆乌尼莫克的力量差不多，所以除非有吊车帮忙，否则很难一下子把掉进流沙的人拉出来。另外研究人员还指出，如果用这么大的力量生拉硬扯，人的身体很可能被强大的力量扯断，所造成的危险远高于暂时停在流沙当中。”

“照你这么说陷入流沙中就毫无办法只能等死了?”

“当然不是，通常情况密度小于流沙的物体会浮在流沙之上，当物体陷入流沙后，下陷速度要视物体本身的密度而定。流沙的密度一般是2克/毫升，而人的密度是1克/毫升。在这样的密度下，人类身体陷入流沙后一般不会有灭顶之灾，往往下沉到腰部就停止……”

陆小瑶打断了夏昊天的话，“那为什么还会有人被流沙吞噬?”

“这完全是由人自身的反应造成的后果，研究流沙的专业人员做过一个实验，将一个密度为2.7克/毫升的铝盆置于流沙表面，尽管其密度大于流沙，但由于受流沙浮力和沙面张力的影响，铝盆仍能平静地呆在流沙的表面，不过当科学家开始轻轻晃动铝盆时，情况就发生了变化，铝盆开始下陷，加大力度摇晃时整个容器就慢慢沉入沙中。”

“呃，我明白了，当人陷入流沙中后，由于恐惧和求生的本能会剧烈地挣扎，反而使自己被流沙吞噬。”

“不错，如果陷入流沙后用力挣扎只会让人下陷得更快，人们误以为通过摇动能使身体周围的沙子松动，从而有利于肢体从流沙中拔出。岂不知这种运动只能加速黏土的沉积，增强流沙的黏性，胡乱挣扎只会使人越陷越深，最后被流沙吞噬。所以陷入流沙中后，首先要保持冷静，尽量让四肢最大限度地分开，因为身体接触沙子的表面积越大，得到的浮力就会越大，然后轻柔地移动肢体，让沙子渗入挤出来的真空区域，这样就能缓解身体所受的压力，同时让沙子慢慢变得松散，只要有足够的耐心，动作足够轻缓，就能慢慢脱困。另外还要知道一点，流沙并不是总在流动，它会停止下来，就像我们这次遇到的，否则我这次真的是要去见上帝了。”

慕佳懿心有余悸地说：“进入沙漠地带后我们就遇到了沙暴和流沙，说实话多亏有车才躲避过去，咱们后面步行去寻找蝎王墓葬庙是不是太危险了?”

慕佳懿的担心是有根据的，如果没有车，后面的处境会更加危险，夏昊天沉思了一会，自言自语地说：“咱们根本没有退路。”

几个人都沉默了，大家的心里都清楚，在这个熟悉而又陌生的世界里，他们的确没有退路，对他们来说唯一的希望就是找到汉克斯，了解到太阳石的线索，然后继续寻找太阳石，不过照目前情况看，返回去的希望似乎太渺茫了……

第29章 按图索骥

布尔希顺着班达尔手指的方向，只见不远处的崖壁上有一个用硬物划出来的箭头，而且在箭头的尾部有一个人字形的符号，与盗墓王信上所画的符号一模一样。

班达尔返回原来设立检查站的公路后不久，布尔希就带人驾驶两辆奔驰G500赶到了，班达尔把发生的事情详细汇报了一遍。

听到四人乘坐的是奔驰乌尼莫克，布尔希的第一反应就是这几个人要去蝎王墓葬庙，心想这几个人来到这个世界或许就是为了寻找蝎王死书的，难怪那个中国人会拒绝跟自己合作寻找太阳石。

布尔希沉思了一下，然后对班达尔说："把检查站撤了吧，你们俩跟我一起去阿布穆哈里克沙丘，我们就在盗墓王所说的山口等他。"

班达尔答应一声，让助手伊萨安排其他警察回去，随后三辆车一起向达迈莱维市方向驶去。

傍晚的时候，一行人到达了位于阿布穆哈里克沙丘中部的一个叫狮口的地方，盗墓王的地图就标注到这里。

前车停下后，车里的人纷纷下车查看情况，只见面前是一片连绵不断的巨型沙丘，奇怪的沙丘的表面全部是一层黑色的石砾，一条蜿蜒的小路延伸进一眼望不到边的沙丘中，与其说沙丘，其实更像山岭。千百年来在飓风的雕琢下，许多沙丘都变成了一些奇怪的形状，有的像蘑菇，有的像石柱，千奇百怪，远远望去仿佛是火星的表面。

布尔希下车后一言不发地望着前面令人生畏的沙丘地带，班达尔站在他身边低声说："少校，这里面太危险了，有许多人进去后就再也没有出来，盗墓王不会是……"

布尔希摆摆手，"蝎王墓葬庙的地方肯定不易寻找，否则早就被人发现了，怎么会留到现在，正因为前面险恶，才说明盗墓王没有欺骗我们，他的信上说让我们明天上午到达这里，所以他显然还没有来。"

这时两个到前面探路的人回来向他汇报，"报告少校，前面没有发现任何标记。"

布尔希对俩人说："就地安营休息，安排好岗哨，密切注意前面山口方向的情况。"

两个部下答应一声，马上去安排。

三辆越野车停在沙丘边缘一直等到第二天中午十二点多，负责警戒的人员没有发现任何动静，更不用说人影。

班达尔有些不耐烦了，从自己的路虎车里下来，走到后面那辆车的车门旁，对坐在车里的布尔希说："少校，我们已经等了快一天时间了，怎么还没有动静，盗墓王不会是不来了吧？"

布尔希虽然表面平静，其实心里比任何人都着急，博士亲自安排他来，如果完不成任务后果不堪设想。他打开车门下了车，走到三辆车的前面。

一个肩膀上挎着乌兹冲锋枪的部下在警惕地注视着四周，看到布尔希过来，立刻双脚并拢，胸膛往上一挺。

布尔希眼睛望着沙丘方向，轻声问："看到有人出现没有？"

"报告少校，什么都没有发现。"

班达尔跟在布尔希身后，自言自语地说："这种鬼地方，连只鸟都看不见，什么人会来这里。"

布尔希一声不吭地向通往沙丘深处的入口走去，班达尔急忙跟在后面。脚下是还没有完全风化的石砾，在皮鞋下发出嘎吱嘎吱的声响。俩人向前走了有一百多米，来到两个沙丘之间巨大的缝隙处。抬头往上看，沙丘高度超过三四十米，两边如同断崖一样整齐，形成了一条二十来米宽的大沟。

就在这时，班达尔突然叫起来，"少校，你看那里好像有个标记。"

布尔希顺着班达尔手指的方向，只见不远处的崖壁上有一个用硬物划出来的箭头，而且在箭头的尾部有一个人字形的符号，与盗墓王信上所画的符号一模一样。

俩人急忙走到沙丘的岩壁前，标记离地面大约有一米半高，看情景是用刀尖刻划出来的，箭头的长度有大半米，生命之符的高度也有半米，所以很远就能看到。

班达尔用手指摸了摸划出的痕迹，马上回头说："是刚刚刻划上去的，上面还有粉末，时间应该不超过一个小时。"

布尔希指着箭头后面的生命之符说："这个符号与盗墓王信上的一样，看来是他留下的，说明他已经到了这里。"

"少校，咱们向里面查看一下，如果还有的话就应该是盗墓王留下的。"

俩人沿着两座沙丘之间的大沟往前去，边走边留意着两边的崖壁，刚走了没多远，就听见前方传来低沉的怪叫声，吓得俩人迅速拔出了手枪，把身体贴在岩壁上，响声低沉悠长，一直叫了有三四分钟，随后逐渐消失了。

班达尔用手抹了一把额头上的汗，对布尔希说："我知道了，这是气流穿过某些峡谷发出的声音，以前听人讲起过，在阿布穆哈里克沙丘内部有这种怪叫声，不知道的人还以为是怪兽。"

"的确很像是怪兽的嚎叫。"布尔希也擦了擦脸上的汗，他也吓出了一身冷汗。

俩人向前走了大约三百来米，出现了一个岔口，在其中的一个岔口的岩壁上也有相同的符号，而且也是刚刻划出不久。见此情景，俩人断定这肯定是盗墓王留下的，于是马上返回停车的地方，驾车进入这恐怖的阿布穆哈里克沙丘内部。

第30章 柳暗花明

陆小瑶把还在冒烟的枪口指向了司机，大声说：“马上把我们送到神庙那边去，如果你敢说不，我立刻打碎你的头……”

天亮以后，夏昊天带着四个人开始步行前往蝎王神庙。每个人背负着二三十公斤重的东西在松软的沙漠里跋涉，每走一步都要耗费很大体力，行走的速度跟蜗牛差不多，到中午的时候大家都疲惫不堪了，于是停下来休息，顺便吃点东西。

夏昊天用罗盘测定了一下方位，发现行进的距离不到十公里，如果以这个速度，至少还要两天时间才能到达目的地。他思考了一下，决定跟一个人轻装去寻找汉克斯博士，其他人在原地等待。没想到这个提议立刻遭到了四个人的一致反对，都不同意这个做法。

就在大家争论不休的时候，不远处的沙丘上突然传来发动机的轰鸣声，五个人都不再说话，顺着声音传来的方向举目遥望，响声位置刚好与他们行进的方向一致。

很快，一辆土黄色的路虎越野车出现在视野中，夏昊天急忙说：“大英博物馆埃及部的野外考古队就使用这样的路虎车。”

“也许是汉克斯博士回来了……”杰夫边说边兴奋地向路虎越野车挥舞着帽子，嘴里还嗷嗷地叫着。

越野车上的人似乎也看到了他们，径直向这边开过来，等靠近后大家才看清楚，车里只有司机一个人。越野车停下后，司机放下车窗玻璃用惊恐不安的目光打量着眼前的几个人，他的年龄在三十岁左右，看穿戴像是埃及本地人，一脸的疲惫，用英语问道："你们是什么人？怎么会在这里？"

夏昊天顾不上回答司机的问话，急忙问道："这是不是大英博物馆考古队的车？"

"不错，你们是什么人？"

"请问汉克斯博士是不是在这个考古队里？"

"嗯，汉克斯博士是考古队的负责人。"

夏昊天高兴地问："这么说汉克斯博士在发现的神庙那边了？"

或许是听到夏昊天提到了汉克斯，司机解除了戒备，他打开车门下了车，然后问夏昊天，"你们认识汉克斯博士？"

"我是汉克斯博士的学生，你能不能带我们去找博士？"

司机的脸上流露出一丝恐惧，"博士他们都失踪了……"

"博士失踪了！"

听到汉克斯失踪了，几个人的心顿时凉了一半，如果汉克斯发生了意外，那返回的希望就更加渺茫了，夏昊天吃惊地问："能告诉我们究竟发生了什么事情？"

"这个考古队一共八个人，只有我自己不是博物馆的工作人员，我是给他们做司机和向导，我们是昨天下午才找到那个新发现的神庙，我负责布置营地，博士和其他人都迫不及待地进入神庙考察，奇怪的是直到晚上他们都没有出来……"

夏昊天急忙问："他们进入神庙多长时间没有出来？"

"有五六个小时吧，我感觉不对劲，想用电台进行呼救，没想到电台竟然不能用了，我一直等到今天早上，博士他们仍然没有出来，我猜想他们一定是遇到危险了，所以就开车返回来进行求救。"

慕佳懿突然问："那你没有进入神庙查看一下情况吗？"

"那个神庙在一个大沙丘的下面，里面黑乎乎的，一个人怎么敢进去，另外……"司机一副惊恐的神情，吞吞吐吐地好像不敢说下去。

"你是不是听说过什么事情？"夏昊天急忙问。

"我听说沙漠深处的这些墓葬庙里都有'巫沙布提俑'的保护，擅自闯入的人都会被这些‘巫沙布提俑’捉住然后处死，我猜想汉克斯博士他们肯定是被‘巫沙布提俑’抓走了。”

夏昊天沉思了一下，然后对司机说：“我们是从英国过来找汉克斯博士的，我们的车陷入流沙里了，你能不能把我们送到神庙那边，我们负责进入神庙寻找博士，如果不行你再出去找人来援救，你看怎么样?”

司机把头摇得跟拨浪鼓似的，连声说：“不行，这个肯定不行，这个新发现的神庙还处于严格的保密中，我跟考古队是签订了保密协议的，绝对不能违反，考古队之所以只有我一个本地雇员也是为了保密……”

“你先听我说，”夏昊天急忙打断了司机的话，“我们已经知道这个墓葬庙的详细位置，否则不可能来到这里，如果我们有越野车就不需要你了，所以你把我们带过去并不违反保密协议。”

“那也不可以，让我把你们带出沙漠可以，但是让我把你们带到新发现的神庙是绝对不可以的事情。”司机的语气非常坚决，丝毫没有可商量的余地。

看到越野车后，陆小瑶是一步也不想再走了，见司机不答应，心里就来气了，她把挎在肩膀上的雷明顿猎枪握在手里，然后枪口朝天勾动了扳机，轰的一声枪响，把众人都吓了一大跳，不知道发生了什么事情。

陆小瑶把还在冒烟的枪口指向了司机，大声说：“马上把我们送到神庙那边去，如果你敢说不，我立刻打碎你的头……”

望着黑洞洞的枪口，司机吓得脸色苍白，心想这么漂亮的女孩怎么如此凶悍，赶紧说：“好，好，我送你们去，请你别用枪指着我。”

“早痛快答应不就行了吗。”陆小瑶又对武凡睦说：“武大哥，你来开车吧，别让这小子耍咱们。”

几个人都在心里偷偷地乐，心想还是陆小瑶这一招灵，武凡睦答应一声走过打开车门坐到驾驶位上。陆小瑶用枪指着司机说：“你在前面做向导，如果被我发现有问题，可别怪我不客气。”

其他人赶紧把背包都装上车，这辆路虎越野车是七座，慕佳懿和夏昊天坐在第二排，陆小瑶和杰夫俩人都很瘦小坐在最后面。

越野车掉转车头开始往回行驶，因为有刚留下的车轮痕迹，不用那个司机的引导，武凡睦沿着痕迹往前开。

慕佳懿轻声问夏昊天，“刚才我没有听清楚，那个司机说汉克斯博士有可能被什么东西抓住了。"

"他说是'巫沙布提俑'。"

"这个'巫沙布提俑'又是什么东西?"

"是古埃及用于葬礼的一种小型雕塑，上面一般写有死者的名字。许多重要的墓穴中都葬有大量的这类小型雕塑，目的是为了让它们去完成神可能要死者去完成的各种任务。对了，就像是秦始皇陵中的兵马俑。不过种类要比兵马俑多，社会上各个阶层的人都有，而司机所说的应该是古墓卫士……"

慕佳懿怀疑地问："你认为他的话可信吗?"

夏昊天神情严肃地说："虽然我对一些神秘的东西也无法解释，不过有些超自然的事物的确存在，据说国王陵墓中的'巫沙布提俑'都经过了尸巫祭师用拥有极大力量的复杂咒语和符文侵染，具有非常可怕的力量，在需要的时候，会从基座和平台走下投入战争，在古代埃及就有将士和巫沙布提俑一起战斗的记载。另外古墓卫士与巫沙布提俑还有所不同，古墓卫士一般都是君主活着时候的贴身近卫部队，这些卫士由于这个身份而拥有特权，能够分享古墓王的不朽，君主死亡后那些生存的战士会在国王的葬礼上进入陵墓，他们守卫在陵墓的各个角落中静静地等待死亡，在他们的甲胄和武器上都有特殊的黄金装饰，这是一种荣耀的标志，他们都被活生生地埋葬在坟墓中。当陵墓门口被巨大岩石封住时，没有一个战士会退缩，他们勇敢地站在即将成为自己坟墓的地方，直到地穴的顶端被流沙逐渐淹没、消失。假如有入侵者冒犯亵渎了墓室，他们将苏醒过来保卫他们的君王。"

"这么说古墓卫士都是被活埋的?"慕佳懿吃惊地问。

"不错，君主陵墓中的卫士都被活埋在里面，而且这些卫士是心甘情愿被埋葬的，这一点从有些考古挖掘中得到了证实，许多古墓卫士一直保持着进入陵墓时的姿势，有些成了骷髅还站立着。"

"真是太恐怖了，听起来像是神话故事。"

"并不是神话，而是真实的历史，被尸巫祭师施加了复杂咒语的古墓卫士的确可以进行战斗，而这些复杂咒语就记载在《亡灵书》上，要破解它们的方法就是得到这座陵墓的《亡灵书》，其实在古埃及国王的陵墓中，最恐怖的还不是古墓卫士……"夏昊天忽然停下不再说了。

慕佳懿侧脸看了他一眼，好奇地问："你怎么不说了，古墓中还有什么恐怖的东西?"

陆小瑶也从后面探过头来，趴在夏昊天的肩膀上催促道：“夏大哥，你快说说还有什么恐怖的东西。”

“不能说了，我怕你们听了以后就不敢进入蝎王墓葬庙了。”

陆小瑶不解地问：“墓葬庙又不是古墓，有什么可怕的?”

“有些国王的墓葬庙与陵墓都是在一起的，只不过一个在地下一个在地上，而且它们之间有迷宫一样的通道相连接。当然只有君主的陵墓有墓葬庙，一般人的陵墓是没有墓葬庙的，在墓葬庙里就有许多保护陵墓的神灵，也有许多刚才提到的‘巫沙布提俑’。”

“这么说从墓葬庙里就能进入陵墓了?”陆小瑶的语气中不仅没有丝毫的畏惧，而且还透露着兴奋。

慕佳懿回过头看着她好奇地问：“你不怕古墓里那些恐怖的东西吗?”

嘻嘻，陆小瑶笑了起来，满不在乎地说：“我活人都不怕干嘛怕那些死了的东西? 也不知为什么，我好像没有产生恐惧的神经系统，从来不知道怕是什么感觉。”

夏昊天看着慕佳懿说：“的确有这样的人，对任何事物都不会有畏惧感，我曾经看到过这种报道。不过这种人也有一个致命的缺陷，就是容易受到伤害，因为不能像一般人那样对危险做出反应。”

陆小瑶拍着前面的座椅靠背说：“我是开玩笑的，快说说古墓里有什么恐怖的东西，我迫不及待想要去见识一下。”

“在咱们中国，古代君王的陵墓中都设置各种机关暗器，用这类东西来防范进入墓室中的盗墓者，而古埃及君王的陵墓则不同，通常有三类防范措施，一种就是刚才说过的古墓卫士，还包括骷髅战士、骷髅骑兵等。第二类是古墓虫群，主要是各种剧毒昆虫，还有一些是人类从未见过的沙漠生物，尸巫祭师能够对这些生物释放咒语，并且运用这些咒语召唤它们来保护地下墓室，阻止闯入者，一旦有盗墓者潜入古墓的迷宫通道时，这些致命的虫群就会从地下钻出来叮咬闯入着，被袭击者将死于叮咬带来的毒素，最后被这些致命的生物夺走血肉，衣物和骨骸，什么东西都不会留下。”

想到被毒虫叮咬的感觉，慕佳懿立时起了一身鸡皮疙瘩，急忙问：“那些在古墓中失踪的人是不是这样消失的?”

“不错，有些进入古墓的人就是被这种可怕的虫群吞噬了，甚至一点痕迹都不留下。”

“还有一种防范措施是什么？”陆小瑶很感兴趣地问。

“第三种也是最厉害的一种，叫古墓蝎，这种东西不是人们常说的蝎子，而是一种类似机械结构的东西，古墓蝎是古埃及的尸巫祭师们最杰出的创造了，是一种用巨大的复杂结构组件组装成的庞大而又神秘的生物。尸巫祭师用各式材料，包括金属、木头、石料和沙漠中一些邪恶的生物骸骨放置在一起，然后通过严谨细致的咒语，把它们变成一个整体。有时古墓蝎被当成石棺或者坟墓来使用，在它们的硬甲壳里通常会安放着一个古代高级尸巫的尸体，这样的古墓蝎往往是最可怕的，因为尸巫的魂魄会与古墓蝎融合在一起，古墓蝎通常会被安置在墓室的入口处，作为最后一道防卫手段……”

杰夫忽然说：“《古墓丽影》里跟劳拉在大战的那个可怕东西应该就是古墓蝎，我还以为是导演杜撰出来的，照你这么说是真的有了？”

夏昊天点点头，“任何一个神话传说都有其一定的事实来源。”

“我和武凡睦在胡夫王城里就遇到过这样的机械怪兽，这些东西太恐怖了。”慕佳懿心有余悸地说。

交谈中时间过得很快，不知不觉中几个小时过去了，路虎缓缓地爬上了一座大沙丘，然后开始往下行驶，武凡睦问旁边的那个司机，“沙丘下面的两顶帐篷是不是你们的营地？”

“是，那里就是我们的营地，旁边还停着我们的另外一辆车。”

后面的四个人急忙伸长脖子向前查看，只见前方几百米外，在沙丘的底部有两顶帐篷和一辆越野车，在大沙丘的映衬下，路虎越野车显得像个玩具车。

越野车很快冲下大沙丘来到考古队的营地旁边，车停稳后，几个人急忙打开车门跳下车，都绷紧神经，神情紧张地巡视着周围的情况。越野车的发动机停下后，四周静悄悄的听不见一丝声响，感觉像是进入了真空中，静得有点怕人。有枪的都不由自主地拿在手里，陆小瑶和杰夫一人端着一支猎枪，其他人则拿着手枪。

夏昊天轻轻地走到一顶军用帐篷边，伸手去掀挂在门口的布帘，一个东西猛地从帘子下面钻出，心猛地提起来，本能地躲闪到一边，只见是一只狐狸大小，长着一身黄色绒毛的动物，飞速地沿着沙丘边沿往前面跑去，眨眼的功夫就消失得无影无踪，他认出来这是一只沙狐，沙漠中常见的一种动物，可能是到帐篷里来找食物。

他重新掀开门帘，帐篷里有五六张简易的行军床，床上的睡袋还在，旁边还有野外使用的便携式桌椅，他没有进去，转身又走到另外一顶帐篷查看了一下里面的情况，与前面的帐篷基本相同，里面的东西摆放的都很整齐，在这个帐篷里有七八只金属箱子，看到箱子外的字，知道里面都是考古用的仪器和设备，他对这些东西都很熟悉。

夏昊天又回到那个司机身边，“发现的神庙入口处在哪里?”

司机指着大沙丘的右侧说：“在那边，离这里大约两百米。”

夏昊天看着四个人问：“谁愿意跟我过去查看一下?”

陆小瑶立刻举起手大声说：“我跟你一起去。”

杰夫摆摆手，“你们去吧，我才不去招惹那些鬼魂呢，我还想多活几年。”

慕佳懿拿起杰夫放在背包上的雷明顿猎枪，然后对武凡睦说：“你跟杰夫留在这里吧，我们三个去查看一下情况。”

夏昊天走进有考古设备的帐篷里，搜集了几样可能用到的工具放进背包里，最后又拿了两盏手提式考古照明灯，出来后跟慕佳懿和陆小瑶一起向司机所指的方向走去。

第31章 探寻神庙

俩人打开手里的照明灯走进神庙，立时感受到一种前所未有的震撼，展现在他们面前的是一个多柱式大厅，一排排巨大的柱子在阴暗的大厅中一眼望不到尽头。

三个人沿着大沙丘的圆形底部往前走，陆小瑶不解地问：“他们怎么不把营地安扎在神庙旁边，干吗还要离这么远？这多不方便。”

“在野外选择营地关键要看地形和地势，在沙漠里首先要选择避风的地方，他们选择的那个营地刚好处于背风处，来的路上你见识过沙漠风暴的厉害。”

“呃，原来如此。”

慕佳懿担心地问：“昊天，你说汉克斯博士会遇到什么危险?”

“这个问题应该很快就会有答案了。”

“我是问咱们能不能把他救出来?”

“肯定能，来之前杰夫不是说过了，既然咱们能在二十年后遇到博士，那么他一定是有惊无险。”

绕过半圆形的沙丘，忽然看到前面不远处的沙丘底部边沿像是被刀切了一块，形成了一处高约二十多米，长有百米的断崖，就在沙丘断崖的中间位置矗立着一排高大威武的雕像，每尊雕像都有七八米高。三个人加快脚步来到雕像前面，在这些雕塑的正中间有一个黑乎乎的门洞，门洞高有四米，刚好到雕像的腰部，宽约两米，上面没有门，向里望去漆黑一片给人深不可测的感觉。

夏昊天仔细端详着面前这一排令人生畏的石雕神像，所有雕像的造型都一样，双臂交叉抱在胸前，而且手里都握着一只生命之符。

慕佳懿也注意到了雕像手上的神秘符号，吃惊地说："又是这个诡秘的符号，这是第几次见了?"

夏昊天摇摇头没有做声，他在观察着雕像的外观，想从中发现什么，按照古埃及的习俗，这些雕像很可能是按照蝎王本人的形象雕刻的，这些高大威武的雕像神态平静又不失威严，刻意营造出一种神秘气氛。

见夏昊天没有说话，慕佳懿自言自语地说："每次见到生命之符后都会有令人吃惊的事情出现，不知道这次又会有什么意外发生。"

夏昊天忽然轻声问她，"你能看出这些雕像与其他神庙里的雕像有什么不同吗?"

"其他神庙的雕像表面都被风化了，显得斑驳陈旧，而这几尊雕像表面光滑，像是刚完成的。"慕佳懿不假思索地回答。

"这些雕像真的像新的，为什么会这样?"陆小瑶好奇地问。

"这说明蝎王神庙以前是被淹埋在沙丘下面，我猜测可能是沙丘的缓慢移动，使这座神庙暴露出来，这或许是这座神庙一直不为人知的原因……"

还没说完，夏昊天忽然感觉有少许沙子从上面落下来撒在自己头上，急忙仰面往上查看，只见一团影子从上面飘落下来，他急忙抓着俩人的胳膊向旁边躲闪。

从沙丘上落下来的人身穿白色的阿拉伯长袍，只见他双臂张开，宽大的袍袖如同鸟的翅膀呼呼作响，就像是一只在空中滑翔的鹰，轻飘飘地落在了离他们只有几米远的地方，看上去就像是一片树叶飘落在松软的沙子上。

陆小瑶立刻端起猎枪，把枪口对准落下来的人。夏昊天急忙向她摆摆手，示意她不要紧张，虽然对方用方巾裹着脸庞，他还是认出了是盗墓王穆瓦法嘎。

慕佳懿也认出了盗墓王，想不到一个六十多岁的老头竟然有如此好的身手，难怪能成为盗墓王。

穆瓦法嘎用鹰一样的目光盯着夏昊天，然后用沙哑的声音问："你们怎么现在才到?"

“我们的车陷入流沙里了，所以耗费了一些时间。”

“如果你们再晚来几分钟就永远看不到这座神庙了。”

“为什么?”夏昊天吃惊地问。

“因为我已经在上面的沙丘上埋好了炸药，准备把这里重新埋起来……”

不等穆瓦法嘎说完，夏昊天就着急地问：“您为什么要这样做? 几天前您还约我一起来探查神庙，现在为什么要埋起来?”

“形势有变，有一帮不明来历的人要来寻找蝎王死书，你应该知道蝎王死书里记录的咒语太可怕了，一旦被居心不良的人掌握，不仅会危及到我们埃及，而且对于整个人类都有可能是一场灾难，所以我必须阻止他们的行动。”

慕佳懿用汉语低声对夏昊天说：“他的话是不是有点危言耸听?”

“我相信他的话，如果是心怀叵测的人掌握了蝎王死书的咒语，的确是件很可怕的事。”夏昊天猜到了寻找蝎王死书的人，问穆瓦法嘎，“寻找蝎王死书的是不是绑架您哥哥的那些人?”

“不错，正是这些人。”

“知道他们是什么人吗?”

“这帮人可能来自欧洲，他们的行踪非常诡秘，我特意调查了一下，不过没有任何收获，但是有一点可以肯定，他们的实力非常强大，根据我的判断，这些人寻找蝎王死书不是为了贩卖赚钱，而是有其他目的。”

“其他目的!”夏昊天感到很意外，急忙问道：“您说的其他目的是指什么?”

“不知道。”盗墓王显得有点不耐烦了，“我特意拖延了他们的行进速度，没想到你们来得这么晚，现在赶紧离开这里，我要引爆炸药了。”

“这么说是你把那些人引到这里来的?”夏昊天吃惊地问。

“不错，他们绑架我哥哥的目的就是要知道蝎王墓葬庙的位置，我虽然答应带他们找到墓葬庙，但是能不能进去就是他们自己的事情了……”

夏昊天焦急地说：“您现在还不能引爆炸药，大英博物馆的几名考古专家还在里面，我必须找到他们……”

“你说的那个考古队的人还在里面?”

“不错，他们从昨天下午进去后一直没有出来。”

“那就不用找了，他们肯定已经失踪了。”

“不，我相信他们一定没事。”

"呃，你怎么知道他们没有?"

"因为……"夏昊天忽然不知道如何解释，总不能说博士二十年后还活着，他吞吞吐吐地说："我……我认识其中的汉克斯博士，他肯定会没事，请您一定等我进去把他们找到，然后再引爆炸药。"

"你肯定能找到他们?"穆瓦法嘎用怀疑的语气问道。

"请相信我，一定能找到他们。"

穆瓦法嘎沉思了片刻，然后说："好吧，我估计两个小时后那帮人就会赶到这里，所以在两个小时内你必须出来，否则不管什么情况我都要引爆炸药把这里掩埋起来。"

夏昊天从他的神情看出来绝不是在开玩笑，自己必须在两个小时内找到汉克斯，他看了一眼手表，差五分钟六点，于是对盗墓王说："好吧，八点以前如果我不能出来，你就引爆炸药。"

"你动作最好快一点，如果发现那帮人提前赶到了，不管你是否出来，我都会引爆炸药……"穆瓦法嘎边说边转身离开，快速地向沙丘的右侧走去。

陆小瑶一把抓住夏昊天的胳膊，用央求的语气说："夏大哥，能不能不进去了，万一那个人提前引爆了炸药……"

夏昊天看着俩人，"你们俩在外面等着，我一个人进去就行。"

"不行，我必须跟你一起进去。"慕佳懿很坚决地说，语气中没有丝毫商量的余地。

陆小瑶立刻说："那我也进去。"

慕佳懿用不容置疑的口吻对她说，"必须有个人留在外面，万一发生意外也有人接应，不要争执了，你就留在外面。"

"你也不能进去……"

不等夏昊天说完，慕佳懿就提着一盏考古专用的照明灯开始往神庙里走，同时头也不回地说："别啰嗦了，时间紧迫，咱们的行动必须要快。"

夏昊天急忙从背包里取出一台从帐篷里拿的对讲机交给陆小瑶，"我们用这个保持联系，有情况相互通报。"

"那你把这支枪带上。"

陆小瑶接过对讲机后把携带的猎枪挂在夏昊天肩膀上，夏昊天答应一声赶紧去追赶慕佳懿。

俩人打开手里的照明灯走进神庙，立时感受到一种前所未有的震撼，展现在他们面前的是一个多柱式大厅，一排排巨大的柱子在阴暗的大厅中一眼望不到尽头，犹如走进原始森林中。每根石柱的直径至少有四五米，高接近二十米，如同一尊天神站在面前，最奇怪的是这些石柱的直径大于柱间的距离，使内部空间显得十分狭窄，让人感到一种沉重的压抑，这也是古埃及神庙惯用的手法，借以强化神庙的神圣，使进入者感到自己的渺小与无助。

夏昊天用手里的照明灯照着巡视了一圈这个巨大的空间，估计大厅的面积至少有几千平米，边看边自言自语地说："埃及最著名的卡纳克神殿的大柱厅大约有五千多平方米，厅内有134棵石柱，而这座蝎王墓葬庙显然比卡纳克神殿还大……"

慕佳懿顾不上看神庙的内部情况，她进来后就用考古灯照着地面，正凝神静气地寻找地面上的痕迹，"有些鞋印显然是新的，可能是汉克斯博士他们留下的，他们往神庙里面去了……"

慕佳懿边说边顺着地面上的痕迹往前走，走了几步后感觉夏昊天没有跟过来，回头看了一眼，只见夏昊天用灯光照着一根大石柱全神贯注地看着什么，她想起在高棉森林发现那座庙宇时的情境，当时遇到黑衣人的追杀面临生死危机，夏昊天仍依旧忘我地研究大殿里的浮雕，于是大声说："昊天，别忘了我们只有两个小时的时间，咱们得快。"

呃，夏昊天好像醒悟过来，赶紧跟过来。

慕佳懿看着他说："现在不是进行考古研究的时候，咱们必须尽快找到失踪的汉克斯博士，否则会有什么后果你比我清楚。"

"我知道，赶快走吧。"

慕佳懿用灯光照着地上的脚印说："我观察过营地留下的鞋印，与这些基本相同，只要沿着这些鞋印应该能找到他们。"

"利用痕迹进行追踪你比我在行，就听你的。"

"这一次怎么变得这么谦虚了，我警告你，先集中精神寻找博士，别再看那些没用的东西……"慕佳懿边说边跟随着地面上的鞋印往前走。

"嗯"，夏昊天答应一声紧跟在慕佳懿身后往前去，说实话在一座远古时代的神殿中不让他观看周围的东西，就好比在一个饥饿的人面前放着美味佳肴不让吃，那种滋味真的不好受。

走了没几步，夏昊天忽然感觉后背有凉飕飕的感觉，第六感提醒他身后有东西跟着自己，他猛地转过身去，迅速用手里的考古灯照着周围，除了高大的石柱并没有什么东西。

慕佳懿感觉身后有异，迅速拔出手枪，回身看着他问："怎么了?"

"好像有什么东西跟在后面……"

慕佳懿用明亮的灯光照了一圈，没有发现可疑情况，轻声问："你是不是精神太紧张产生了幻觉?"

就在这时，夏昊天口袋里的对讲机突然传出陆小瑶的声音，"夏大哥，发现博士了没有?"

夏昊天从口袋里拿出对讲机，按住通话键回答道："还没有，你最好退后一段距离，尽量离神庙出口远一点。"

"好的，我知道了。"

把对讲机放进口袋里，夏昊天跟在慕佳懿身后继续往前走，走到大厅中间位置的时候，夏昊天又感到身后似乎有什么东西出现了，而且感觉很清晰，他相信绝对不是幻觉。立刻绷紧了神经，这一次他没有转身，靠直觉来感知身后的动静，他左手提着考古灯，右手悄悄地把插在腰带上的手枪拔出来握在手里，他越来越强烈地感到身后的东西在悄无声息地向自己靠近，脖颈后面的汗毛甚至察觉到了细微气流。

夏昊天的心渐渐地提起来，虽然听不到身后有一丝声响，但是明显感觉到一股阴冷的气息向自己袭来，他猛地转过身去，灯光和枪口同时指向身后，只见一团影子忽闪了一下随即消失得无影无踪，空气中似乎弥漫着一种说不出的邪恶气息，吓得他冒出了一头冷汗。

慕佳懿听到动静后也迅速转过身，紧张地问："发现了什么?"

"有一团影子闪了一下就不见了。"

"看清是什么东西了吗?"

"没有，可以肯定不是生物，任何生物都不可能有如此快的速度，除了一团模糊的影子什么都没有看到。"

慕佳懿似乎也察觉到了空气中弥漫着的怪异气息，轻声说："我好像闻到了一丝淡淡的腥臭味。"

"嗯，我也闻到了，有些古墓中就有这种气味。"

"那这个东西是不是从蝎王的坟墓里出来的?"

"也许吧，不过我感觉这个东西在身后时近时远，飘忽不定，也不知道是试探还是怕什么。”

慕佳懿微微一笑，“最好是怕你，那样就不敢伤害我们了。”

“我感觉这个东西离开了，咱们赶紧继续寻找。”

俩人继续沿着地面的脚印往前去，走了有一百多米，地面的脚印往两边散开了，慕佳懿停下来用灯光往周围照着查看了一下，神庙的规模超出了想象，惊讶地说：“这里真是太大了，比举办世界杯开幕赛的体育馆还大，他们进入到这里后分开了，咱们应该往哪边去寻找?”

夏昊天指着地下人多的一组鞋印说：“这些是沿着石柱的方向去的，按照埃及神庙的惯例，大殿的最里面应该有一个供奉厅堂，也称神庙内室，只有法老和高级祭司才能进入，一般人严禁入内，我想汉克斯博士去那里的可能性最大。”

慕佳懿站在原地，用灯光照着地上只有两个人的鞋印往前看，忽然发现十几米外，鞋印好像变成了一个人的，急忙叫住了往另外一边走的夏昊天，“昊天，情况有点不对。”

“呃，怎么了?”

夏昊天急忙走回来，慕佳懿把明亮的光柱照在前方的地面，轻声说：“你看那边，地面上的脚印好像少了一对……”

夏昊天顺着慕佳懿的灯光走过，地面上刚开始是两对脚印，走了十几米后突然变成了一对，另外一个人好像凭空消失了，他用灯光照着地面上仅有的一对脚印，在十多米外这双脚印也突然没有了。

慕佳懿走到他身边，幽幽地说：“有两个人好像在这里突然消失了……”

俩人的心里隐约有种毛骨悚然的感觉，后背也一阵阵发凉，猜想消失的俩人可能与刚才出现的那团影子有关。

夏昊天查看了一下地面上最后的脚印痕迹，低声说：“看情景这个人好像是被什么东西从空中抓走了。”

慕佳懿仰起脸用考古灯照着头顶，大殿的顶部是石柱支撑着的巨大石块，夏昊天对她说：“那个东西肯定不会藏在上面，咱们去那边看看。”

俩人折回到原来的位置，开始沿着左侧的石柱往前走，夏昊天边走边介绍神庙的情况，“在古代，埃及的神庙与咱们中国的庙宇不同，这里的神庙属于神的领域，就是神居住的地方，普通民众是不能进入的，只能把要祈祷的内容告诉祭司，并将祭品放在神庙门口，所有的一切都由祭司来代为完成，而祭司是‘神之仆役’，他们的职责是要尽力让神祇留在这里。”

话音未落，前面出现了一堵墙壁，而墙壁上是一幅巨大的彩色浮雕，夏昊天用考古灯照着这幅令人惊叹的大型浮雕，上面展现的是一幅波澜壮阔的战争场景。

慕佳懿害怕他又被吸引住，赶紧说：“脚印拐向左侧，咱们赶快过去看看。”

“嗯”，夏昊天答应一声，跟在慕佳懿身后沿着墙壁往左侧走去，但是手里的考古灯却一直照在浮雕上，他的目光也没有离开过浮雕。慕佳懿忍不住问道：“上面究竟有什么东西对你有这么大的吸引力?”

“呵呵”，夏昊天笑了两声，知道她不乐意了，“这些浮雕的艺术价值很难用语言描述，如果盗墓王把神庙再埋起来，以后就永远看不到这么好的东西了，不过他的做法也许是对的……”

慕佳懿突然停下脚步，原来墙壁上出现了一个不大的门口，她用灯光往里面照着查看了一下，门洞里面是长廊，大约有十多米长，而且在两边的墙壁和半圆形顶部全部是色彩鲜艳的图案。她又把灯光照在地面上，有几个很明显的脚印进入了这个洞穴。

“这里可能就是通往神庙内室。”说完，夏昊天率先走进门洞里，边走边惊叹地说：“难以相信，这些画已经存在五千多年了，说实话古埃及文明要比咱们华夏文明早许多年……”

不等说完，慕佳懿就打断了他的话，“大哥，请你先集中精力寻找汉克斯博士，等返回到我们的时代后再谈论你的古代文明好不好? 别忘了盗墓王随时会引爆炸药把咱们埋在这里。”

“好吧，那我就闭着眼睛跟在你身后。”

俩人向前走了十多米后，前面豁然开阔了许多，洞穴向一侧扩出去了一大截，形成了一个七八米宽，高约五米的狭长窑洞，在窑洞中有一个用石块垒砌起来的基座，上面是一艘造型怪异的船，船尾高高翘起，船的长度与窑洞差不多，接近二十米，船中间有四四方方的船楼，船楼的前面有一尊雕像。另外在石头基座的一侧有台阶，踩着台阶能登上船甲板。

夏昊天边查看古船边解释道：“古埃及人相信船只是通往来世的重要交通工具，所以法老王在死后也至少要有一艘船陪葬。”

慕佳懿见过金字塔旁边太阳船博物馆里的胡夫葬船，规模比这艘大许多，她忽然低声说："你闻到一股淡淡的幽香没有？"

"嗯，这是木船用麝香和其他防蛀香料涂抹过了，防止木材腐烂变质，没想到古埃及人的防腐技术这么好，这艘墓葬船看起来依然完好无损。"

俩人顾不上观赏葬船，往窑洞另外一端的出口走，夏昊天无意中感觉头顶好像有红色亮光闪烁了一下，急忙用考古灯照向窑洞顶部，顿时愣住了。

只见半圆形的窑洞顶部竟然是一幅星系图，上面的星星都是用各种宝石制作而成的，其中有一颗是用拳头大小的红玉髓雕刻而成，鲜血一样的颜色在灯光的照射下散发出耀眼的光泽。

慕佳懿惊讶地说："太漂亮了，这个很像咱们在高棉地下隧道里发现的那个陵墓顶部的场景。"

"虽然表现的都是星空，不过不是相同的星座，这颗红色的星星显然是天狼星。古埃及所有的宗教以及丧葬建筑的朝向都与天文有关，而且基本对准天狼星。"

慕佳懿好奇地问："上面的其他星星都是白色的，为什么唯独这颗是红色的，是不是有什么特殊意义？"

"红色刚好说明这颗是天狼星，咱们现在看到的天狼星是白色的，但是不少的古代天文著作都记载着天狼星是深红色的，天狼星的颜色为什么发生了变化，这个谜至今还令天文学家非常困惑。这幅星图显示的应该是 7 月 15 日时天狼星在天空中的方位，每年这个时候天狼星会在黎明前从东方升起，这个时间也是尼罗河开始泛滥的季节，淤泥随河水溢出河床，等到潮水退却，农民便在肥沃的土壤上播种，所以古埃及的农业生产与尼罗河涨落潮息息相关。因此古埃及人便视天狼星为神明，顶礼膜拜，而且古埃及的历法也与天狼星有关……"

现在不是听这些东西的时候，慕佳懿赶紧打断了夏昊天喋喋不休的解说，用灯光照着地面上的痕迹说："进入到这里的人在这里待的时间并不不长，他们围绕着葬船转了几圈，就向里面这个出口去了。"

"他们一定是迫切地想了解这里面还有什么惊人的东西，所有都是走马观花先粗略看一遍。"说着话夏昊天迈步向另外出口走去，他也有同样的心情，这座墓葬庙里的东西太令人震惊了。

另外一个洞口后面也是一条长长的通道，与前面走过的一样，洞壁上都是彩色的壁画，内容似乎都是些神话故事，上面的人物多是些人与动物的混合体。

刚走进洞穴没几步，夏昊天就感觉到了一股阴气扑面而来，几天前遇到穆瓦法嘎的时候就感到有这种气息，越往里走阴邪的气息越浓烈，本能地感觉到前面似乎隐藏着巨大的危险，不由自主地把挎在肩膀上的猎枪抄在手里。

慕佳懿也察觉到了夏昊天的紧张情绪，猜到他一定是发现了什么，于是伸手拔出那支国际刑警的制式武器——史密斯-韦森手枪，然后静静地跟在他身后。

俩人小心翼翼地走进了一间弥漫着诡秘气息的密室里，这间密室不是很大，面积大约有百十平米左右，四周所有墙壁以及顶部全部被内容怪诞的壁画覆盖起来，在房间的一侧靠墙处有一尊彩色的鹰头人身的雕像，在雕像对面的墙壁上有一个圆形石雕门，表面有许多古朴的纹饰。雕像的前面有石头条案，上面有四个造型奇怪的坛子，坛子呈酒瓶状，奇怪的是坛子顶上的盖子是不同动物的头部造型，其中一个坛子的狼头形状的盖子被取下来放在一边。整个房间内充满着一种令人不安的气息，说不出这种感觉来自哪里。

进入房间后，夏昊天凝神静气地巡视着房间内的场景，而慕佳懿则仔细地查看着地面上的痕迹，看了一会后惊讶地说："这里的脚印非常凌乱，奇怪的是只有进入的脚印，并没有离开的，进来的人好像从这里突然消失了。"

夏昊天似乎没有留意慕佳懿的话，他自言自语地说："我知道这里是什么地方了……"

慕佳懿忍不住打断了他的话，有些生气地说："我在跟你说汉克斯有可能是在这里失踪的。"

"知道，我就是在考虑他们失踪的事情。"

"呃，这么说你已经知道他们是如何失踪的?"

夏昊天指着石头条案上那个没有盖子的坛子说："可能与这个坛子的狼头盖被取下来有关。"

"我以为你有什么惊人发现，别开玩笑好不好，咱们时间有限……"

夏昊天摆摆手，很认真地说："我没有开玩笑，你注意这尊鹰头人身的彩色雕像，他叫荷鲁斯，是古埃及神话中法老的守护神，是王权的象征……"他边说边从背包里取出盗墓王送给他的那个生命之符，"我们第一次见到穆瓦法嘎的时候，他解释过这个生命之符起源于‘卡诺卜坛’，你看这四个造型怪异的坛子就是卡诺卜坛，也就是礼葬瓮。”

慕佳懿吃惊地问：“这么说这四个坛子里盛着死人的内脏?”

夏昊天点点头，“准确地说是蝎王的内脏，这四个坛子的盖子分别是人头、狒狒头、狼头和鹰头，他们是荷鲁斯神的四个儿子，人头保管肝脏、狒狒头保管肺脏、豺狼头保管胃脏、鹰头保管肠子。当内脏被放进礼葬瓮里，并盖上这四种头型的盖子后，为防止里面的内脏受到侵害，尸巫祭师都会给每个礼葬瓮附上非常复杂的咒语，一旦头型盖被打开，危险就会降临。”

“也许有人想看看坛子里是否真的有蝎王的内脏而打开了这个狼头盖子，然后遭到了……”

慕佳懿还没说完，突然感到地面猛地晃动了一下，紧接着头顶上传来低沉的响声，像是遥远的天边响起的巨雷。

石头条案上的四个卡诺卜坛也跟随摇晃起来，夏昊天赶紧向前走了两步用手扶住其中的两个坛子，

慕佳懿脸色一变，吃惊地说：“不好，一定是盗墓王引爆了炸药……”

俩人心里都明白发生了什么事情，相互看了一眼，顾不上多想，一起撒腿往出口跑去。

第32章 无计可施

武凡睦声音低沉地说："盗墓王说的不错，即便是我们向外求救，等外面来人把沙丘挖开，至少是十多天以后了，他们俩在没有食物和水的情况下，坚持不了这么久。"

夏昊天和慕佳懿进入神庙后不到半个小时，夜幕就降临了，陆小瑶独自一个人站在神庙前面，沙丘前威风凛凛的雕像在夜色中变得有些狰狞可怕，特别是那个黑洞洞的神庙门口，感觉像是怪兽张口的大嘴，要说一点也不害怕是假的，心里也不免有些发毛，不由自主地往后退了一段距离。

就在这时，她看到有一束亮光摇晃着从营地那边过来，靠近后发现是武凡睦提着一盏照明灯过来，看到她后好奇地问："怎么只有你自己在这里，他们俩呢?"

陆小瑶指着神庙的门口说："他们俩从那里进去寻找失踪的汉克斯博士了。"

"不是过来查看一下情况吗，怎么这么仓促就进去了?"

陆小瑶把遇到盗墓王的经过讲了一遍，最后说："盗墓王说最多两个小时他就要引爆炸药把这里重新掩埋起来，所以必须尽快找到汉克斯博士。"

"那就更不应该进去了，万一……"

不等武凡睦说完，一连串巨大的爆炸声从沙丘上响起，紧接着一股强大的冲击波仿佛无形的大手，猛地把俩人从地上掀起来抛出去五六米，然后重重地摔在沙子上。俩人面朝着大沙丘方向，清楚地看到沙丘的上部像雪崩一样随着爆炸声迅速坍塌下来，巨大的流沙裹挟着尘雾洪水般向他们涌过来。

见此情景，武凡睦猛地从地上跳起来，伸手抓住陆小瑶的胳膊把她拖起来，然后拉着她撒腿往旁边的一座沙丘上跑，刚跑出去有十多米，漫天的灰尘像沙暴一样从后面一下子就把俩人罩起来。俩人赶紧用衣服捂住嘴巴，眼前变得一团漆黑什么都看不清楚，依然拼命地往沙丘高处爬，最后累得相继摔倒地上，于是用衣服抱住头，趴在沙子上一动不敢动。

过了好大一会，俩人抖掉身上的沙土，慢慢站起来，回身看大沙丘已经完全变了样子，眼前是一个很大的沙坡，高大的雕像消失得无影无踪。而且冲过来的沙子离他们只有几米远，来的路上已经见识过流沙的厉害，如果再慢几秒钟，俩人肯定被埋在下面了。

陆小瑶急忙把对讲机放在嘴边，大声呼叫夏大哥，叫了半天对讲机里没有一点反应。武凡睦低声说："别呼叫了，沙堆阻断了信号，他们收不到。"

望着前面的沙丘，俩人呆呆地站着一句话也说不出来，心里都在想夏昊天和慕佳懿这次肯定是出不来了。

过来一会，陆小瑶忽然幽幽地说："盗墓王说如果发现那些人来了他就会提前引爆炸药，刚才他一定是把你当做那些人了……"

"这里就我们几个，哪里还有什么人?"

话音未落，一道明亮的车灯向这边照射过来，很快一辆路虎越野车呼啸着向这边开过来，随后在坍塌下来的沙丘边停下，顾不上关闭汽车引擎，杰夫就从车里跳下来，冲着俩人大声问道："发生什么事情? 老K他们俩呢? 他们俩去哪里了?"

陆小瑶指着前面的大沙坡说："他们俩被埋在下面了。"

"到底发生了什么事情，他们怎么会被埋在下面?"

俩下来到路虎车边，陆小瑶把刚才发生的一切讲了一遍，杰夫听后用肯定的语气说："如果是在神庙里那他们俩就一定死不了。"

武凡睦摇着头说："在神庙里暂时是没有生命危险，但是我们却不能把他们救出来，除非有大型的挖掘机械，否则……"

"无论如何咱们也要想办法把他们救出来。"陆小瑶焦急地说。

"唯一的办法就是向外界发出求救……"武凡睦刚说了一半，身后突然传来一个冰冷沙哑的声音。

“如果向外界发出求救你们就得死！”

声音就好像是冰锥敲击坚硬的冰层发出的，使三个人的心里不由得泛起一阵寒意，急忙转过身，只见在路虎车顶上站着一个瘦削的身影，气流吹拂着身上的长袍，像是飘浮在那里。

陆小瑶吃惊说：“是盗墓王！”

在开罗的时候，三个人都听夏昊天讲过盗墓王的情况，心中存有一丝敬畏，没想到这个盗墓王如此厉害，站在他们身后竟然没有一个人发觉，惊愕地望着幽灵似的人影，不知道要说什么。

盗墓王用锐利的目光盯着三个人，一字一句地说：“蝎王墓葬庙的一切都不能让世人知道，如果你们把消息透露出去就死定了。”

陆小瑶突然大声说：“我们的两个人被埋在里面，我们总不能见死不救吧。”

“能否从下面出来就要看他们自己的能力，否则不等救出来他们早就死在里面了，另外你们也要小心，那些人已经来到附近了……”

话音未落，就见车顶上的人影闪了一下飘落到车的另外一侧，陆小瑶赶紧跑过去，发现车后空荡荡的，盗墓王仿佛化成空气消失了。

陆小瑶走回到俩人身边，焦急地说：“盗墓王走了，咱们该怎么办？”

武凡睦声音低沉地说：“盗墓王说的不错，即便是我们向外求救，等外面来人把沙丘挖开，至少是十多天以后了，他们俩在没有食物和水的情况下，坚持不了这么久。”

“那咱们就这样眼睁睁地看着什么也不做？”

杰夫摇着头说：“我不相信老 K 会死，这家伙肯定有办法出来。”

陆小瑶急忙问：“夏大哥有什么办法能从沙丘下面出来？”

“不知道，我们现在唯一能做的就是等，静静地等他们出来。”

陆小瑶无助地坐在沙地上，心想杰夫说的不错，面对像山一样的沙丘唯一能做的就是等，等待奇迹的出现。

就在这时，东面的沙丘顶部突然出现了一道明亮的光柱，刚来时他们也是从那座沙丘上下来的，车灯仿佛闪电，猛地划过黑暗的夜空，随即射向沙丘下面，向考古队的营地冲过去，几秒钟后又一道光束出现在沙丘顶部，跟随着前面的车向沙丘下面冲下来。

杰夫开来的越野车灯还亮着，他急忙走过去关上车灯，同时把引擎也关闭了，然后转过身来问："那两辆车是不是追赶咱们的警察?"

陆小瑶无精打采地说："不是警察，盗墓王说来的是绑架他哥哥的那些人。"

杰夫又问武凡睦，"老武，你说他们是敌还是友?"

"是不是敌人不好说，但是肯定不会是朋友。"

陆小瑶急忙说："刚才盗墓王说让咱们小心这些人，咱们是不是先躲起来?"

武凡睦摆摆手，"目前咱们跟这些人还没有利益冲突，所以虽然不是朋友，暂时也不会是敌人，我的意见是不用躲避，先看情况再说。"

从大沙丘上冲下来的两辆车正是布尔希的部下驾驶的，之所以来的这么慢，是因为在经过阿布穆哈里克沙丘地带的时候遇到了意外。

三辆车进入了危机四伏的黑色沙丘地带后，在行驶途中还要注意寻找盗墓王留下的标记，所以行进的速度很慢。而盗墓王似乎有意刁难他们，留下的标记有的大有的小，有的还不清楚，而且间隔的距离还不一样，接近傍晚的时候才行驶了不到二十公里，夜幕降临后，盗墓王留下的标记就更难寻找了，只好停下来等待第二天再走。

第二天天一亮三辆车继续前进，进入到沙丘地带的中间位置后，前面的车突然停了下来，原来在前面几十米的地方出现了两只身披鳞甲的巨型怪兽。一行人都没有见过这种怪兽，没有人知道这种史前动物"披甲蜥蜴"。

他们一直沿着沙丘之间的大沟底部行进，而前面的怪兽每只身体的高度接近两米，长度有四五米，看样子至少有两吨重，两只怪兽并排慢悠悠地往前走，几乎把沟壑的底部都占满了，越野车根本无法通过。

前面车里的人停下后，向布尔希请示怎么办，布尔希也是第一次见到这种怪兽，并不知道这种怪兽的厉害，想了一下，让部下开枪把前面的怪兽吓跑，如果不行就集中火力打死，因为没有别的道路可走，只能沿着盗墓王留下标记的这条沟壑行进。

第一辆车里的几个人下来，然后其中两个人举枪对天开了几枪，只见前面的两只怪兽非但没有往前跑，反而掉过头来，瞪着铜铃一样的大眼睛怒视着枪响的方向。

几个人一看感觉不对劲，立刻把枪口都对准了前面的两只怪兽同时开火，没想到子弹打在怪兽的鳞甲上不仅没有伤到怪兽，反而激怒了两个大家伙，两只披甲蜥蜴发出了让人惊天动的嚎叫，然后向第一辆车冲过来。

后面的两辆车见此情景，赶紧往后倒车。两只怪兽距离第一辆车只有四五十米，眨眼的功夫就窜到了第一辆车前。

布尔希坐在中间的那辆车里，眼看着前面的那辆车被怪兽猛地顶翻了，有一个部下被另外一只怪兽踩在了脚下，其他几个人撒腿往这边跑。他顾不上这些部下，焦急地催促司机赶快往后倒车。

这一段沟壑刚好很窄，汽车很难调头，只能挂上倒档快速往后退。最后一辆车是班达尔的路虎越野车，看到形势危险早就向后倒退了很大一段距离。两辆车一直后退了好几公里，感觉没有危险了才停下来。然后在原地等了好长时间，第一辆车上的两个人上气不接下气地跑回来了，其他三个人都没有回来，估计可能被怪兽弄死了。

等到太阳快要落下去的时候，布尔希安排两个人去前面查看情况，一个小时后俩人回来，说怪兽已经走了，布尔希带人重新上路。他们来到遇到怪兽的地方，发现那辆车像是发生了严重的车祸，被两只怪兽撞击得破烂不堪，三个没有逃走的人被怪兽踩踏成了肉泥，布尔希看到后感到一阵恶心，差一点吐出来，赶紧上车离开。

两辆车在阿布穆哈里克沙丘地带转悠了一天多时间，一直到第二天的下午才出来。进入沙漠后，盗墓王留下的标记换成了路标，为了拖延时间，盗墓王故意引着布尔希绕了一个大圈，所以他们在沙漠里行进了两天时间，直到今天傍晚才赶到这里。

布尔希并不知道有考古队在这里，当越野车从大沙丘冲下来发现了两座帐篷后，他感到有些意外，心想莫非是那几个中国人已经到达了这里，急忙命令停车，然后下车检查情况。

考古队的营地里只有那名司机，几个人发现他后马上带到布尔希面前，见这个人像是埃及人，布尔希没有说话，示意班达尔审问他。

班达尔问司机，“你是什么人?”

“我是考古队的司机。”司机战战兢兢地回答，看到这些携带武器的人，猜测可能是来抢劫出土文物的，以前考古队就遇到过这种情况，挖掘出古物来后，来不及运走就被不明身份的武装分子抢劫了。

“考古队!”

班达尔与布尔希交换了一下眼神，没有想到这里竟然会有考古队，他急忙又问：“是哪里的考古队?”

“是大英博物馆和埃及博物馆联合组成的考古队。”

“你们来这里从事什么考古项目?”

司机用手指着刚刚被炸坍塌了的大沙丘说：“在那下面发现了一座墓葬庙，考古队就是来对这座神庙进行考察研究。”

布尔希没想到考古队的行动会这么快，急忙问司机，“考古队的人呢？为什么只有你自己在这里?”

于是司机把考古队员们失踪，以及在求救的路上遇到几个中国人后又返回来的情况讲了一遍。

班达尔听后对布尔希说：“他说的那五个人肯定就是在检查站被我们发现的那几个，没想到他们竟然提前到达了这里。”

布尔希又问司机，“你说的几个人现在去了哪里?”

“有三个人来到后就去墓葬庙了，另外两个人在那边发生爆炸后就赶过去查看情况了。”

班达尔指着西面的沙丘说：“刚才从沙丘顶部下来的时候，我注意到那边有灯光，很可能是其中的几个人。”

“你马上带几个人过去看看什么情况。”

班达尔答应一声，马上带着几个人向陆小瑶他们所在的位置跑去……

第33章 蝎王陵墓

只见圆形的石门从中间缓缓裂开，同时有幽暗诡异的蓝色光泽从裂开的缝隙中透露出来……

听到剧烈的爆炸声后，夏昊天和慕佳懿拼命地跑回到神庙出口处，只见靠近门口五六米的地方已经堆满涌入的细沙，沙子形成了一个小沙堆，从地面一直延伸到门口的顶部。

慕佳懿焦急地望着夏昊天，“外面的沙子至少有上千万方，要想从这里出去恐怕是不可能了。”

在危险的处境中，夏昊天总能保持冷静，他尽量用平静的口吻说：“这里出不去咱们就另找出口，这种规模的神庙肯定不止一个出口，我相信一定还有秘密出口。”

“对了，咱们进入到神庙里的时间大约半个小时，盗墓王是不是有意要把咱们埋在这里?”

“我想他没有理由要把咱们埋在神庙里，也许是他所说的那些寻找蝎王死书的人来了，所以才引爆了炸药。”

“昊天，你最大的缺点就是太容易相信别人。”

夏昊天微微一笑，“我倒不觉得这是缺点，相互信任是与人交往的基础，如果不能信任如何与人来往?”

“那要看跟什么人交往，与一个从事盗墓的人交往有何信任可谈。”

“我忘记你是个警察了，盗墓在你们眼里就是违法行为，盗墓者也就是坏人，不过古人云‘盗亦有道’……”

“好了。”慕佳懿摆摆手，不耐烦地打断了夏昊天的话，“别争论这些没用的，先想想接下来怎么办。”

“不用想，当然是先寻找失踪的汉克斯博士。”夏昊天不假思索地回答。

“咱们现在是泥菩萨过河自身难保，应该先寻找出去的路，否则找到汉克斯又有什么用。”

夏昊天提着照明灯开始往回走，边走边说：“其实寻找汉克斯与找逃生之路并不矛盾，咱们先去神庙内室，那里应该藏匿着许多秘密。”

慕佳懿紧跟在他身边，疑惑不解地问：“我不明白寻找汉克斯与出去的路有什么关系。”

“别急，很快你就会明白的。”

不一会，俩人又回到摆放卡诺卜坛的密室里，夏昊天指着荷鲁斯神像对面墙壁上的圆形门说：“到目前为止，在神庙里这是咱们发现的另外一个门口，我有个直觉，汉克斯他们有可能被弄进了这道门里。”

这道门口的直径有两米，两扇石门凹进去大约二十公分，石门的表面雕刻着古朴怪异的纹饰，两扇石门咬合得严丝合缝，如果不仔细查看都很难发现。

慕佳懿走到石门前，双手用力推了推，石门稳如泰山，很显然石门根本无法推开，回头看了夏昊天一眼，“这道门根本打不开。”

“别急，一定可以找到打开的方法，埃及的法老墓有个共同的特点，墓内的秘密都会写在亡灵书上。”

“你说的都是废话，我们又没有蝎王的亡灵书，怎么知道打开石门的方法。”

夏昊天用考古灯照着墙壁上的彩色壁画说：“其实这些壁画也是亡灵书的一部分，也许能从上面找到打开石门的方法。”他边说边仔细地巡视着天书一样的壁画，转到另外一面墙壁前，忽然停下了脚步，然后静静地看着上面的一幅画面。

慕佳懿走到他身边，仰面看着灯光照射的地方，轻声问：“是不是发现线索了?”

屋内墙壁上的所有壁画如同一部长篇小说，前后的内容相互连贯，但是每个画面也有相对的独立性。吸引夏昊天的就是一幅独立的画面，在天空中高悬着一颗圆圆的太阳，明亮的阳光照到地面一个鹰头人身像的胸口上，而光线又从胸口上折射出去，落在了前方一个圆形东西的正中央。

夏昊天指着画上的鹰头人身像说：“这个应该就是荷鲁斯神像，而这个圆形的东西像不像那道石门?”

“嗯，与这间屋子里的场景有点相似。”

夏昊天转身走到荷鲁斯神像旁边，举起手里的考古灯与神像的胸口持平，然后使灯光投向画面中光线照射过来的方向，很快发现对面屋顶上有一个拳头大小的圆形孔洞，急忙对慕佳懿说：“你看一下那个小孔里面有什么东西。”

慕佳懿用自己手上的考古灯照着屋顶上的小孔，同时翘起脚尖往洞里看，这个孔洞以四十多度的角度向上倾斜，不过洞内很深，似乎根本望不见尽头，“太深了，根本望不到尽头。”

夏昊天沉思了一下，自言自语地说：“我知道了，这个孔洞可能类似金字塔墓室里的气道，一定是通到神庙外面，在某个特定时间，有光线会从这个洞口照射进来，然后刚好照到荷鲁斯神像的胸口上。埃及著名的阿布·辛拜勒神庙就是如此，在每年的2月21日和10月21日，阳光会两次穿过60多米长的甬道，直接照射在神庙最里面的拉美西斯二世的雕像上。”

“你别忘了这座神庙是在沙丘下面，怎么会有阳光照射进来。”

夏昊天没有理会慕佳懿的话，转身看着雕像的胸口部位，疑惑地说：“光线照射到这里再反射到石门上，不过这个石头雕像显然不能反射光线……”

刚说到这里，他忽然注意到在神像的胸口上隐约有个很模糊的印迹，头也不回地说：“佳懿，你来看一下这里是个什么痕迹。”

慕佳懿走到荷鲁斯神像的另外一边，仔细勘察了一下，忽然说：“我感觉这个印迹有点像生命之符的形状，而且大小与你背包里的那个差不多。”

慕佳懿的话提醒了夏昊天，盗墓王交给他的生命之符就是从这个神庙中得到的，而且在上面镶嵌着三颗红宝石和一颗硕大的黑色宝石，这些宝石有可能将光线折射出去。

他急忙取下旅行背包，打开拉链从里面拿出那个木刻的生命之符，然后看了一下上面圆圈里的四颗宝石，忽然觉得上面的这四颗宝石形成了一个很熟悉的符号，心想不知道这个符号是否有什么特殊意义？他把生命之符的正面朝向慕佳懿，“你看这个圆圈里的四颗宝石，如果把三颗红宝石连成一个三角形，那么这个图形像什么?”

慕佳懿端详了一下，试探着说：“有点像‘上帝之眼’，在美国国徽和一美元纸币的背面都有这个图案。”

“不错，是上帝之眼，不过很少有人知道‘上帝之眼’是源自古埃及的‘荷鲁斯之眼’。在古埃及荷鲁斯之眼被称为‘乌加特’，意思是完整的、未损伤的眼睛……”夏昊天边说边用手举着木刻的生命之符靠近了神像胸口上的印迹，果然与印迹吻合。

慕佳懿指着荷鲁斯神像的脖根处说：“你看上面还有两条细长的痕迹一直延伸到脖颈后面，这个生命之符很有可能是挂在雕像的胸口上。”又指着夏昊天手上的生命之符说：“你看这个顶上有一个小环，是用来穿绳的。”

“不错，这个生命之符肯定是挂在这里的。”夏昊天指着神像前面的条案说：“你站在这上面，然后用考古灯照射我手上的生命之符，光线的角度尽量与屋顶的那个气道保持一致。”刚说完，又急忙提醒她，“千万别触碰到上面的卡诺卜坛，这些坛子太邪恶了。”

慕佳懿答应一声，爬到了石头条案上，小心谨慎地站在两个卡诺卜坛之间，在好奇心的促使下她看了一眼那个取下了狼头盖的坛子里面，坛内塞满了粉末状的白色东西。忍不住对夏昊天说：“坛子里的东西有些奇怪，是些白色粉末。”

“先别管坛子，赶快把灯光照在生命之符上。”

慕佳懿举起考古灯，让光束照射在荷鲁斯神像胸口上，生命之符上的三颗红色的宝石立刻将光线凝聚成一道红色的光柱反射出去，不过反射出去的光柱并没有落在对面的石门上。慕佳懿知道是灯光的角度有问题，她一边调整着灯光的角度，一边回头观察着红色光柱在石门上的落脚点。石门的正中央是一个螺旋状的纹饰，中心是一个红色的圆点，慕佳懿努力调整着手上的考古灯，使生命之符上反射出去的光柱刚好落在这个红色的圆点上。

反射出去的红色光柱照在石门的中心点上足足有大半分钟，石门依旧纹丝不动没有任何反应，慕佳懿因为一直高举着考古灯，不一会胳膊就又酸又痛，最后无奈地放下胳膊，有些丧气地说：“看来这个方法不行。”

夏昊天也感到有些奇怪，为什么石门没有打开，只好对慕佳懿说：“你下来吧。”

慕佳懿从石案上跳下来，“你再看看墙上的死书，也许有什么地方不对。”

俩人又走到画着荷鲁斯神像的壁画前，都用手上的考古灯照着墙壁上的彩画，夏昊天忽然对慕佳懿说：“把你的灯关掉，光线太强会损坏这些古画。”

慕佳懿把手上的考古灯关了，没好气地说：“真服你了，能不能活着出去都不一定，还顾得上别损伤了这些画，再说就这么一盏照明灯光线能有多强……”

“我知道是怎么回事了，”慕佳懿的话好像提醒了夏昊天什么，只见他眉头紧蹙，若有所思地说：“考古灯发出的光线的确是太强了……”

“你在说什么？”慕佳懿疑惑不解地问，“这么一盏灯的光线有多强？”

夏昊天答非所问，用手指着画上那个圆圆的像太阳的东西说：“其实这个不是太阳，应该是月亮。”

“月亮！”慕佳懿好奇地问：“你怎么知道这个是月亮？”

夏昊天看了看手里拿着的这个生命之符上的宝石，解释道：“荷鲁斯之眼的来历与荷鲁斯神为父报仇有关，在与杀父仇人塞特神的搏斗中，荷鲁斯的左眼被塞特夺走了，他的眼睛非同寻常，左眼代表月亮，右眼代表太阳。荷鲁斯的左眼被夺走后，月亮神孔苏出手相助他，在月亮神的帮助下，经过殊死搏斗，打败了塞特，将左眼夺回。后来荷鲁斯将这只失而复得的眼睛献给了父亲‘冥神奥西里斯’，保护父亲在黑暗的冥界不受伤害，所以荷鲁斯之眼就成为拥有非凡魔力的护身符……”

“但是这个与光线的强弱又有什么关系？”

夏昊天没有说话，又走回到荷鲁斯神像的旁边，然后望着神像斜对面的那个孔洞说：“如果我猜测的不错，必须是月光从那个孔洞里照射下来，然后再反射到对面的圆门中央才能将石门启开。”

慕佳懿仰脸望着密室顶上的孔洞，用怀疑的口吻说：“月光那么弱怎么可能从那个洞里照射下来。”

“必须是在月圆的时候才可以，因为月神孔苏就是在一个月圆之时帮助荷鲁斯打败了塞特，夺回他的左眼。”

“什么时候的月光也很难从那么小的孔中照进这里来。”

夏昊天似乎对慕佳懿的话没有任何反应，依然自言自语地说：“金字塔墓室里的两个气道分别指向天龙星座和猎户星座的主星，但是要在特定的时间内。我想在某个特定的时间，这个密室上的气道肯定指向月亮，而且一定是圆月……”

慕佳懿急忙问道：“你说的某个特定时间会是什么时候?”

“不知道。”夏昊天摇摇头说：“杰夫没在，他可以根据这个气道的角度和朝向，计算出这个特定的圆月之时。”

慕佳懿仰脸望着密室顶部的黑乎乎的洞孔，怅然若失地说：“大哥，如果真如你所说，那个特定的圆月之时来到时咱们俩可能已经变成骷髅了……”

刚说到这里，慕佳懿忽然注意到黑乎乎的洞里出现了一缕弯曲的白线，这道白线是从洞口的一侧出现的，而且在逐渐粗，她惊喜得大叫了一声，“昊天，你快看上面的洞口。”

夏昊天急忙抬头往斜对面的孔洞看，只见一个皎洁的月牙出现在洞孔中，在漆黑一团的孔中，月牙显得是那么明亮，眨眼的工夫，月牙变成了半圆，他顾不上多想，赶紧把盗墓王交给他的那个生命之符放到荷鲁斯神像的胸口上。忽然注意到石案上的考古灯还亮着，急忙对慕佳懿说：“赶快把灯关闭了。”

慕佳懿伸手将照明灯关了，密室内顿时漆黑一片，伸手不见五指，等俩人的眼睛适应了黑暗后，忽然发现一缕微弱的光线从密室顶部斜着照射下来，而且光线就照射在荷鲁斯神像的胸膛上，离夏昊天举着的生命之符就差一点点。

两个人屏住呼吸，眼睛紧紧盯着小光点，只见光点在缓缓地向生命之符上的“荷鲁斯之眼”靠近。从关闭照明灯到现在只有短短的十几秒钟，但是俩人感觉像是过了很长时间，眼看着微弱的光点慢慢移动到了三颗红色宝石的中间，就在这一刹那，那颗黑色的宝石突然亮了起来，像是沉睡的人突然睁开了眼睛，紧接着折射出一道淡淡的光线，这道幽暗的光线刚好落在了对面石门中间的红色圆点上。

不知道从什么地方传来一阵低沉的轰隆声，紧接着奇迹出现了，只见圆形的石门从中间缓缓裂开，同时有幽暗诡异的蓝色光泽从裂开的缝隙中透露出来……

第34章 三人被抓

认出三个人后，班达尔立刻拔出手枪，对跟在身边的几个人说："马上把这三个人抓起来。"

班达尔带着几个人拿着手电，一边四下巡视一边往前走，很快就发现了杰夫开过来的那辆路虎越野车。

武凡睦他们三个人并没有躲藏起来，就静静地坐在路虎车旁边。夏昊天和慕佳懿生死未卜，三个人根本没有心情躲藏起来，另外他们也不认为来人会对他们有什么威胁。不过冤家路窄，没有料到来的人竟是追捕他们的警察。

班达尔走到车的另外一侧，猛地被三个闷声不响的人吓了一跳，用手电照着三个人打量了一下，忽然认出来两个男人就是在吉萨警局审讯过的俩人，坐在地上的中国女子也见过，奔驰乌尼莫克冲卡的时候她就坐在副驾驶位上。

认出三个人后，班达尔立刻拔出手枪，对跟在身边的几个人说："马上把这三个人抓起来。"

陆小瑶本来心情就很不好，听到班达尔的话后立刻跳起来，大声质问道："你们是什么人？有什么权力抓我们？"

班达尔冷笑了两声，"就凭你们驾车冲卡我就可以抓你们，别以为跑到这里我就找不到你们了，把他们都抓起来。"

跟在他后面的几个人端着枪把三个人围在中间，武凡睦和杰夫也认出说话的家伙曾经在警局里审问过他们，让他们不解的是警察怎么会与绑架赌场老板的人在一起。

伊萨用两个手铐把三个人铐在一起，然后押回到考古队的营地，班达尔走进帐篷里把情况向布尔希少校汇报了一下。

布尔希走出帐篷，打量了一下三个人，没有发现夏昊天，于是用英语问道："跟你们在一起的那个考古博士去了哪里?"

陆小瑶一听急忙问道："你认识夏大哥?"

布尔希怔了一下，好像没有明白陆小瑶的意思，想了想才说："算是认识吧。"

"夏大哥被埋在沙丘下面了，麻烦你们快救他出来吧。"

"呃，他怎么会被埋在沙丘下面?"

"夏大哥进入神庙寻找失踪的考古队员，后来盗墓王炸塌了神庙上面的沙丘，他没有出来，就被埋在下面了。"

布尔希指着坍塌的沙丘问："你是说这个是被盗墓王炸塌下来的?"

"当然是炸塌的，你以为是它自己坍塌的!"

班达尔靠近布尔希压低声音说："少校，看来咱们被盗墓王欺骗了，他把咱们带到这里，又把沙丘炸坍塌，让咱们找不到墓葬庙。"

布尔希没有说话，挥挥手示意把三个人带到旁边去，随后转身向帐篷走去，班达尔跟在后面一起走进帐篷里，低声问道："少校，怎么处理这三个人?"

布尔希坐在简易椅子上，沉思了一下说："先不要管这三个人，你天亮后就去最近的地方寻找挖掘机，然后想办法弄到这里来。"

"少校的意思是把蝎王的墓葬庙挖出来?"

"不错，无论如何我们必须找到蝎王的死书，盗墓王以为把神庙埋起来就能阻止我们，只要有大型挖掘机用不了多长时间就能挖出来。"

"只要肯花钱，弄到挖掘机应该没有问题，不过要来到这里需要耗费一些时间。"

"钱不是问题，我马上联系基地把钱划拨进你的银行账户里，一定要争取在最短的时间里把挖掘机弄到这里来。"

“好吧，明天一早我就去办这件事。对了，那几个人来这里是不是也为了蝎王死书?”

“现在还不清楚他们来这里的目的，不过一定要把这三个人看押好，后面或许会用到他们。”

“是，我马上去安排好。”说完，班达尔走出帐篷。

第35章 古墓虫群

一幅令人毛骨悚然的场景出现在前面，通道里密密麻麻的全是手掌大小的蝎子，地面、墙壁到处都是，黑压压的一片，潮水一般往这边涌过来。

荷鲁斯神像对面的圆形石门被折射的月光开启后，夏昊天收起生命之符走到正在缓缓敞开的石门前，慕佳懿重新打开考古灯紧跟在他身边，随着石门越开越大，一股阴惨惨的凉气从石门后面涌出来，俩人都情不自禁地打了几个冷战，一阵寒气从心底升起，感觉敞开的就是一道通向地狱的大门。

石门后面是一条光线幽暗的隧道，站在密室里可以清楚地看见隧道内的情景，与前面走过的通道不同，这条隧道是正方形的，两侧墙壁上全部是浮雕，最奇怪的是里面闪烁着暗蓝色的磷火，仿佛坟地里的鬼火，给人阴森恐怖的感觉。

夏昊天猜测这条通道很可能就是通往蝎王陵墓的，他很清楚蝎王陵墓内一定是危机四伏，不过已经没有退路，再危险也必须闯一闯。他看了慕佳懿一眼，轻声说："我先进去检查一下，如果没有危险你再跟过去。"

"现在无所谓危险不危险了，待在这里也是一死，还是一起进去吧。"

"那好，我在前面，你离我稍微远一点，保持一定距离。"

夏昊天把生命之符放进旅行包里，随后把尼龙枪带挂在肩膀上，用右臂夹着猎枪的枪托，食指扣在扳机上，这样可以随时射击。收拾好后，左手提着照明灯，小心翼翼地走进敞开的石门里。

慕佳懿距离夏昊天有四五步远，她也是左手提着考古灯，右手握着手枪，精神高度集中，一副如临大敌的神情。走进阴森的通道里，感觉到有说不出的邪恶气将自己笼罩起来，后背发凉，全身起了一层鸡皮疙瘩，慕佳懿不由得快走了两步靠近了夏昊天，好像离夏昊天近一点就有安全感。

俩人刚走了没几步，就听到身后响起轰隆隆的声音，急忙回头查看，只见两扇石门正在缓缓关闭，慕佳懿吃惊地说：“坏了，现在彻底没有退路了。”

夏昊天微微一笑，安慰她，“这道门就是不关闭，咱们也没有退路，别怕，我相信只要往前走就一定能找到出去的路。”

“但愿如你所说，对了，刚才从那个孔洞有月光照射进来，说明神庙与外面是相通的。”

“不错，的确有部位与外面相通，古代的陵墓并不是人们想象的那样，特别是像帝王陵一类的大型陵墓，其实都留有开口可以进入的，这样的开口一般有两种。一种是气道，这是所有大型陵墓必须有的，特别是墓室都有气道直通外面，这样做的目的是为了让墓主的魂魄可以从陵墓出去……”

夏昊天边说边往前走，突然间有嗦嗦的声响从通道前方传过来，好像是有什么东西在移动，急忙用考古灯照亮前面的通道，一幅令人毛骨悚然的场景出现在前面，只见几米外的通道里密密麻麻的全是手掌大小的蝎子，地面、墙壁到处都是，黑压压的一片，潮水一般往这边涌过来。夏昊天还从未见过如此大的蝎子，感觉头皮一阵阵发麻，全身的汗毛都竖了起来。

每只蝎子的尾巴都翘起来悬在背部，尾巴上的毒针向前伸出，似乎随时准备发动进攻，如果被这么大的蝎子蛰伤肯定小命不保。

夏昊天第一次有心如死灰的感觉，他知道这一次是在劫难逃了，赶紧关闭了手里的考古灯，迅速转过身来朝向慕佳懿，惶恐不安地说：“赶快闭上眼睛……”

不等他说完，慕佳懿就发出了一声惊叫，她已经看到了地面上数不尽的毒蝎，恐怖的场景令她不知所措，一下子扔掉了手上的考古灯，然后猛地扑进夏昊天的怀里，双手搂住他的脖子，把脸紧紧埋在他的脖颈旁，爬到他的身上，而且把双脚高高翘起来，好像这样就能躲避逼近的毒蝎群。

慕佳懿扔掉的考古灯坠落在坚硬的石板地上，发出了清脆的破碎声，灯光应声熄灭了，通道内随即陷入了黑暗中。

夏昊天用胳膊紧紧地夹住慕佳懿的两条腿，心想让蝎子先把自己蛰死吧，如果慕佳懿能活下去，自己死了也值。身后唰唰的声响越来越大，同时伴随着让人难以忍受的腥臭。俩人都忍不住屏住呼吸，一动也不敢动，身体在逐渐地僵硬。

整条通道都布满毒蝎的场景实在太恐怖了，内心再坚强的人也难以忍受。夏昊天感到慕佳懿的身体在索索颤抖，想安慰她一下，一时间不知道该说什么。唰唰的声响已经到了脚下，两边的墙壁上也同样有唰唰的声音，他知道再不说就没时间了，于是低声道："看来咱们是回不去了，不过有你陪着，死了也值得了……"

没等说完，夏昊天猛地感到右边耳朵一阵巨痛，心想一定是被毒蝎蛰伤了，随即又觉得不对，耳朵还有点热乎乎的，忽然明白过来，自己的耳朵不是被蝎子蜇了，而是被慕佳懿咬了一口，心里顿时涌上来一股热流，弥漫在心头的恐惧随即被冲散了，夏昊天用力把脸歪向右侧，慕佳懿感觉到他要做什么，把自己热辣辣的嘴唇迎上去。

两个身处绝境的人忘记了危险、忘记了一切，疯狂地亲吻着，整个世界都已经不存在了，他们甚至感觉不到自己的存在……时间似乎也停下了脚步，通道中变得出奇的宁静，只有两个人粗重的喘息声……

不知道过了多久，慕佳懿逐渐从梦魇般的沉迷中清醒过来，忽然感觉到周围好像少了什么，用力从夏昊天的热吻中挣脱出来，然后贴近他的耳边低声说："昊天，怎么这么静?"

夏昊天愣了一下，马上清醒过来，身体没有一点不适的感觉，意识到自己并没有受到毒蝎的攻击，而且周围沙沙的声响没有了，弥漫在空气中的腥臭也消退了许多。他的左手还一直提着考古灯，用拇指按开了开关，灯光立刻驱散了黑暗，只见地面空荡荡的，一只蝎子也没有了，两侧的墙壁也是空空如也。

慕佳懿放下翘起来的双脚，松开搂抱着夏昊天的双手，把前后通道看了看，惊奇地说："奇怪，那些大蝎子怎么忽然间消失得无影无踪了?"

夏昊天也感到一头雾水，用灯光照着通道深处，什么东西也没有，刚才出现的一切好像是幻觉，他微微一笑，"那些大蝎子该不会是被咱们的爱情感动了，放过了咱们吧?”

慕佳懿脸色一红，不好意思地用手拍打了一下他的后背，“净瞎扯，你刚才是乘人之危……”慕佳懿的手无意中拍打到了夏昊天的背包上，心里忽然闪过一个念头，急忙说：“我知道那些蝎子为什么没有进攻咱们了?”

“呃，为什么?”

“刚进神庙的时候你就感觉有东西跟在身后，但是那个东西一直没有袭击，我想这次也是一样……”

“明白了，你是说背包里的生命之符保护了咱们?”

“嗯，看来这个生命之符不仅是打开蝎王陵墓的钥匙，而且也是重要的保护符，一定是它使咱们俩没有遭受毒蝎的袭击。”

夏昊天点点头，“不错，如果没有这个生命之符，咱们恐怕早就跟汉克斯博士一样失踪了，根本不可能进入到这里。”

俩人一边说一边开始沿着通道往前去，经过了刚才恐怖的一幕后，俩人对危险已经有很强的免疫力，大胆地往前走，慕佳懿紧跟在夏昊天身后，轻声问：“来的路上，你说过埃及的古陵墓一般有三种防范措施，刚才的蝎子群应该算是其中的一种吧?”

“不错，古墓虫群在这类陵墓中算是最简单的一种防范措施，相对于古墓卫士和古墓蝎的威力来说就差很多。”

“假如后面遇到古墓卫士和古墓蝎，你说生命之符还能保护咱们吗?”

“不知道。”夏昊天沉默了片刻，接着说：“不过有一点可以肯定，假如生命之符不能保护咱们了，无论再遇到什么东西，逃脱的几率恐怕为零。”

慕佳懿忽然拉了一把夏昊天的胳膊，停下脚步说：“等一下，我把你背包里的生命之符拿出来。”

她拉开夏昊天的背包拉链，取出那个木刻的生命之符，又从自己背包里抽出一根系运动裤的细绳，把细绳从生命之符顶端的小环中穿过去，最后把细绳的两端系在一起，弄好后把生命之符挂在了夏昊天的脖子上，让生命之符上的“荷鲁斯之眼”朝向前面，然后微笑着说：“好了，这样应该保险了，你说的那些东西看到它后就会退避三舍。”

夏昊天默默地任由慕佳懿摆弄，他知道生命之符放在背包里与露在外面是一样的，不过挂在脖子上更能让人增大信心，人的信心比任何东西都重要，他相信战胜一切的关键因素是自信而非其他。

俩人继续沿着通道往前走，估计又走了大约三四百米的距离，前面的通道好像被什么堵住了，走近后才发现原来是密密麻麻的蛛网，只见白色的蛛网好像一堵丝织的墙壁，把通道截断了，这些蛛网的丝看起来比常见的蛛网要粗很大，在灯光下蛛丝折射出五彩斑斓的光泽。

慕佳懿吃惊地说："这里怎么会有这么多的蛛网？不会有什么古怪吧?"

夏昊天没有做声，用考古灯往前面照着查看了一下，发现在这些密密麻麻的蛛网后面好像是一个很大的洞穴，与走过的通道不同，前面洞穴好像是一处天然的，里面黑乎乎的感觉很宽阔，灯光根本照不到尽头。

俩人心里明白，不管前面的洞穴里有什么险恶都必须往前闯，对他们来说根本没有退路。夏昊天挥舞着猎枪将蛛网扯开，他感觉这些蛛网的弹力很大，虽然可以很轻松地扯开，但是明显比以前见到的那些蛛网结实好多，扯开密密麻麻的蛛网后，俩人小心翼翼地走进了黑乎乎的洞穴中。

洞穴果然很大，至少有五六十米长，宽也有七八米，洞穴内很不规则，洞壁上有许多凹凸不平的岩石，到处都布满了白色的蛛网，空气中弥漫着阴惨惨的气息。

慕佳懿突然拉了夏昊天一把，指着右侧的洞壁说："你看那边是什么?"

原来在右侧的洞壁上有许多大小不一的洞口，大的洞口有一人高，小的也有大半米，在这些洞口处都布满了密密麻麻的蛛网，所以刚进来时没有引起注意，在灯光的照射下，隐约看到大一点的洞口内好像有什么东西。

俩人一起走过去，夏昊天用灯光照射着洞口里面，洞穴很浅，也就是一米深，透过洞口密密的蛛网，能看见里面有个椭圆形的东西，夏昊天把考古灯递给慕佳懿，然后双手握着雷明顿猎枪，用枪管把洞口的蛛网都挑下来，一幅让人难以忍受的恐怖场景展现在俩人面前。

只见一个人蜷缩在洞穴内，一只体型硕大的黑蜘蛛正在这个人的身上快速地爬来爬去，边爬边从尾部吐出蛛丝，如同做茧一样把整个人缠绕包裹在里面，奇怪的是只有头部露在外面，身体部位已经缠绕了厚厚的一层蛛丝。这个人一头金发，看样子是个白人。

或许是感觉到了动静，体长有十几公分的大蜘蛛突然停止了吐丝，两只圆溜溜的眼睛紧盯着洞口，在灯光的照射下，两只突出的大眼珠闪烁着奇异的光泽，让人不寒而栗。

夏昊天本能地把手上的猎枪对准了这个可怕的东西，手指忍不住要勾动扳机，他尽力控制住了开枪的冲动，因为猎枪里装的是散弹，如果开枪被蛛丝包裹的人也会被打烂，万一这个人还活着就麻烦了。他把猎枪交到左手，右手从口袋里摸出一张扑克牌，随后突然发力，手上的扑克牌像一道白色的闪电劈向对面黑色的大蜘蛛。

夏昊天甩出去的扑克牌能扎入六七米外的木板中，现在离蜘蛛不过一米多远，力道可想而知，噗嗤一下，硬生生地把蜘蛛劈成了两半，浓浓的黑色液体立刻顺着蛛丝的表面流到下面，同时还散发出刺鼻的腥臭味。

慕佳懿屏住呼吸，一只脚踏进洞穴里，然后把手指伸到那个人的鼻孔下面，手指不小心碰触了那个人的皮肤，仿佛像是触摸到了冰块一样，凉飕飕的感觉迅速传递到她的大脑，这个人不仅没有了呼吸，而且身体也已经冰凉。她直起身向夏昊天摇摇头，轻声说："看他的皮肤，死亡时间应该不会很长，大概一两天的时间。"

"这么说与考古队进入神庙的时间差不多。"

"嗯，这个人很可能是跟汉克斯博士一起的。"

夏昊天的心立刻悬了起来，顾不上多说，向慕佳懿挥了一下手，赶紧开始挨着洞口查看，很快就在另外一个洞穴里又发现了一个人，撕扯开洞口处的蛛网，里面的场景简直惨不忍睹。

与前面的洞穴一样，里面的人被蜘蛛丝缠绕成蚕茧状，也是只有头部露在外面，一只毛茸茸的大蜘蛛正趴在这个人的脸上啃食，半边脸庞的肌肉已经被啃噬没有了，露出了白森森的颧骨。

看到灯光后，蜘蛛停止了啃噬，移动着肥胖笨拙的身体，把头部朝向洞口，嘴部周围的绒毛还沾着一些血淋淋的肌肉组织，嘴巴还在不停地咀嚼着。

夏昊天感觉头皮发麻，立时起了一身鸡皮疙瘩，内心涌起难以抑制的冲动，突然端起猎枪对着这个可怕的东西开了一枪，嘭的一声，蜘蛛硕大的肚子仿佛被打爆的西瓜，红的、黑的，黏糊糊的东西四处飞溅。

枪声把整个洞穴震得嗡嗡作响，回音消失后洞穴内陷入了死一般的寂静中，俩人忽然听到身后似乎有低沉的呻吟声，慕佳懿看了夏昊天一眼，急忙转身向对面的洞壁这边来，很快发现了传出声音的洞穴。

夏昊天急忙把洞口处的蛛网都扯下来，只见一个硕大的蜘蛛靠蛛丝悬吊在洞穴的半空中，在其下面也有一个被蛛丝缠绕成蚕茧状的人，这个人金色的头发，浓密的络腮胡须，眯着眼睛，也许是刚才的枪声把这人从昏迷中惊醒，嘴里发出低沉的，模糊不清的呻吟。

夏昊天一眼就认出这个人就是汉克斯博士，他急忙从口袋里掏出一张扑克牌，用食指和中指夹住牌，手腕颤抖了一下，就将扑克牌甩向悬吊在半空的蜘蛛，将蜘蛛的脑袋齐齐地削掉了。随后将汉克斯博士从洞穴里拖了出来。

俩人费了好大功夫才将缠绕在博士身上的蛛丝撕扯下来，慕佳懿从背包里取出携带的水壶，给博士喂了一些水。不一会，汉克斯逐渐从昏迷中清醒过来。

第36章 重获自由

盗墓王用一把锋利的猎刀割断了捆绑陆小瑶的绳索，然后示意她把杰夫和武凡睦叫醒。

武凡睦、杰夫和陆小瑶被两个家伙赶到一辆奔驰越野车旁边，其中一个家伙从车里拿出绳子，分别把三个人捆绑起来，又用绳子把三个人连在一起，最后又拴在车轮的轮辐上，以防三个人跑掉。

把三个人拴好后，两个家伙上了车，很舒服地坐在车座上，把车窗放下来听着外面三个人的动静。

刚开始三个人都默不作声，过了一会杰夫就忍不住了，低声对武凡睦说："我发现只要跟你在一起就会被抓，看来你就是个灾星。"

武凡睦回敬道："这句话说你自己刚好合适，我跟小瑶在那边好好的，你刚过去这些人就去了。"

"你就是个自以为是的家伙，小瑶说躲起来，是你说这些人跟咱们没有利益冲突，不会是敌人，不用躲，这下可好，都被抓了。"

"我也不知道来的人里有追赶咱们的警察。"

陆小瑶没好气地说："你们俩就别吵了，夏大哥和佳懿姐还被埋在沙丘下面生死不明，咱们应该想想办法救他们。"

杰夫垂头丧气地说："咱们都这个样了，能想什么办法?"

武凡睦自言自语地说：“真是怪了，咱们从金字塔里出来后总是出事，没有一件事情顺利过。”

“真他妈的受够了，我一分钟也不想呆在这个世界了。”杰夫忍不住骂了起来。

武凡睦忽然笑了起来，“受够了你就赶快回去，最好能把大家一起带回去。”

“都怪你和慕佳懿，如果我和老K不去金字塔里找你们俩，怎么会来到这个鬼地方。”

陆小瑶对俩人说：“你们如果真的想回去就闭上嘴，在心里默默地向上天祈祷，当我有难以解决的问题时就会静静地祈祷。”

杰夫嘿嘿一笑，“那你就先祈祷让咱们从这些混蛋的手里逃出去。”

“心诚则灵。好了，从现在开始谁也不许说话，都在心里默默地祈祷。”说完，陆小瑶闭上眼睛，静静地坐下沙地上祈祷，不过她祈祷不是让自己逃脱这些人的控制，而且祈祷夏昊天和慕佳懿能从神庙里逃出来。

杰夫和武凡睦也都低下头想着自己的心事。

今晚的夜空出奇的晴朗，一轮皎洁的明月挂在空中，柔和的月光给大地披上了一层银装，四周寂静无声，整个世界都仿佛进入了梦乡。

不知道什么时候，旁边两座帐篷里的灯光也熄灭了，隐约传来鼾声，车里也没有了动静，看守他们的两个家伙好像也睡了。这些人在赶往这里的路上折腾了两天两夜，都已疲惫不堪，停下来后都支撑不住，很快就睡着了，各个都睡得跟死猪差不多。

迷迷糊糊中，陆小瑶感觉有什么东西在拍打自己的肩膀，睁开眼睛，只见身边蹲着一个身穿白色长袍的人，头部用阿拉伯方巾包裹着，只有一双眼睛露在外面。她刚要张嘴说话，面前的人摇晃了一下食指，示意她不要做声。

在明亮的月光下，陆小瑶认出了这双鹰一样的眼睛，在蝎王墓葬庙前见过这双眼睛，犀利的目光让人过目不忘，她知道来人是盗墓王，于是点了点头。

盗墓王用一把锋利的猎刀割断了捆绑陆小瑶的绳索，然后示意她把杰夫和武凡睦叫醒，为了防止俩人出声，陆小瑶捂着杰夫的嘴巴，把他弄醒后示意他不要出声，然后又用同样的方法把武凡睦叫醒。盗墓王把捆绑俩人的绳索割断，示意三个人跟着自己走。

盗墓王带着三个人翻过旁边的沙丘，然后开始往西北方向走。盗墓王虽然身形矮小，但是步履轻灵敏捷，脚下几乎没有声响，后面的三个人一溜小跑才能跟上他。

杰夫和武凡睦都没见过盗墓王，不知道救他们的是谁，感觉没有危险后，杰夫忍不住对陆小瑶说："没想到你的祈祷真的起作用了，真的有人来救咱们。"

陆小瑶指着前面白色身影，轻声问："你知道救咱们的是谁吗?"

"不会是上帝派来的吗?"

"他是盗墓王。"

杰夫和武凡睦都暗暗吃惊，没想到盗墓王会来救自己，看到前面幽灵般的身影，俩人对陆小瑶的话深信不疑。

盗墓王一声不吭，只顾一个人快步疾行，甚至没有回头看一眼后面的三个人，走了大半个小时后，柔软的沙子突然消失了，感觉脚下好像是坚硬的岩石，紧接着面前出现了一处陡峭的山崖。

盗墓王在山崖边稍微停了一下，低头向两边巡视了几秒钟，然后转身又来到有沙子的地方，弯下腰，把双手伸进细沙里摸索什么，很快从细沙里拽了一根绳索，绳索很柔软，像是登山用的攀登绳，而且越拽越长，不一会就拉出来一大盘，最后绳索的一端在沙子里拽不动了。盗墓王抱起地上的攀登绳重新回到悬崖边，然后用力将抱着的一盘绳索抛了出去。

过了几秒钟，估计攀登绳的一端坠落到悬崖下面，盗墓王抓起地上的绳索用力拉了一下，绳索的另外一端在沙子里，看不见拴在什么上，不过看起来很牢固。

盗墓王用英语对三个人说："赶快顺着这条绳子下去。"

杰夫有恐高症，在高棉森林上空跳伞的时候就吓得够呛，他向悬崖张望了一下，在月光下底部白蒙蒙的什么也看不清楚，感觉有二三十米深，担心地说："这也太深了，万一抓不住绳索掉下去还不得摔死。"

"少罗嗦，赶快下去。"盗墓王催促道。

武凡睦向前走了一步，从地上拿起绳索，"我先来吧，等我下去后你们俩再下。"说完，武凡睦双手握紧绳索，转过身来，背向外面，双脚蹬着岩石，双手交替握着攀登绳开始往下坠落，身影很快就消失在黑暗中，大约过来大半分钟，听到下面传来喊声，“好了，我到底部了。”

陆小瑶看了杰夫一眼，见他站在那里一动不动，于是抓起地上的攀登绳，学着武凡睦的样子开始往下滑落。

杰夫之所以站在旁边不动，是因为想起夏昊天在飞机上向他传授的克服恐惧的方法，他闭着眼睛在心里默默地念叨着。不一会悬崖下面传来陆小瑶的吆喝声。

盗墓王见杰夫依然没动，于是催促道，“该你了，赶快下去，否则我就把你扔下去。”

杰夫赶紧答应一声，抓起垂到悬崖下的绳子，按照武凡睦的样子开始向下去，他的眼睛一直盯着前面的岩壁，不敢往下看，一边下一边想，这也没什么，老 K 说的不错，恐惧都是多余的，害怕就是自己吓自己。心里没有了恐惧感，下落的速度也快了很多。

突然间，杰夫感觉双脚好像踩空了，身体一下子悬在了半空中，吓得他双手握紧绳索同时大叫起来，“快救我，我要掉下去了。”

在离地面还有五米高的地方，岩壁突然向里凹陷进去，下落到这里后身体就悬空了。下面的俩人听到杰夫惊恐的叫声，忍不住哈哈大笑起来，武凡睦边笑边说：“快到地面了，你松开手跳下来就行。”

杰夫松开双手，双脚落地后没有站稳，屁股一下子坐在地上，摔得屁股生疼，气得他骂了起来，“妈的，摔死我了，你们怎么也不告诉我一声。”

陆小瑶笑着说：“没想到你会真的跳下来。”刚说完，忽然注意到垂下来的绳索被收上去了，好奇地说：“咦，盗墓王怎么把绳子收回去了?”

武凡睦仰面看了一眼岩壁，那根攀登绳已经看不见了，“盗墓王为什么把咱们扔在这里，他不下来了?”

陆小瑶想了想，忽然恍然大悟地说：“我知道了，他一定是把绳子再用沙子埋起来，防止被人看到。”

杰夫慢慢站起来，咧嘴说：“靠，那还不是一样，没有攀登绳他怎么下来?”

陆小瑶急忙招呼俩人躲到凹进去的悬崖下面，然后说：“咱们在这里等着，盗墓王会飞下来。”

杰夫和武凡睦都怀疑陆小瑶的话，心想从这么高的悬崖上跳下来，不摔死才怪呢。等了不到半分钟，就见一团白色的影子轻飘飘地落下来，而且落地后稳稳地站住了，看得俩人目瞪口呆。

盗墓王向三个人所在的地方望了一眼，然后向他们挥了一下手，示意跟他走。随后带着三个人在山谷里走了大约一公里，一侧的岩壁上突然出现了一个很大的山洞，洞口有七八米高，宽也有三四米，盗墓王径直走进黑乎乎的山洞里。

三个人站在洞口停了几秒钟，想让眼睛适应一下昏暗的环境，就在这时，前面突然亮起了一团火光，盗墓王在里面点燃了一只火把，三个人看清了洞内的情景，没想到里面的空间非常大，像个大礼堂，在洞内的一侧停放着一辆老式的卡车，看起来像是一个临时营地。

陆小瑶率先走进山洞里，盗墓王用火把点燃了山洞中间的一堆篝火，然后对三个人说："车厢里有'啊依托'和水……"

不等盗墓王说完，陆小瑶就焦急地问："你能不能救救夏大哥和佳懿姐?他们俩还被埋在沙丘下面。"

"没人可以救他们，你们在这里等两天，如果两天内他们还没有从神庙出来，你们就不用等他们了。"盗墓王的语气冰冷生硬，没有丝毫情感。

"我们在这里等?"武凡睦疑惑地问，"如果他们出来，我们在这里也不知道啊?"

"他们如果能从神庙里出来，必然要经过洞前的山谷才能离开，所以在洞口就能看见他们。"说完，盗墓王转身向洞口走去，随即消失在夜色中。

第37章 寻找出路

汉克斯沉思了一会，然后用肯定的语气说：“如果要想活着出去，就必须再返回到墓葬庙……”

把汉克斯博士从蜘蛛洞中救出来后，夏昊天和慕佳懿又沿着洞穴两边进行寻找，随后又发现了两名还活着的考古队员，其他人都已经死了，而且有些洞穴里的队员只剩下一堆骨头。

等夏昊天和慕佳懿把另外两个人身上的蜘蛛丝扯掉后，汉克斯博士的神智也恢复得差不多了，不过他并不知道在自己身上发生了什么事情，惊讶地打量着周围陌生的环境。

慕佳懿还在对两个昏迷的考古队员进行施救，夏昊天走到博士身边，然后问道，“您是大英博物馆埃及部的汉克斯博士吧?”

博士一脸茫然地点点头，用疑惑的目光打量着夏昊天，“你怎么认识我?我们好像没有见过面……”

“我叫夏昊天，是爱丁堡大学考古系的博士生，很早就听说过博士，您是研究古埃及文化的专家，只是没有当面请教过。”

“呃，那你的导师是谁?”

“是巴利特教授。”

“巴利特教授是我的好友，对了，我怎么会在这里……”汉克斯边说边巡视着充满诡异气息的洞穴，一头雾水地问："这里又是什么地方？"

"博士真的不知道自己在什么地方？"夏昊天好奇地问。

汉克斯用手揉搓着自己的额头，眼球不自觉地瞥向右上角，这是大脑在进行搜寻记忆储存时眼睛移动的方位，如果是左撇子的人回忆时，眼球会不自主地瞥向左侧。他想了一下说："我带着队员们进入神庙考察，在走进有荷鲁斯神像的密室后就突然失去了知觉，后来的事情就都想不起来了……"

"你们可能是被某种神秘的东西抓住了，然后弄到这里。"

"这个洞穴是哪里？"

"如果我猜测的不错，这个洞穴应该是蝎王陵墓的一部分。"

"蝎王陵墓！"汉克斯一脸的惊愕表情，这个世界恐怕没有什么比这几个字更令他震惊了。

"您不知道进入的神庙是蝎王的墓葬庙？"

汉克斯摇摇头，"我们只是得到一个可靠的消息说，这里发现了一座规模比较大的神庙，并不知道是蝎王墓葬庙，进入神庙后才发现很不一般，但是没有想到是蝎王的墓葬庙。对了，你是如何知道这里是蝎王的墓葬庙？"

"博士听说过盗墓王穆瓦法嘎没有？"

"知道，在埃及从事考古的人没有不知道穆瓦法嘎的。"

"就是他告诉我这里是蝎王的墓葬庙。"

"这么说你们也是专门来考察蝎王墓葬庙的？"

"不，我们是专门来寻找博士的。"

"专门来找我？"汉克斯用疑惑的目光注视着夏昊天，"你们找我有什么事情？"

"这件事说来话长，几天前我们去大英博物馆找您，得知您已经离开了伦敦，于是我们就一路追赶来到埃及，在来这里的路上遇到你们考古队的司机，听说你们在神庙内失踪了，我们俩便进入神庙来寻找你们，没想到在蜘蛛洞里发现了博士……"

"在蜘蛛洞里发现了我？"

夏昊天指着旁边一个扯开了蛛网的洞穴说："就是这个洞穴，当时博士身上缠满了蛛丝，大蜘蛛把你们都当成了早点。"

话音未落，慕佳懿提着照明灯走过来，对夏昊天说："那两个人已经苏醒过来了，咱们最好还是先找出路出去，考古灯的电量也不多了，如果没电就麻烦了。”

汉克斯试着站起来，然后摸着裤兜说：“我这里还有一支微型手电筒……”

慕佳懿手里的考古灯刚好照到旁边的一个洞穴，洞口的蛛网刚才被夏昊天扯开了，因为里面的人已经死亡，所以就没有弄死里面的大蜘蛛。

汉克斯的话还没说完，忽然看到这个洞穴里的蜘蛛，惊恐地叫道：“哇，这里的蜘蛛怎么这么大?”

夏昊天微微一笑，“我们进来的时候还遇到一群十多公分长的蝎子，这里面的东西似乎都这个样。”

“这些东西一定是传说中的古墓虫群，在埃及挖掘了那么多古墓，还是第一次见到这么恐怖的东西……”汉克斯忽然用奇怪的目光打量着俩人，疑惑不解地问：“你们俩人怎么没有受到古墓虫群的袭击? 而且还能进到这里来?”

夏昊天指着挂在自己胸前的生命之符说：“我猜可能是因为这个生命之符的保护，另外我们来到这里也是靠它。”

汉克斯博士用手电筒照着夏昊天胸前的生命之符仔细查看了一下，然后吃惊地问：“你是从哪里得到的这个安卡?”

“这个安卡有什么特别之处吗?”夏昊天反问道。

“如果我猜测的不错，这个安卡应该就是荷鲁斯拥有的神器，据说蝎王就是靠它统一了古埃及，它上面附着有阿蒙神的咒语，难怪古墓虫群不会攻击你们。”

慕佳懿对俩人说：“等出去后再研究这个东西吧，现在最关键的是寻找出去的路。”

汉克斯看着俩人问：“你们是如何进来的? 按照原路返回去不就可以吗?”

夏昊天苦笑着摇摇头，“在我们进入神庙后不久，盗墓王就把上面的沙丘炸坍塌了，神庙的出口已经被上万立方的沙子掩埋起来，根本没有了出路。”

“盗墓王为什么要这样做?”汉克斯吃惊地问。

“据他讲，有一帮不明身份的人要来盗抢蝎王死书，所以他只能把蝎王墓葬庙重新埋起来以便阻止这些人的行动。”

“有人要抢蝎王死书!”

这个消息同样令汉克斯感到震惊，因为没有人比他更了解蝎王死书的价值和作用，焦急地说:“盗墓王做得对，绝对不能让任何人抢走蝎王死书……”

“盗墓王也是这样说的。”

这时，另外两个被救出的人也走过来，用茫然的眼神看着汉克斯博士。慕佳懿又催促道：“咱们最好还是先找出路，其他事情等出去后再谈吧。”

汉克斯看着夏昊天问：“你还没有告诉我，你们是如何进到这里的?”

夏昊天把从密室进入到这里的过程详细说了一边，汉克斯听完沉思了一会，然后用肯定的语气说：“如果要想活着出去，就必须再返回到墓葬庙……”

“为什么?”

“现在遇到的仅仅是古墓虫群，你带的这个安卡虽然是荷鲁斯神的法器，对古墓虫群起作用，但是对古墓卫士和骷髅战士却不一定有用，如果继续往陵墓深处去，肯定会遇到这些蝎王陵墓的保护者，最可怕的是古墓蝎，你既然是学习考古的，应该知道这些东西的厉害。”

“我们进来后石门就关闭了。”

“你既然能启开石门进来，就一定能再打开它出去。”

“问题是即便回到神庙我们也无法出去，因为神庙门已经被沙子堵住了。”

“沙子堵住的是神庙的前门，古埃及的这些神庙一般都有暗道，只有高级祭司才知道，暗道通常藏在神庙的后面，供祭司偷偷进出神庙，我想这个暗道不一定被沙子掩埋。”

慕佳懿急忙说：“既然如此就赶快从原路返回去。”说着话她率先向进来的通道口走去。

第38章 进退维谷

班达尔探长从睡梦中惊醒，随后检查了一下，越野车不仅轮胎全部被扎破，而且油箱里的油也被放干净了。

天已经开始放亮，地面飘浮着一层薄薄的雾气，仿佛给沙漠披上了白纱，这是在沙漠中唯一能感到湿气的时候，而湿气凝结的露水维系着沙漠中脆弱却又顽强的生物系统。

考古队的营地在晨雾中显得格外宁静，奔驰越野车里看守杰夫他们的人从车里出来，双脚刚落地就开始解裤腰带，看来是被尿憋醒了，睡眼朦胧地向前走了两步，忽然感觉脚下好像踩到什么东西，低头一看，原来是断成几截的绳子，猛地想起昨晚捆绑在这里的三个人，立刻吓清醒了，顾不上撒尿，赶紧把还在沉睡的同伴叫醒，俩人带着枪沿着沙地上留下的脚印开始追赶，但是翻过旁边的沙丘后脚印就消失了，像是被清除过，平整的沙面上什么痕迹也看不见了，俩人只好返回营地向布尔希少校汇报。

布尔希阴沉着脸从帐篷里出来，忽然闻到一股浓浓的汽油味，他向靠近帐篷的考古队的那辆路虎越野车瞥了一眼，发觉车的前后轮胎都瘪了，一点气压也没有，急忙走过去绕着路虎车转了一圈，四个轮胎全部瘪了，都有一道十多公分长的刀口，而且车下的沙地上还有很大一块被油浸过的痕迹。他马上意识到发生了什么，咬着牙对跟在身后的两个人说：“把所有人都给我叫起来……”

班达尔探长和其他人都从睡梦中惊醒，随后检查了一下，他们的两辆车和考古队的两辆车不仅轮胎全部被扎破，而且油箱里的油也被放干净了。

班达尔走到布尔希身边，低声说：“四辆车都不能动了，一定是那三个人逃跑时干的，为了防止我们追赶他们。”

布尔希摇摇头，缓缓地说：“不，不是那三个人干的。”

“呃，那会是谁?”

“肯定是盗墓王所为，他想把我们困死在沙漠里。”

“嗯，一定是那个老东西干的，那咱们后面怎么办?”

“用电台向基地求救，然后在这里等待援救。”

第39章 启开暗道

古埃及所有的宗教以及丧葬建筑都与天文有关，开启神庙暗道的机关也应该与天文有联系。

夏昊天他们由原路返回到进入陵墓的石门处，汉克斯拿着手电筒仔细地观察着这个雕刻着奇异纹饰的石门，并没有找到打开石门的方法，于是把灯光移向门口旁边，两边的石壁上布满了浮雕。

汉克斯博士的目光忽然被镶嵌在石壁上一尊荷鲁斯神像吸引住，仔细察看了一会，然后回头对夏昊天说："夏博士，请看一下这个雕像。"

这尊荷鲁斯神像与其他浮雕不同，是镶嵌在石壁上的，双手交叉在胸前，右手握着一个生命之符，形状和大小与夏昊天胸前挂的这个几乎一致。左手虽然也呈抓握的形状，但是手里却什么也没有。夏昊天明白了博士的意思，摘下挂在脖子上的生命之符，靠近浮雕，然后把生命之符试探着插入荷鲁斯神像的左手中。

过了几秒钟，隐约听到墙壁里响起低沉的轰隆声，石门随即从中间裂开，然后缓缓地向两边移动。

夏昊天兴奋地对几个人说："快，你们快出去。"

等四个人都出去后，他又从神像的手中抽出生命之符，然后快步跑向石门，刚跑进密室里，石门就缓缓关闭了。

慕佳懿问汉克斯，“博士，您说的暗门可能在什么位置?”

“根据我对其他神庙的研究，暗道一般都在避难所里，那里只有法老和高级祭司才能入内……”

夏昊天急忙问：“您是说在前面放置太阳船的密室里?”

“不错，通往神庙外面的暗道通常都在那里。”说着话博士拿着手电向密室出口走去。

一行人很快来到有太阳船的避难所里，汉克斯之前也查看过这里的情景，他用手电筒照着石头基座上的太阳船，不假思索地说：“如果我猜的不错，暗道应该藏在太阳船里。”

夏昊天从慕佳懿手里拿过考古灯，然后踩着石头台阶登上离地面有两米多高的太阳船甲板，在长方形的船楼前面有一个低矮的小门，门是敞开的，上面没有任何遮挡。夏昊天走到门口前，用考古灯照着里面查看了一下，船舱内比想象的要大，有七八米长，宽也有三米多，在船舱的中间有一个方形的木制台子，除了前面这个小门，整个船舱内并没有其他出口。

汉克斯也登上了甲板，走过来拍了拍夏昊天的肩膀，轻声说：“进去看看。”

夏昊天弯腰钻进船舱里，先用考古灯照着把船舱巡视了一遍，整个船舱内部无论是地板还是舱壁都是木板拼接而成，舱壁上有四个方形的窗口，空气中飘荡着淡淡的奇异香气，令人精神爽朗。

汉克斯博士进来后径直走到船舱中间的那个方形的木制台子边。用手电筒照射着仔细观察着这个奇怪的台子，正方形的台子制作得非常精致，四周雕刻着精美的图案，内容都与太阳神有关。台面是用很厚实的木头雕刻而成，奇怪的是台面并不是一个整体，正中央是一个直径二十公分的圆形平面，上面刻着好像地图一样的图案，有许多代表河流和山的弯曲线条。在这个圆形平面的外围有两个十多公分宽的环形平面，与中间的圆形平面不同，外围的两个环上刻着的是星系图，而且在这两个环形平面上分别有一个手柄状的东西，显然这两个环状平面是可以转动的。

汉克斯博士静静地看了一会后，指着中间的圆形平面对夏昊天说：“你看上面刻的这幅地图是什么地方?”

“应该是古埃及王国的地图。”

汉克斯点点头，若有所思地说："不错，是古埃及王国的地图，我想这个东西应该就是打开暗道的机关。"

这时，慕佳懿和另外两个人也登上了甲板，站在船楼前面的小门旁，静静地看着船舱里的俩人。

汉克斯博士盯着这个古怪的机构沉思了一会，好像没有解开其中的秘密，于是又问夏昊天，"你看出什么来了没有?"

夏昊天指着外围的两个环形平面说："这两幅图应该是某个星系图……"说到这里，他略一停顿，接着问汉克斯，"博士是否注意到这间密室的顶部也有一幅星系图?"

"嗯，第一次进入这里的时候就发现屋顶的星系图，不过我对天文方面的知识知之甚少，所以看不出屋顶的星系表达什么意思。"

"我想屋顶上的星系与这上面的图案应该都与天狼星有密切关系，古埃及所有的宗教以及丧葬建筑都与天文有关，我想开启神庙暗道的机关也应该与天文联系。"

"你说的不错，古埃及神庙中的确暗含着许多天文秘密。"

夏昊天略一沉思，接着说："对于古埃及的历法，现在人们最难以索解的谜就是'天狼星周期'。在久远的太古时代，古埃及人究竟如何观察并记录了太阳与天狼星周期之间非常巧合地相差365.25天……"

"夏博士认为这个机关与'天狼星周期'有联系?"

"嗯，天狼星周期是指天狼星再次和太阳在同样的地方升起的周期。在固定的季节中，天狼星自天空中消失，然后在太阳升起、天亮以前，再次从东方的天空中升起……"夏昊天边说边用手指着中间的古埃及王国的地图，找出上面最明显的标记尼罗河，然后指着正中央说："我想这座神庙的位置应该就在圆盘的中心点上。"

汉克斯点点头，"嗯，应该是。"

"中心点与尼罗河近似九十度的交叉线所指的方向应该就是东方，也就是太阳升起的地方，这条线也表示地平线……"夏昊天边说边在第一个环状平面上寻找，随后指着一个中间带有圆点的圆圈符号说："按照古埃及的习惯，这个符号应该就是太阳神'拉'，也就是太阳。"

找到外环上的表示太阳的符号后，夏昊天握住第一个外环上的手柄，慢慢用力，靠近中间圆形平面的这个环形平面果然慢慢转动起来，夏昊天心里一阵惊喜，马上预感到自己也许找对了方法，他缓慢地转动圆环，将上面的代表太阳的符号移到地平线上。

随后，夏昊天指着第二个环形平面上的一个红色圆点说：“很显然这个红色的点与外面屋顶上的那个红色的宝石相呼应，都是代表天狼星。”说完，伸手握住最外面这个环形平面上的手柄，开始慢慢转到环形平面，将红色圆点移动到中心点与太阳符号的连线上，使三个点都处于地平线上。

将转盘调整好后，夏昊天静静地等了一会，周围依然静悄悄的没有任何变化。

汉克斯看着他轻声说：“是不是哪个地方出了问题?”

夏昊天看着面前平台上的星座图沉思了一会，忽然用手拍了一下自己的脑门，恍然大悟地说：“我知道问题出在什么地方了，古埃及的历法将天狼星比太阳先升空的那一天，定为元旦日，也就是新年的开始。刚才调整这两个转盘时顺序颠倒了，应该是先将天狼星调到到东方，然后再将表示太阳的符号转到地平线……”

夏昊天边说边开始重新转动两个环形平面，先将外围环形平面上的天狼星移动到地平线上，然后再将表示太阳的符号也转动到同一直线上，随后松开握着的手柄，紧接着就听到船舱前部的地板下响起嘎吱嘎吱的声音，四块正方形的地板突然凹陷下去，露出了一个黑乎乎的洞口。

汉克斯博士急忙走到洞口边，用手电往下照射着查看了一下，只见洞口下面是一个方形的竖井，大概有十多米深，两侧井壁上凿出了许多可以踩踏和抓扶的小坑。

看到找出的暗道入口后，慕佳懿和救出的另外两个考古队员也从外面进到船舱内，围在暗道口向下张望。

夏昊天把考古灯递给慕佳懿，对几个人说：“我先下去查看一下情况，如果没有危险你们再下去。”

汉克斯把自己的微型手电递给夏昊天，“你带着这个，方便下去。”

夏昊天接过手电，关闭后放进口袋里，把挎在肩膀上的猎枪斜背在身后，然后坐在地板上，把双脚伸进洞口内，分别踩在两边井壁的小坑上，双手扶着洞口，双脚开始交替着往下去。

慕佳懿把考古灯对着下面给他照明，大半分钟的时间就下到了井底，在井壁的一侧有一人高的洞穴。夏昊天从口袋里摸出手电，照着里面查看了一下，看得出洞穴是人工挖掘出的，洞穴呈竖起的椭圆形，根本望不到尽头，很可能就是通往外面的暗道。

夏昊天仰起头对着上面大声说："都下来吧，下面应该是暗道。"

第一个下来的是汉克斯博士，随后是他的两个伙伴，慕佳懿是最后一个下来的。

汉克斯下来后查看一下洞穴的情况，然后很肯定地说："这个洞穴应该就是神庙通往外面的暗道，快走吧。"

夏昊天拿着手电走在最前面，汉克斯博士紧随其后，洞穴很窄，还不到一米宽，几个人只能排成一列走。进入暗道后，大家都急于离开地狱般的地方，所以行走的都很快。虽然还没有出去，但是感觉已经逃离了死神的威胁，紧张的情绪也放松了不少。

沿着暗道走了一段路后，汉克斯忽然问夏昊天，"夏博士，记得我刚醒过来的时候，你好像说过是专门来找我的?"

"不错，我们的确是专门来找您的。"

"你们不顾生命危险来找我，究竟有什么重要的事情?"

夏昊天刚要回答，忽然发觉前面出现了一点点亮光，看起来像是自然光线，他不顾上回答博士的话，立刻惊喜地叫起来，"前面有亮光，应该快到出口了。"

听到前面有出口，后面的人都欣喜如狂，悬着的心也终于放下来，不由得加快了脚步。洞穴前面的亮点越来越大，逐渐变成了一团亮光，而且还感觉到了一丝新鲜空气迎面扑来。

夏昊天关闭了手电筒，快步向前面的亮光走去。就在这时，夏昊天忽然感觉心里有种莫名其妙的寒意，于是硬生生地停住了脚步，他知道这是第六感觉在向他发出警报，每次遇到巨大威胁的时候，内心都会情不自禁地产生这种感觉。

跟在后面的汉克斯冷不防地撞到夏昊天身上，好奇地问："怎么不走了?"

夏昊天被博士撞得晃动了一下身体，急忙伸手扶住两边的洞壁，与此同时，隐约听到前面有嘶嘶的声响，他全身的汗毛立刻竖了起来，明白自己为什么感到害怕了。

重新打开手电筒，把光柱照在前面的地面上，就在距离他的脚不到两米的地上盘卷着一条有胳膊粗的浅褐色大蛇，只见蛇的上半身呈S形的保护姿势，头部呈三角形，粗壮圆顿，而且有两条明显的深纹，一条在冠上，另一条则在眼睛之间。银灰色的眼睛紧盯着手电光，不断发出嘶嘶声。

见此情景，夏昊天倒吸了一口凉气，刚才如果再多迈出一步，此刻就是神仙也救不了他了。冷汗顺着脸颊流了下来，从牙缝里挤出了四个字："鼓腹咝蝰。"

汉克斯博士常年在埃及从事野外考古，对各种毒蛇非常了解，听到夏昊天说出鼓腹咝蝰几个字后，他也吃了一惊。在埃及鼓腹咝蝰被称为第一杀手，在这里死于鼓腹咝蝰的人比其他所有毒蛇毒死的人数总和还多，据说埃及艳后克丽奥佩托拉七世就是死于这种毒蛇。

鼓腹咝蝰属于蝰蛇中的一种，这种蛇在白天懒洋洋的无精打采，到了晚上就精神抖擞到处捕食。这种蛇不怕惊吓，当人走近它时，它并不急于躲开，在黑暗中很容易踩上，然后被咬伤而死。非洲的土著居民就根据这种毒蛇的特点加以利用，捉一条鼓腹咝蝰，把它拴在野牛经常出没的地方，当野牛走近时，被拴的蛇就会咬野牛一口，而野牛很快就会死掉，从而变成人们的美味，由此可见这种毒蛇的厉害。

夏昊天把手电交到左手，右手把斜背在身后的雷明顿猎枪取下来，然后把枪口对准了地上的鼓腹咝蝰，刚要勾动扳机，就听到汉克斯博士说："别开枪，这是看守神庙的蛇，而且不是一条，千万不要开枪……"

听博士说不是一条蛇，夏昊天于是用手电往前面照射，顿时感到后背发凉冒出了一头冷汗，地面上密密麻麻的至少有上千条鼓腹咝蝰，有一些则盘绕在一起，几乎将洞穴的底部全部占满了，受到灯光的袭扰后，有的蛇抬起头，发出嘶嘶的声响，让人毛骨悚然。

夏昊天不由自主地往后退了几步，因为距离他最近的那条鼓腹咝蝰一直做出要进攻的姿势，别看鼓腹咝蝰平时移动的非常缓慢，一旦进攻就快如闪电，有人测算过，鼓腹咝蝰进攻猎物时的速度是每秒七米，如此快的速度令猎物很难躲闪。

汉克斯博士很了解这种毒蛇的厉害，赶紧示意后面的人向后退，大家后退了几米后停下来，然后查看着前面那些毒蛇的情况。

夏昊天低声说：“必须想办法把这些鼓腹咝蝰全部赶出洞口去，否则根本无法从这里出去。”

汉克斯往洞口那边张望了一下，现在所处的位置离洞口大约还有四五十米远，从这边望过去洞口似乎不大，看样子高度不过一米左右。他边查看情况边自言自语地说：“鼓腹咝蝰是夜间活动的动物，现在外面是白天，肯定不会主动出去。”

夏昊天回头看着他说：“这么多鼓腹咝蝰聚集在这里，说明它们把这里当做了巢穴，即便是晚上有的蛇可能出去觅食，但是肯定还有一部分会留在里面，所以必须想办法把它们赶出去。”

站在最后面的慕佳懿忽然说：“动物都怕火，可以用火把这些毒蛇驱赶出去。”

汉克斯耸了耸肩膀，用无奈的口吻说：“我们根本没有可点燃的东西，如何用火驱赶这么多的毒蛇?”

慕佳懿心想这些人搞研究的时候都很聪明，有时处理简单的事情却又表现得很笨拙，她用手分开前面的两个人，侧着身体来到前面，用考古灯照着前面查看了一下，然后对夏昊天说：“让大家把上衣都脱下来，点燃后你用猎枪挑着慢慢往前走，我跟在你身边，如果有毒蛇往这边窜过来，我就开枪打死。”

“好吧，先烧我的。”说着话夏昊天把自己的上衣脱下来放在地上，然后问道：“谁有火机?”

后面的三个人摸了摸自己的口袋，都说没带火机。慕佳懿于是对夏昊天说：“把猎枪里的子弹退出来，只留下一发。”

这是五连发的猎枪，夏昊天在蜘蛛洞里开了一枪，弹匣里还有四发子弹，他拉动枪栓，将三发子弹从弹仓退出来。猎枪使用的是散弹，弹壳前部用蜡封住，很容易打开，慕佳懿把弹壳里颗粒状的黄色火药倒在夏昊天的衣服上，然后对后面的三个人说：“请大家都把上衣脱下来交给我。”

汉克斯和另外两名考古队员纷纷把衣服脱下来递给她，慕佳懿把这些衣服夹在左胳膊下，右手掏出手枪，然后对夏昊天说：“好了，你向衣服上的火药开一枪，引燃了衣服后就用枪挑着往前去，尽量让火贴近地面，另外你不用怕，我会在旁边保护你。”

夏昊天答应一声，把猎枪对准衣服上的火药勾动了扳机，随着一声沉闷的枪响，地上升起了一团耀眼的火光，通道内顿时充满了刺鼻的硝烟味，洞内的许多鼓腹咝蝰似乎察觉到了威胁，纷纷发出嘶嘶的声响，令人恐怖的声音立时响成一片。

地上的衣服也被引燃了，夏昊天急忙用枪管将燃烧起来的衣服稍微挑起一点，然后火苗贴在地面往前移动。前面的几条鼓腹咝蝰感觉到了燃烧的衣服发出的热量，开始往洞口那边爬行。向前走了大约五六米的距离，衣服就快要燃尽了，慕佳懿于是把另外一件衣服扔到火团上，引燃后继续往前走。

靠近洞口处的毒蛇并未察觉到危险，所以依然盘缩在地上不动，随着后面的蛇爬过来，有些蛇缠绕成了一团，所以向前移动的速度也越来越慢，离洞口还有十多米的时候，已经把脱下来的衣服都烧了，眼看就要前功尽弃。

慕佳懿迅速把自己的上衣也脱了下来引燃，随后回头对身后的三个男人说："赶快把裤子也脱下来，把身上能脱的都脱下来……"

汉克斯与另外两个同伴非常清楚目前的情况，如果不将毒蛇驱赶出去，就无法逃离险境，生命比任何东西都宝贵，三个人都慌忙地把衬衣和裤子都脱下，最后只剩下了内裤。

衣服燃烧产生的烟雾弥漫在通道中，对前面的毒蛇产生了作用，纷纷向洞口涌去……

第40章 找到线索

“你听说过美国东海岸有个叫奥古斯的神秘海滨小镇吗?”

夏昊天忽然明白了博士的意思，“您是说那个全世界独一无二的海事博物馆?

盗墓王离开山洞后不久，天就逐渐亮了，武凡睦走出山洞，查看外面的情况，杰夫和陆小瑶也随即一起走出来。

这是一条巨大的山谷，靠近的一侧是垂直的悬崖，对面则稍微有些坡度，不过依然非常陡峭。放眼望去到处是黄褐色的风化石块，看不见一星绿色，感觉就像是在火星上，没有一丝的生机。

武凡睦观察了一会后问杰夫，“你说这条山谷是什么走向。”

杰夫仰脸观察了一下，很肯定地说：“应该是东西走向，咱们面对的是北方。”

“这么说那座蝎王墓葬庙在山谷的南面了。”

“嗯，应该是在南面。”

听俩人提到墓葬庙，陆小瑶随即又一脸的愁云，叹了一口气说：“也不知道夏大哥和佳懿姐怎么样了? 万一……”

杰夫摆摆手，“放心吧，他们俩保证没事。”

“你怎么知道他们没事?”

“你不了解老 K，这个家伙属‘猫’的，有九条命，保证死不了。”

陆小瑶撇了一下嘴，“我还以为你多了解夏大哥，原来就会瞎说。”

杰夫笑着说：“跟你开玩笑，说实话老 K 对古代建筑很有研究，特别是一些机关暗道什么的都难不住他，所以他一定能从神庙里逃出来。”

“你说的是真的?”

“当然是真的，我们俩在吴哥城找到了未来人的地下溶洞，又在金字塔里打开了进入胡夫王城的大门，当然了，这些都是在我的协助下才完成的……”

武凡睦忍不住打断了杰夫，“你这是在说夏博士厉害还是你自己厉害?”

“当然是说老 K 厉害了，不过没有我的协助他也很难做到这些事情。”杰夫一本正经地说。

陆小瑶立刻焦急地问：“听你的意思，这次没有你的协助，夏大哥是出不来了?”

“当然不是了，抽空我给你讲讲我们是如何在吴哥城找到未来人的秘密溶洞，又是如何从金字塔的地下城把两个自以为是的国际刑警救出来的。”

“老鼠，你说谁自以为是?”武凡睦不高兴地问。

“难道不是我和老 K 把你们俩救出来的吗?”

武凡睦把脸歪向一边，低声道：“把我们救到这里来，还不如不救呢……”

陆小瑶赶紧拉着杰夫的胳膊，“你们俩先别吵了，先给我讲讲夏大哥的故事吧?”

杰夫转身向山洞走去，边走边气鼓鼓地对陆小瑶说：“到里面给你讲，看着这个人就生气，把他们救出来到现在还没听他们说句谢谢。”

走到山洞口，陆小瑶急忙拉住杰夫，“咱们就坐在这里讲吧，盗墓王说夏大哥他们如果从神庙出来一定会从这里经过，到里面万一看不见他们就惨啦。”

俩人于是在洞口一处平坦的地方坐下，杰夫问道：“你相信那个怪人的话?”

陆小瑶点点头，“夏大哥也很相信他。很多事情你相信就是真的，不相信就是假的。”

“你想听老 K 的什么故事?”

“只要是夏大哥的故事我都爱听。”

杰夫想了想，“先给你讲讲他在赌场拉斯维加斯夺取世界赌王的故事吧。”

随后杰夫开始绘声绘色地讲起夏昊天参加世界扑克大赛的事情。

太阳升起后，沙漠里的温度很快就会升得很高，武凡睦在外面转了一个多小时后也返回到山洞里，爬上那辆老式卡车的车厢里，喝了点水，然后坐在车厢的毯子上，不一会就迷迷糊糊地睡着了。

杰夫和陆小瑶坐在宽敞的山洞口正说得起劲，忽然看到三个赤裸着身体的人出现在山谷里，而且在后面还跟着两个人。俩人睁大了眼睛，有点不敢相信自己的眼睛，跟在后面的两个人竟然是夏昊天和慕佳懿。

陆小瑶尖叫了一声，立刻从地上跳起来，向夏昊天和慕佳懿飞奔过去。

汉克斯他们被陆小瑶的叫声吓了一跳，看到一个年轻的女孩向这边跑过来，赤身露体的三个人显得有些尴尬，好在陆小瑶不是冲他们而来。

陆小瑶跑到夏昊天和慕佳懿面前，激动得不知道说什么好，两眼忽然充满了泪水，左眼睛的泪珠率先流了下来。有人做过研究，如果是左眼睛的泪水先流出来，就是高兴的泪水，而右眼先流泪则是伤心的泪水。

慕佳懿急忙搂住陆小瑶的肩膀，用手擦了擦她脸上的泪珠，微笑着问："你怎么会在这里？杰夫和老武呢?"

话音未落，杰夫也撅着屁股跑过来，大声说："小瑶，我说他们死不了吧，这不回来了吗……・"

陆小瑶把几个人领进山洞里，武凡睦也听到了动静，从车厢跳下来，三个人你一言我一语，把被那个警察抓住以及盗墓王又把他们救出来，带到这里的经过简单说了一遍。刚说完，一个白色的身影突然出现在山洞口，夏昊天一看就知道是盗墓王，赶紧迎过去向盗墓王致谢。

在夏昊天的心里丝毫没有责怪盗墓王炸塌了沙丘，反而心存感激，如果没有盗墓王送给他的生命之符，不仅救不出汉克斯博士，他和慕佳懿也必死无疑。

盗墓王用锐利的目光把山洞里的人打量了一遍，同时冷冷地说，"看到山谷里突然出现了许多鼓腹雌蝰，我就知道你们从蝎王墓葬庙逃出来了，你们是如何将看守暗道的鼓腹雌蝰驱赶出来的?"

夏昊天简单地把逃出来的经过讲了一下。

盗墓王听后微微点了点头，用低沉的声音说："你们幸亏没有杀死暗道里的鼓腹雌蝰，否则一个都逃不出来。"

"啊，为什么?"慕佳懿吃惊地问。

"因为蛇血会唤醒古墓里的巫沙布提俑，他们一旦从死亡之眠中被召唤，就会向那些打搅了他们安眠的敌人复仇，就算是敌人逃离了古墓，他们也会如影相随，直至把敌人杀死……"

盗墓王的话让俩人感到有些后怕，夏昊天差一点就开枪打死一条毒蛇，是汉克斯博士及时制止了他。慕佳懿心有余悸地说："这么说咱们真是太幸运了，汉克斯博士再晚一秒钟你就把那条蛇打死了。"

"这一切都是定数，我说过真主安拉已经把一切都安排好了。"说着话盗墓王瞥了一眼站在卡车旁边穿着短裤的三个白人，然后问道："你们已经找到了那个博士，后面有什么打算?"

盗墓王一下子提醒了夏昊天，到现在还没有来得及跟汉克斯博士谈，于是对盗墓王说："请稍等一下，我需要问博士一件事。"说完，向汉克斯博士走过来。

汉克斯和两个同伴正吃着武凡睦从卡车上拿给他们的"啊依托"，这是埃及特有的一种烧饼，三个人已经有好几天没有吃东西了，狼吞虎咽地啃着烧饼。

夏昊天来到汉克斯身边，轻声说："博士，我能否向您了解一件事情。"

汉克斯点点头，举起水囊喝了一口水，然后说："当然可以。"

"那我们到外面去谈吧。"

俩人一起走出山洞，此时外面的气温已经有三十度，汉克斯穿着短裤感觉比洞内要舒服，猜想这个年轻人肯定要说找自己的目的，所以静静望着夏昊天，等着他开口。

夏昊天沉思了片刻，忽然不知道该从什么地方说起，于是开门见山地问："您知道太阳石吗?"

汉克斯怔了一下，这个问题好像超出他的预料，惊讶地问："你为什么要问这个东西?"

"怎么说呢……"夏昊天沉吟了片刻，"这个东西关乎我们四个人的未来和生命，不知道我这样说您是否满意?"

汉克斯打量了一眼夏昊天，随后把目光移向了对面山谷的顶部，脸上流露出很奇怪的表情，沉默了几秒钟后缓缓地说："我之所以会从事考古研究，就是与太阳石有关，在我很小的时候就听说过关于太阳石的传说，因而痴迷上了它……”博士收回目光，转而看着夏昊天，“你知道太阳石有多么重要吗?”

夏昊天一时不知道该如何回答，只能含糊地“嗯”了一声。

“对于人类来说，恐怕没有任何一件东西能够超过太阳石，而且太阳石还是连接埃及文明与玛雅文明的桥梁，或者说太阳石使这两个古老文明神秘地连在了一起……”

夏昊天迫不及待地问：“那太阳石现在藏在什么地方?”

“这些年我也一直在寻找太阳石的下落，经过多年的努力，了解到了一些线索，大概是在1580年的时候，在中美洲的西班牙占领军的统帅亚迪·兰格将军得到一幅玛雅人藏匿宝藏的地图，据说玛雅人最重要的宝物太阳石也在这个宝藏中。亚迪·兰格曾多次派兵寻找这个神秘宝藏，都没有成功。后来他奉命回国，而把那张藏宝图也带身边……”

“这么说藏宝图被带回了西班牙?”

汉克斯摇了摇头，继续说：“当时的西班牙拥有世界上最为庞大的无敌舰队，无人能与之抗衡，亚迪·兰格搭乘的还是西班牙海军最坚固的战舰‘圣帝安战神号’，不过他却没能返回到西班牙。”

“呃，为什么没能返回西班牙?”夏昊天吃惊地问。

“因为他返回西班牙的消息被英国的约翰·迪伊博士知道了。”说到这里，汉克斯忽然问夏昊天，“你了解约翰·迪伊吗?”

“知道一点，他是英国最著名的数学家、天文学家、占星学家、地理学家和哲学家，而且他还终生从事神秘学的研究，因此常常游走于科学与神秘世界之间。”

汉克斯微微点了点，接着说：“有件事你或许不知道，约翰·迪伊就是007詹姆士·邦德的原型人物。迪伊是女王伊丽莎白一世身边的特别顾问，他在写给女王的信中落款都是两个零，象征着他的任务就是做女王的双眼，之后再写一个阿拉伯数字7，最上端横插在两个0中间。据说7对迪伊有着某种神秘的意义。因此他的代号就是007，为女王从事间谍和反间谍的工作。另外他还是英国海外探索方面的专家，‘大英帝国’一词就是他创造的。”

“难怪他会知道西班牙得到了太阳石的消息。”

“恐怕没有人比约翰·迪伊更了解太阳石的重要，得到这个消息后他立刻向英国女王伊丽莎白一世进行汇报，随后女王派出了大英帝国的海军旗舰‘海军上将号’进行拦截，准备不惜一切代价抢夺亚迪·兰格携带的玛雅人的藏宝图……”

“这么说藏宝图落在了英国人的手里?”夏昊天着急地问。

“没有，”汉克斯摇着头缓缓地说：“西班牙的圣帝安战神号与大英帝国的海军上将号都从大西洋上神秘地失踪了，两艘战舰都不见了。”

“是不是两艘战舰发生了战斗，双双沉没了?”

“不知道，没有人知道发生了什么……”

“这么说藏匿太阳石的藏宝图也随着两艘战舰一起消失了?”

“不错，此后就再也没有任何关于太阳石的线索。”

夏昊天的心好像一下子坠落进了冰窟窿里，有太阳石线索的藏宝图如果随着四百年前的战舰沉入了大西洋，那么找到太阳石的希望几乎为零。

汉克斯注意到夏昊天的表情突然变得很难看，疑惑地问：“这就是你来沙漠寻找我的原因?”

“嗯，我们找您就是为了了解太阳石的线索……”

“呃，能告诉我为什么吗?”

“我担心说出来您会不相信。”

“没说怎么知道我会不相信? 我的接受能力比较好，应该会相信。”

“我们四个人都来自2000年的未来世界……”

汉克斯立刻流露出一脸的惊愕表情，睁大眼睛望着夏昊天，“你说的都是事实?”

夏昊天耸了一下肩膀，用无奈的口吻说：“我说过您不会相信，看来我的担心不是多余的。”

汉克斯摆着手说：“不，我并不是不相信你，只是太惊讶了，我一直就相信时空隧道的存在，不过突然发现这个事实后还是很震惊。”

“我们不但是从二十年后返回到现在，而且还是因为您的原因造成的……”

“因为我的缘故!”汉克斯似乎更加吃惊。

“不错，的确与博士有关。”夏昊天把在胡夫王城里发生的事情讲述了一遍。

汉克斯听后惊讶地问：“这么说太阳石在二十年后被找到了?”

夏昊天怔了一下，汉克斯的话提醒了他，马上意识到太阳石肯定会被找到，否则二十年后的事情根本不会发生，急忙说：“不错，太阳石的确被发现了。”

汉克斯缓缓地点了一下头，若有所思地说：“看来找到太阳石的一定是你们四个人。”

“可是我们应该去哪里寻找四百年前失踪的战舰?”

“你听说过美国东海岸有个叫奥古斯的神秘海滨小镇吗?”

夏昊天忽然明白了博士的意思，“您是说那个全世界独一无二的海事博物馆?”

“不错，去那里应该能寻找到失踪战舰的线索。”

“战舰已经失踪四百多年，就算能找到它，藏宝图恐怕也……”夏昊天担忧地说。

“不应该让忧虑阻碍前行的动力，你是学习考古专业的，应该知道只要是发生过的事物总会留下蛛丝马迹，你要做的就是要努力去探寻真相，其他不要过多考虑。”

“明白了，谢谢博士的提醒，我们马上动身去美国。”

夏昊天和汉克斯博士回到山洞里，径直来到盗墓王身边，夏昊天取下挂在脖子上的生命之符，双手捧着递给盗墓王，真诚地说：“穆瓦法嘎先生，谢谢您的生命之符，如果没有它，我们肯定死在神庙里了，接下来我们要去美国，把它再次还给您吧。”

盗墓王接过生命之符，看着夏昊天问：“无数人拼上性命想要得到它，可以说它的价值难以想象，而你却主动放弃，能告诉我为什么吗?”

“因为它属于埃及，属于这片土地，所以必须把它留下来。”

“明白了，说实话，你又一次救了自己。”

夏昊天没有明白盗墓王的话是什么意思，疑惑地问：“为什么这么说?”

“因为你带着它可能会走不出这片沙漠，古墓卫士一定会杀死你把它夺回来。”

“那您为什么能带着它离开这里?”

“因为我懂得驾驭这个生命之符和克制古墓卫士的咒语。”

夏昊天立刻想到了一件事，吃惊地问：“这么说您看见过蝎王的亡灵书?”

盗墓王既没承认也没有否认，把话岔开了，“既然要去美国，那我把你们送出沙漠吧。”

汉克斯博士急忙说：“我现在还不能离开，我们带来的考古设备还在营地，不能把那些设备扔掉。”

盗墓王对他说：“你们的营地已经被一帮不明身份的人占领了，他们是来抢夺蝎王死书的，如果你们去营地肯定会被他们抓住，然后逼迫你为他们服务。”

夏昊天也说：“我见过那些人，可以肯定不是什么好人，博士最好还是跟我们一起离开，落在那些人手里可能会有危险。”

汉克斯想了一下，点头同意了，“好吧，就跟你们先离开这里。”

夏昊天又对盗墓王说：“对了，我们不能回开罗，我估计警察和国际刑警都在到处找我们，如果去开罗肯定会被抓。”

盗墓王想了想，“这样吧，我把你们送到离这里最近的一个城镇费拉菲拉堡，然后再找熟人把你们送到利比亚，这样就没有危险了。”

“那就太谢谢您了。”

随后所有人登上盗墓王的老式卡车，盗墓王亲自驾驶着卡车驶出藏匿的山洞。

第41章 神秘小镇

大家很快就感觉到镇子里好像弥漫着一种说不出的诡异气息，街道上行走的大多是些老年人，一个个弯腰驼背，神情冷漠。

经过了一周的漫长跋涉，夏昊天他们一行五人，最后乘飞机到达了位于美国佛罗里达半岛的迈阿密。

他们最终的目的地是位于佛罗里达半岛西海岸的一个偏僻而又神秘的海滨小镇，五个人租用了一辆丰田越野车，由迈阿密前往奥古斯需要穿越几百公里的荒漠地带，有一条公路通往小镇。

到达奥古斯后发现这是一座建立在海边悬崖下的石头城，小镇面向碧波荡漾的墨西哥湾，背靠怪石林立的山崖。镇上的房屋全部是用石块砌成，就连街道也是用长方形的条石铺成的，显得非常古老。小镇唯一的遗憾就是颜色单调，到处都是灰白的岩石颜色，除了镇外蔚蓝色的大海，再也看不到其他颜色。整个小镇甚至看不到一棵树，像是死气沉沉的墓地。

进入小镇后，他们把车停在街道边，然后步行查看这个奇异的海滨小镇。很快大家就感觉到镇子里好像弥漫着一种说不出的诡异气息，街道上行走的大多是些老年人，一个个弯腰驼背，神情冷漠，脸上满是岁月留下的沧桑痕迹，看得出都是些长年在海上闯荡的人，与沉闷的小镇一样，没有一丝的活力和生机。

也许是很久没有见到外来人，小镇居民都向五个人投来惊讶和好奇的目光，甚至酒吧里喝酒的人都纷纷透过玻璃窗注视着他们。

充满欲望的目光让几个人感觉很不自在，陆小瑶忍不住低声说："他们怎么都盯着我们看？好像我们是外星人一样。"

杰夫笑嘻嘻地说："嘿嘿……他们是没有见过美女，你看这些人的眼里透露着性的饥渴，像是要把你吞下去。"

"我怎么看不出他们眼里有什么饥渴？"陆小瑶低声嘟囔道，"记得我听过一句话，外在世界是一个人内心的再现，以前不明白是什么意思，现在忽然想通了。"

夏昊天微笑着说："小瑶，你直接说老鼠的内心很黑暗就行，不用拐弯抹角地骂他。"

"靠，我说的是事实，怎么内心黑暗了？"

慕佳懿也被那些火辣辣的目光看得有些不舒服，快走两步追上夏昊天低声说："咱们先找个地方住下吧，休息一下晚些时候再出来。"

夏昊天应了一声，经过几天的长途奔波，实话说都累了，他找人打听了一下，了解到小镇只有一家旅馆，于是返回停车的地方，然后驾车前往位于海边的旅馆。

旅馆的名字很奇特，叫海盗之家，是建造在海边岩石上的一栋三层小楼，站在楼前就能听到海浪拍击岩石发出的声音。

推开沉重的木门走进楼内，只见里面装饰得如同真的海盗船一般，前厅的正中间竖立着一个破旧的船舵，四周的墙壁上悬挂着骷髅旗，还有战刀和火药枪之类的武器。

厚重的原木柜台已经看不出什么颜色了，看样子有上百年的历史了，一个身穿破旧马甲的粗壮老头站在柜台后面，他的左眼戴着黑色的眼罩，络腮胡须，稀疏的头发都拢在脑后扎了一条小辫子，看起来像个老海盗，不过态度倒是非常热情，见五个人进来，大声招呼着。

"欢迎先生和小姐们光临海盗之家，这里已经好久没有客人了，今天真是个好日子，请问你们是小住几日还是长期包房？"

"先生如何称呼？"夏昊天客气地问。

"哈哈，叫我杰克船长就可以，在奥古斯只要见到我这个年龄的人，都叫船长保证没有错。”老头大笑的时候还露出一颗大金牙，让人想到了电影《加勒比海盗》中的恶棍巴博萨。

“船长先生，小住和长期包房有什么不同?”陆小瑶好奇地问。

“哈哈，这位小姐长得真漂亮，小店好长时间没来过像小姐这么漂亮的女孩了。小住每间客房一天十美元，长期包房就加一倍，二十美元。”

“这是什么逻辑。”夏昊天惊讶地问：“住的时间长反而多要钱?”

“哈哈……当然是强盗逻辑了，否则怎么能叫海盗之家。”杰克船长依然笑容可掬，满不在乎地说。

“难怪没有客人来了，那我们就算小住吧，麻烦船长给我们每人开一个客房。”

陆小瑶急忙说：“我还是跟佳懿姐住一个房间吧。”

“在我这里都是船舱没有客房，请各位先生、小姐自己登记一下，你们现在就算上贼船了，我去给你们开舱门。”

说话的同时，老杰克把一个破旧的本子放在柜台上，转身抓起一串钥匙从柜台里一瘸一拐地走出来，几个人都好奇地从后面看着他摇摇晃晃地登上楼梯，感觉杰克走路的姿势都跟海盗头子巴博萨一样。

夏昊天趴在柜台上登记五个人的资料，陆小瑶对几个人说：“我怎么感觉像是倒退了一个多世纪，咱们不会是通过时光隧道回到了十八世纪吧。”

“这里是挺古怪的，而且感觉很神秘，等会出去咱们到处看一看。”武凡睦饶有兴致地说。

杰夫摇着头说：“我看两位小姐还是别出去了，刚才酒吧里的那些人看到你们俩时，眼睛里都冒绿光，跟恶狼差不多。”

“我才不担心呢，有你们三个在，还怕那些老家伙?”陆小瑶满不在乎地说。

杰夫立刻拍着胸脯说：“说的不错，有我保护你们，没人敢对你们怎么样。”

夏昊天做完登记，向杰夫摆摆手，“好了，别吹了，你能保护自己就不错了，赶快去客房休息一会。”

杰克船长给他们开的房间在二楼，木制的楼梯踩上去后“咯吱咯吱”地响个不停，好像不堪重负，让人担心会塌落下去。走廊内黑乎乎的，而且散发着难闻的气味。壁灯上罩着方形的玻璃罩，同海盗船上的一样，发黄的玻璃透出昏暗的光线。

陆小瑶和慕佳懿住一个房间，杰克船长说的不错，是应该叫船舱，连窗户都是圆形的，像船上的舷窗。俩人放下旅行背包就来到隔壁夏昊天住的房间，刚进门陆小瑶就嘟囔着说："干嘛非要来这个鬼地方？好像是进入了另外一个世界。"

夏昊天微笑着说："我们来这里有几个原因，其中一个原因是刚才那个老船长说了，在这里居住着一些退休了船长……"

不等他说完，陆小瑶就就抢着说："那些人怎么会喜欢住在这个鬼地方？我一天也在这里呆不下去。"

"长年在大海上漂泊的人有些都没有家室，海上孤独寂寞的生活也使他们养成孤僻的性格，退休后仍然喜欢过这样的生活，而奥古斯就是他们最好的选择，因此许多船长退休后都选择居住在这里。"

"这些退休的船长跟咱们来这里有什么关系？"陆小瑶好奇问。

"这个么……你很快就会知道。"

"那还有什么原因？"

"在奥古斯有一个世界上独一无二的博物馆，馆内收藏的都是数百年来海上发生的奇闻怪事，只要你想知道的事情，在这个地方都能找到答案或者线索，这就是我们来这里的主要目的。"

话音未落，陆小瑶就着急地说："这么说还有其他目的了？夏大哥快点说完嘛。"

"你总在打断我的话，我怎么快点说。"

慕佳懿拉着陆小瑶在床边坐下，笑着说："从现在开始把你的嘴巴贴上封条，让昊天讲完后你再说话。"

夏昊天苦笑着摇了摇头，接着说："我们来这里不仅要寻找四百年前失踪的西班牙战舰的线索，还要到海上进行寻找。刚才来的时候你们都看到了，奥古斯镇下面的海湾停泊着许多帆船，有些是从世界帆船赛退役的船只，不过性能都非常好，我们没有很多资金，所以进行长时间的海上搜寻，高性能的帆船是首选。"

陆小瑶兴奋地问："这么说我们下一步要进行海上旅行了？"

夏昊天没有理睬她，继续说："我们都没有海上航行的经历，要驾驶帆船出海，必须要经过培训。这里有世界上最棒的船长，我们可以聘请一个经验丰富的老船长跟我们一起出海，另外也把大家培训一下。”

慕佳懿忽然说：“我一直在考虑一个问题，按照汉克斯博士所说的情况，太阳石被玛雅人藏在一处秘密宝藏中，而藏宝图被亚迪·兰格将军带上了那艘失踪的战舰。战舰在海上失踪的结果就是沉没，退一步说，我们能找到这艘沉没的古船，但是在海底待了四百多年后，什么样的藏宝图能保存下来?”

“说实话，我刚听到汉克斯博士说这个情况的时候，也这样想过，藏宝图如果是随着沉船在海底待四百年肯定毁了。”

“那咱们还来这里干什么?”慕佳懿不解地问。

“有一个事实你没有考虑到，那就是太阳石在以后的某个时间出现了，否则我们来不到这个世界。”

“我明白了，你的意思是藏宝图还在。”

夏昊天点点头，用肯定的口吻说：“不仅在，而且一定会被我们找到，虽然不知道后面会发生什么事情，但是我相信藏宝图肯定在某个地方等着我们。”

“既然如此，那就不用多考虑了，尽快去那个古怪的博物馆寻找西班牙战舰的线索。”

“不错，我们先去博物馆寻找战舰的线索。”

吃过午饭后，大家一起来到那个神秘的博物馆。在老杰克的指点下，他们在小镇外一公里的地方找到了一栋奇异的建筑。

这是一栋有着高尖塔楼的哥特式建筑，整栋建筑紧贴着后面的悬崖，给人的感觉这栋楼好像一半在外面，另外一半缩进了山崖里面。

五个人登上十几级台阶，抬头向上望了一下，建筑的前部至少有二十多米高，同小镇内的房屋一样都是用石头垒砌起来的，唯一不同的是上面有许多石雕，多是些天神的形象，整个建筑给人气势恢宏的感觉。

站在台阶上，夏昊天感受到一种强烈的震撼，眼前这个气派的大门充满了神秘，让人肃然起敬。站在金字塔下就有这种感觉，像是要穿过时空，进入远古时代。

走进大门后，发现里面是非常宽阔高大的厅堂，同外面看到的一样，大厅的一半的确延伸进山体里面。令他们惊讶的是大厅里竟然有一艘巨大的帆船，看样子不像是船模，是一艘真正的古船，船体表面满是斑驳的痕迹，船长大约有三十米，至少有七八米高，难以想象这么大的船是如何将它弄到这里面来，一定是先有的这艘船，然后才有的这栋建筑。

就在大家怀着好奇心观看着古船，一个人从大厅里面走过来，银白色的头发，戴着眼镜，年龄大概有六七十岁，身上穿着黑色的长袍，看样子像是神父，不过胸前并没有十字架。

夏昊天想起海盗之家杰克船长的话，灵机一动，立刻热情地同老人打招呼，“您好船长先生。”

老人似乎对这个称呼很满意，笑眯眯地问：“你好年轻人，你们来是参观还是有其他事情?”

“我们来是想查阅些海上的资料，不知道是否可以?”

“哦，你们想查阅哪方面的资料? 是关于海难的还是神秘事件的?”老人爽快地问。

“1585 年，有一艘西班牙的战舰‘圣帝安战神号’和大英帝国的‘海军上将号’在大西洋神秘失踪了，我们想了解这两艘战舰的情况。”

老船长用疑惑的目光看着夏昊天，“你是如何知道从这里能找到失踪船只的信息?”

“我是听大英博物馆的一位考古博士讲的，他告诉我到这里来也许能找到海上失踪船只的信息。”

老人忽然笑了起来，用轻松的口吻说：“其实许多人都知道从这里能了解到许多失踪船只的消息，但是却很少有人相信这一点，所以来这里的人非常少。年轻人，既然你们来了，就说明你们相信，那我也不能让你们失望……”老船长转身对着大厅里面大声喊道：“玛丽小姐，请来一下。”

等了有一分钟还没见有人过来，老人似乎并不着急，笑眯眯地看着几个人问：“你们是中国人还是日本人?”

夏昊天指着杰夫说“他是美国人，我们几个都是中国人。”

陆小瑶走到老船长身边，指着大厅中间的古船问：“船长先生，这么大的船是如何弄到这里来的?”

“说实话没有人知道这艘船是如何来到这里的，因为这艘船比奥古斯的历史还久远。”

“那这艘船是自己跑到这里的?”陆小瑶惊讶地问。

“应该是。”老人笑了笑，接着说：“很久以前，有船停靠在这里，无意中发现了停泊在这个山洞中的大船，认为这里是航海人的圣地，于是在这里居住下来，逐渐有了奥古斯。”

杰夫用手抚摸着船壁惊讶地说：“这艘古船不会就是传说中的诺亚方舟吧?”

慕佳懿看着杰夫笑着说：“你真能胡乱联系，诺亚方舟是神话传说，怎么可能真的存在。”

老船长一脸严肃地说：“其实每一个流传下来的故事，不论是神话还是传说，都是有一定的事实基础，并不都是凭空而来。提到诺亚方舟就必须说大洪水，在巴比伦神话、希腊神话和圣经故事中都出现了类似诺亚方舟的情节。在全美洲的130多个印第安种族中，都有以大洪水为主题的神话。事实上，记录大洪水的并不限于美洲的印第安人，在世界各大陆上生活的民族中几乎都有关于大洪水的记载，包括你们中国的神话故事中也有许多对史前大洪水的描述。”

夏昊天愣住了，老先生说的这些话以前巴利特教授也时常讲，而且这位老者竟然还了解中国的神话故事，就在这时，忽然听到古船的那边有几声低沉的咳嗽，随后一位同样身穿黑色长袍，弯腰驼背的老太太拄着拐杖慢吞吞地走过来，准确地说是挪动过来。

老船长转身对老太太说：“玛丽小姐，这几位年轻人是从中国来的朋友，他们要查阅些资料，麻烦你带他们过去。”

随后老船长又对夏昊天说：“年轻人，请记住我刚才讲的话，任何一个神话传说都不是空穴来风，而你要做的就是去探寻其中的真相。玛丽小姐会帮助你们，我还有事，就不陪你们了。”说完，老人就转身离去。

望着老人远去的背影，夏昊天忽然感觉老人充满了神秘，老人不像一位船长，而更像一位智者、一位传教士。他在心里默念着老人刚才的话，直觉告诉他，这位老先生在帮助他们。

第42章 史前古地图

这是一张远古地图的复制图，上面标出的南极部分区域已经被冰层覆盖了15万年，也就是说这张地图的原图是根据地球上15万年前的地理状态绘制的。

刚才听到老人喊玛丽小姐，大家还以为是位年轻漂亮的秘书，没想到竟然是位行动不便的老太太。玛丽小姐脸上的皱纹仿佛是刀刻的一般，黑色的长袍让玛丽小姐看起来就像骑扫帚飞行的老巫婆。她用冰冷的目光把五个人挨个扫视了一遍，面无表情，没有任何表示就冷漠地转过身向大厅里面走去。

让几个人惊讶的是玛丽小姐转身以后忽然挺直了身躯，拐杖也不拄在地上，而且步履也变得轻快了许多，在前面快步向里面走去。

这个老女人是怎么了？难道刚才是装给老船长看的？夏昊天看了其他人一眼，慕佳懿他们也都露出惊讶的表情，显然也感觉这个老女人有问题。

大船的尾部正对着一个门口，两扇宽大的雕花木门关闭着，玛丽小姐抬手一推，高大厚实的木门很轻松地敞开了一扇。

几个人鱼贯而入，门内是一条宽敞漂亮的走廊，走廊有五六米高，三四米宽，半圆形的顶部，上面有许多浮雕。而两边的墙壁上则是大幅的壁画，画的是大海和一些遇难的船只，整幅画连绵不断一直从走廊向里延续，展现出波澜壮阔的航海历史。

五个人跟随着玛丽小姐一边向前走一边观看着两边的壁画，一幕幕惨烈的海难场景栩栩如生，仿佛就发生在眼前，每个人的神经不禁绷紧起来。这些画好像有魔力，让人产生一种身临其境的感觉，在他们的耳边仿佛响起人们凄惨的哭喊声和海浪的轰鸣……

就在五个人都感觉精神摇曳不定的时候，前面的玛丽小姐忽然在一个门口停下来，她悄无声息地推开门，然后又一声不响地走进去。

到现在为止还没有听到玛丽小姐说一个字，夏昊天心想难道这个老女人是个哑巴，都说十聋九哑，不过她能听到老船长叫她，至少说明她不是聋子。他一边胡思乱想一边跟着玛丽走进大门里。

眼前的场景让夏昊天忍不住发出了一声惊叹，进来的地方也是个大厅，有几百平方米的样子，周围一圈全部是几米高的藏书橱，每隔几米远就有可以在书橱上滑动的梯子，书橱内的藏书满满的，看样子至少有上百万册，让人犹如置身于大英图书馆的感觉。

"乖乖，这么多书！看完这些书得花费多久啊。"陆小瑶也情不自禁地发出惊叹声。

大厅的中央有一张巨大的长方形条案，周围摆放着几十把老式的木椅，看来是供阅读者使用的。

夏昊天知道现在的位置是在山体里面，也就是说这个大厅就是一个巨大的洞穴，不过看不出是人工开凿的还是天然的，如果是人工开凿出来的绝对是个宏大的工程。

玛丽小姐转身看着他们，面无表情地问："你们想要查阅哪方面的资料?"冰冷的声音仿佛是敲击冰锥发出来的，玛丽小姐的表情与刚才遇到的那个老船长简直是天壤之别，难以想象这么两个人怎么能在一起工作。

夏昊天急忙说："我们想查一下在1585年失踪的一艘叫'圣帝安战神号'的西班牙战舰的情况?"

"知道这艘战舰失踪的具体日期或是大致海域吗?"

夏昊天摇摇头，"这些情况都不清楚，只知道这艘战舰是由中美洲返回西班牙，不过与这艘战舰一起失踪的还有大英帝国的'海军上将号'战舰，这两艘战舰极有可能发生了海战。"

"如果是这样寻找起来就比较困难，你们有两种方法进行寻找，一个是按照时间，另外按照相同海域。"玛丽小姐指着左侧的书橱说："你们从左侧第七个书架开始寻找，如果没有发现你们要找的那艘战舰的线索，就把同一日期，在相同海域发生的失踪事件全部找出来，也许是一百年前，也许是二两百年前，或是更早的时候，一定有一艘跟你们要找的战舰发生过同样情况，那艘船只的遭遇就是你们要找寻的答案。”

夏昊天似乎没有听懂玛丽小姐的话，他疑惑地问：“您是说不同的时间里，在相同的地区会发生相同的失踪情况?”

“宇宙间的万事万物都处于轮回之中，这是宇宙间的自然法则，今年的夏天跟一百年前的夏天虽然有所不同，但是相差无几。你们要是相信我说的话就去寻找，如果不相信就请离开这里，没有人强迫你们。”说完，玛丽小姐就转身走到一旁的椅子边坐下来，如同一座雕像，一动不动地看着他们。

大家虽然感觉玛丽小姐讲的话有点像天方夜谭，不过又找不出反驳的理由。夏昊天心想既然来了，不管如何必须要找，他向四个人挥挥手，示意大家照玛丽小姐说的去做，他们走到第七个书架下。发现上面排满了各种各样的书籍，有成册的，还有成卷的，用书山来形容一点也不为过。

夏昊天对杰夫和武凡睦说：“按照玛丽小姐所说的方法，你们俩一个按照时间，一个按照海域，从书橱里找出失踪船只的资料。”说完，又看着慕佳懿和陆小瑶说：“咱们三个负责从书里查找‘圣帝安战神号’的线索。”

“你们认为这样做有用吗?”陆小瑶用怀疑的口吻问。

慕佳懿轻声说：“咱们既然来了就要认真查找，即便是没有‘圣帝安战神号’的线索，从类似的失踪案件中也许会发现有用的信息，对咱们去海上寻找可能会有帮助。”

“佳懿说的不错，咱们现在的任务就是寻找‘圣帝安战神号’的线索，大家抓紧时间开始吧。”夏昊天没有多解释，只是催促大家开始寻找。

听夏昊天这么说几个人马上开始动手查找，现在大家都把他视为马首，许多事情都是以他为中心，谈不上为什么，都从心里信任他。

五个人查找了三天时间，终于发现了两艘战舰失踪的线索，这两艘战舰都是在同一海域神秘失踪的，而且不仅仅是这两艘战舰，数百年来至少有上百艘船进入这个狭小的海域后便再也没有出来。

五个人带着记录下的资料准备离开，刚要走的时候玛丽小姐拦住了他们。在他们查找资料的三天时间，每次来到这里玛丽小姐就已经在等着了，她就像木乃伊一样坐在椅子上，除了眼睛全身其他部位几乎一动不动，没有听到她讲一句话，没想到现在突然说话了。

“你们是不是要到海上去探险?”依旧是冰冷的语气，听起来像是从地狱里传出来的声音。

夏昊天愣了一下，看着玛丽小姐橘皮一样的脸，不知道她是什么意思，“我们不是去探险，而是要去寻找失踪战舰上的一个东西。”

“你们如果要去海上应该还缺少一样东西。”玛丽小姐面无表情地说。

“缺少一样东西!”夏昊天好奇地问：“我们缺少什么东西?”

“航海图。”

玛丽小姐从旁边的书架上拿过一卷已经发黄的纸卷，显然是早就准备好放在那里的。

玛丽小姐把纸卷递给夏昊天，“这是从羊皮上复制下来的，相信你们以后能用到。”

夏昊天接过纸卷，然后将纸卷展开，这是一张世界地图，而且是一张很老的航海图，他忽然感觉手上的这幅地图非常眼熟，站在他身边的慕佳懿也认出了这幅地图，轻声说：“巴利特教授的密室里好像也有这幅航海图。”

“不错，这是土耳其海军上将赖斯曾经用过的航海图，下面还有他的签名，日期是1513年。”

“哇，这幅地图已经有五百年的历史了，这么古老!”陆小瑶忍不住发出了一声惊呼。

“岂止是五百年。”

玛丽小姐瞥了陆小瑶一眼，眼神似乎比先前温柔了许多，接着说：“这是一张远古地图的复制图，上面标出的南极部分区域已经被冰层覆盖了15万年，也就说这张地图的原图是根据地球上15万年前的地理状态绘制的。”

“15万年前绘制的地图，怎么可能!”武凡睦也惊讶说。

“玛丽小姐说的不错，这幅古地图的原图的确是15万年前绘制的。1960年的时候，负责绘制南极洲地图的美国空军第8侦查中队专门对这幅地图进行了鉴定。”说到这里，夏昊天望着玛丽小姐，疑惑地问：“现在船上都有最新的海图，而且还有先进的导航仪器，还要这张老地图有什么用?”

“你们寻找的那艘失踪的战舰使用的就是这幅航海图，那时的海图与现在的有偏差，所以如果要寻找那艘战舰最好使用这幅海图。”

夏昊天没有想到玛丽小姐会这么周到，望着这个充满了神秘感的老女人，虽然她的身上仍然流露出诡异的气息，但是觉得她不再那么丑陋了，而且变得有些可爱。

玛丽小姐说完后便不再理会他们，继续一动不动地坐在那里。

夏昊天不再打搅老人，向四个同伴招招手，悄悄地离开了这个神秘的古船博物馆。

第43章 如影相随

布尔希愣住了，这段时间他的手下一直在密切监视着被沙丘埋起来的神庙，没想到里面的俩人竟然逃出来了，然而自己却浑然不知。

布尔希少校命令手下向基地发出救助电报，苦苦等待了一周后，一架没有任何标记的中型涡轮螺旋桨飞机降落在了距离考古队营地两公里外的沙漠里。

飞机上只有一名飞行员和一名导航员，飞机停下后，在不远处等待已久的几个人迅速跑过来，机舱门打开后，导航员放下悬梯，下飞机后对几个人说："我要见布尔希少校，基地有新任务要传达给他。"

这几个人是来拿给养的，没想到飞机并没有送来，一个人立刻返回营地向布尔希汇报。

半个钟头后，布尔希赶到了，导航员急忙对他说："少校，我们是来请你们离开的，请准备一下尽快跟我们走。"

"离开！为什么？"布尔希感到有点意外。

"博士让你们暂时放弃寻找蝎王死书的行动，前段时间你们跟踪的那几个人已经到达了位于美国佛罗里达半岛一个叫奥古斯的小镇，根据可靠消息，他们已经发现寻找太阳石的重要线索，博士命令你们一定要利用这几个人找到太阳石。"

布尔希愣住了，这段时间他的手下一直在密切监视着被沙丘埋起来的神庙，没想到里面的俩人竟然逃出来了，然而自己却浑然不知。难怪博士不亲自给自己下令，说明对自己前段时间的行动非常不满意。他来不及多想，马上安排手下回营地收拾东西，随后乘飞机离开。

第44章 万事俱备

维森特拍拍手对船上的六个人说："从现在起我们就是一条船上的人了，海上航行会遇到许多风险和考验，所以我要求大家一定要齐心协力，而这也是战胜大海的唯一方法。"

来奥古斯的第一个目标已经完成，接下需要做的就是训练如何驾驶帆船。去海上寻找沉没的战舰需要花费很长时间，使用无动力帆船是最经济的，但是五个人对于驾驶帆船都很陌生。这个问题在奥古斯很好解决，因为这里有许多各式各样的帆船，同时还有世界上最棒的航海船长。

夏昊天把自己的想法跟海盗之家的杰克船长说了一下，想请他帮助联系一名经验丰富的船长，并且还要有帆船。

老杰克不想放弃这个赚钱的机会，他狡黠地笑了一下，然后问："年轻人，你打算出多少钱聘请一位经验丰富的船长做你们的教练?"

夏昊天看出了老杰克的心思，含糊其辞地说："这要看他能教会我们什么了，我想一天一百美元应该差不多，船另外结算。"

杰克船长有点心动了，用一只眼看着夏昊天问："你看我怎么样? 我可是奥古斯最好的船长，而且我还有一艘标准的比赛用帆船，全部加上一天两百美元，你们在奥古斯休想找到比这个价更便宜的。"

夏昊天正准备点头同意，陆小瑶凑过来笑嘻嘻地说："要我们接受这个条件也可以，但是我们的房费也包含在这里面了，否则我们就另找他人了，反正奥古斯有好多船长闲着没事做。”

老杰克知道这个小丫头伶牙俐齿，自己跟她争辩肯定吃亏，只好答应，“好吧，反正我这里也没有人住，就算白送你们了。”

“怎么能说白送，原来我们每天给你几十块钱，现在变成了两百，再说上船后我们就很少呆在房间里了。”

“好好好，我的小姐，你说什么就是什么。”杰克船长虽然样子长得很凶，对人却很和气。

当天下午杰克就带着五个人来到海湾，杰克船长的“鹦鹉号”帆船停靠在码头边，船虽然有些旧了，但是保养的还不错，花花绿绿的船身让五个人很兴奋，早已迫不及待地想要登上帆船。

修长的船身，高高的双桅杆，与海上帆船赛的帆船规格差不多，大家对老杰克的这艘帆船还算满意。

杰克船长兴致勃勃地给五个人讲解着船上各部位的功能，然后把五个人进行了分工，便于因材施教，杰夫和武凡睦做前帆手，慕佳懿和陆小瑶俩人兼做舵手和调帆手，夏昊天同时做导航员和船长。然后分别手把手地教他们，让每个人熟悉自己的工作职责和操作程序。

夏昊天以前跟随巴利特教授乘坐帆船在南太平进行过半年时间的考察，熟悉船上的一切，听杰克船长一讲，就知道他是个经验丰富的船长，这些知识是几十年在海上闯荡积累下来的，从书本上根本学不到。

杰克船长没想到这几个人异常聪慧，什么东西一讲就会，而且还精力旺盛，似乎不知道累，很快就掌握了基本技巧。

在船上学习了一天，杰克决定驾船出海开始实际操练，要学会航行就必须到大海里去锻炼。五个人对驾船出海异常兴奋，第二天早早准备好了一切。杰克上船后，马上开始指挥五个人升帆启航。老杰克仿佛又找到了当年的感觉，用力挥舞着手臂，大声吆喝着，帆船承载着大家的梦想驶出了海湾。

经过几天的海上训练，五个人已经熟练地掌握了帆船的操纵技巧，可以驾驭帆船了，只是还没有经历风浪的考验。在大洋上航行，遇到恶劣的天气是必然的，没有经历过大风大浪的考验还不能算是合格的船员。可惜这段时间奥古斯小镇周围的海上总是风平浪静，五个人渴望来些风暴锻炼一下，越是期望越是没有。

大家都按耐不住要出海的欲望，不过要前往大西洋寻找沉没的战舰，不仅要有船，还要有探测海底沉船的设备和潜水装备。夏昊天趁休息的时候把想法告诉了老杰克，请他帮忙想办法。

老杰克想了一下说：“探测海底沉船的设备和潜水装备在奥古斯都能搞到，因为在奥古斯有些人以前就从事过这方面的工作。”

“您是说镇上有人从事过海上打捞?”

“不错，现在还经常有人出海打捞沉船。关键问题是你们没有自己的船。”

“我们可以租一艘帆船。”

“没有人会单独把船租给你们，除非是跟我一样，连人带船一起雇佣。”

夏昊天急忙说：“如果有人愿意跟我们一起出海最好了，您能不能帮我们寻找一位?”

“好吧，回去后我找人打听一下，看看是否有人愿意一起陪你们出海。”

“最好能找一个以前曾经从事过海底打捞的行家就好了。”

“我尽量。”

回到奥古斯后，老杰克就先去打听船只的事情。第二天早上，夏昊天刚起床，老杰克就带着一个五十多岁的白人来到他房间。

夏昊天看到跟随老杰克来的这个人马上猜到是雇佣的船长，进来的人身高有一米八多，上身是短袖的猎装衬衣，下面是破旧的牛仔裤，胳膊上的肌肉鼓鼓的，花白的络腮胡须，很有海明威的神采，一看就知道是位经验丰富的老水手。

老杰克指着身边的人介绍道：“这位是维森特船长，曾经多次参加过美洲杯环球帆船赛，酷爱海上探险，听说你们要寻找一艘几百年前沉没的西班牙战舰，维森特船长同意用他的船与你们一起出海，他的船不仅有探测海底沉船的设备，而且他还不要你们的租金。”

夏昊天一听就知道肯定有附加条件，于是问道：“维森特船长一定有其他要求吧。”

维森特微微一笑，“在海上寻找沉船是件有风险的事情，当然有条件。”

“您有什么条件请直说。”

“当时的西班牙战舰都携带大量从美洲掠夺的财宝，如果找到这艘沉船，我们对半平分打捞上来的宝藏。”

“没问题，我同意船长的条件。”夏昊天爽快地答应了，心里暗暗说，只要能找到有关太阳石的藏宝图，沉船上的所有宝藏都归你们。

“老杰克说先生是位考古学博士?”

夏昊天颌首道：“是，我是从事考古学研究的。”

维森特又问道：“这么说你们了解这艘西班牙战舰的沉没情况?”

“我们了解这艘战舰的航行线路和失踪的大致海域。”

“只要不盲目行动就有成功的希望，另外我听杰克介绍过你们五个人的情况，你们都没有驾船航行的经历，所以我还找了两个帮手，一个导航员和一个舵手，有他们的加入可以保证航行安全。”

“太好了，这样就更有把握了。”

“那好，我现在就带博士去码头看看我的船。”

夏昊天招呼其他几个人一起跟随维森特船长来到码头，码头边停泊着一艘非常漂亮的双桅帆船，船长有二十多米，船体涂着红白蓝相间的三色，船头用英语写着“海魂号”。

甲板上有两个人正在收拾着东西，年龄都在三十来岁，赤裸着上身，古铜色的皮肤，俩人的臂膀上都有纹身，不过距离有点远看不清什么图案。

维森特站在码头边向甲板上的俩人招招手，示意他们过来。

俩人走近后，维森特指着其中一个胸膛上纹有美人鱼的人说：“他叫巴克，是导航员，布雷特是舵手。”

夏昊天注意到布雷特的臂膀上纹着一条张牙舞爪的大乌贼，他扬起手向俩人打招呼，“嗨，你们好，我叫夏昊天，请多多关照。”

随后又把慕佳懿他们向甲板上的俩人做了介绍。几个人都迫不及待地跳上“海魂号”，想看一下即将与他们生死与共的生命之舟。

夏昊天没有上船，他问维森特船长，“咱们什么时候可以起航?”

“主要看你们的准备情况，我的船以前经常出海寻找沉船，所以探测设备和潜水装备都有，只要把淡水和食物准备充足就可以起航。”

夏昊天想了想又问：“船上最多可以储备多少食物和淡水?”

“我们一共八个人，这艘船上的最大储备量应该可以支撑两个月没问题。”

“那就按照两个月的储备量进行准备，您看如何?”

“可以，争取今天把所有物资准备好，明天就可以起航。”说完，维森特拍拍手，招呼大家都过来，然后对船上的六个人说：“从现在起我们就是一条船上的人了，海上航行会遇到许多风险和考验，所以我要求大家一定要齐心协力，而这也是战胜大海的唯一方法。我简单分配一下工作，巴克做我们的导航员，布雷特是舵手。因为海上航行不能停下来，需要两组人轮流工作，所以夏博士就做值班船长。”

说到这里，维森特转身看着夏昊天，“你熟悉他们几位的情况，你就分配一下他们的任务。”

夏昊天没有推辞，对四个同伴说：“这几天大家跟杰克船长学了不少东西，到了该用的时候了。佳懿与布雷特先生轮流做舵手，老鼠和武大哥做前帆手，小瑶做调帆手，希望大家相互协作，听从维森特船长的指挥，清楚了没有?”

“清楚了。”几个人大声回答。

“那好，咱们今天做好准备，争取明天起航。”

第45章 死亡之海

夏昊天急忙趴在船舷上查看了一下海面，发现水面竟然没有波浪，他翻身坐在甲板上，沉思了片刻幽幽地说："咱们不会是驶入死亡之海了吧？"

第二天早上，一切准备就绪后，"海魂号"满帆驶离海湾，迎着初升的朝阳快速向南驶去。他们首先要绕过塞布尔角，然后进入佛罗里达湾，再往东航行，随后将进入的海域是百慕大，被称为"魔鬼三角"的地方。

对于这次航行大家都怀着复杂的心情，满怀期望，同时也惴惴不安，谁也不知道前面会遇到什么危险。茫茫的大西洋浩瀚无际，隐藏着太多未知的奥秘，也藏匿着无尽的凶险和杀机，每个人都对大海怀有敬畏之心。

夏昊天的心里有着明确的目标和方向，那就是一定要找到失踪的西班牙战舰。按照在奥古斯查找到的线索，先航行到"圣帝安战神号"最初的航线上，然后再沿着战舰航线的线路进行寻找，不过这艘战舰的航行线路有点奇怪，进入大西洋后并没有往东航行，而是转向了北方。夏昊天猜测这艘战舰可能是遇到了英国战舰的拦截，然后调转了航行的方向。

启航不久，维森特把夏昊天和导航员巴克叫到一起，与俩人一起研究后面的航行计划。

夏昊天拿出玛丽小姐交给他的航海图，上面已经清楚地标注着他们将要到达的海域和后面的航行方向，维森特边看边问："夏博士，你是根据什么做出这样的判断?”

夏昊天把在奥古斯查找到的线索详细地讲了一遍，维森特对他讲的内容存有怀疑，“你难道就是仅仅凭借那些不能证实的传说制订出的这个航行线路吗?”

“并不完全是，更多的是直觉。对于我们从事考古研究的人来说，当前方没有路的时候，就要靠内在的直觉来决定行进的方向。”

导航员巴克望着维森特说：“船长，如果没有确定其他航线，我们就只能按照这条航线来航行，总比没有要强。”

“好吧，只好如此了。”维森特点头同意。

夏昊天又补充道：“我感觉这艘西班牙战舰不一定就沉没了，也许停靠在了某个无人居住的偏僻小岛。”

“呃，这也是你的直觉?”维森特幽默地问。

夏昊天不便把太阳石以后会出现的事实说出来，根据太阳石出现的情景判断，沉在海底的可能性不大，所以他判断或许西班牙人在被英国战舰追击的过程后藏匿到了某个海岛上。不过这一切都只是他的猜想，笑了笑没有回答。

三天后海魂号进入了百慕大海域，这个令世人惧怕的魔鬼三角并没有想象中的恐怖，海面还算平静，没有大风大浪，蔚蓝色的海水异常清澈，一尘不染，没有丝毫杂质，清的让人心醉。

穿越百慕大海域后到达了西班牙战舰曾经航行过的航线上，导航员巴克调整帆船的航向，开始向北航行。接下来就是一连十多天的漫长航行，甚至连一个岛屿都没有遇到，小小的帆船仿佛进入了漫无边际的太空中，四周海天一色，好在还有日出日落让人感觉到时间的概念。

进入西班牙战舰失踪的海域后，他们放慢了航行速度，因为一边航行一边要用探测器对海底进行探查，不过一无所获。船上的定位仪显示快要接近北极圈，气温开始明显下降。离开奥古斯的时候大家穿着短袖的衣服，现在必须穿上厚衣服，晚上睡觉时还要裹上毛毯，多亏启航前准备充分。

维森特船长应对恶劣天气非常有经验，他曾多次参加环球帆船赛，而每次环球赛，短时间内要经历零上四五十度到零下十几度的温差变化，恶劣的气候对参赛的人员来说都是家常便饭。

维森特船长提醒夏昊天，很快就进入浮冰区，危险将越来越大，而且到达冰封区域就不能航行了，如果仍然没有发现就必须往回航行。

夏昊天心里有种很强烈的预感，太阳石似乎离他们越来越近，他沉思了一下，对维森特船长说："我们沿着这个航线继续航行一天，如果仍然没有发现，我们就在这个海域来回进行探查，从海事博物馆里查到的线索，两艘战舰应该就是在这个海域失踪的。"

"好吧，不过这一海域的情况非常复杂，即便是发现了沉船，恐怕也难以进行打捞。"维森特担心地说。

夏昊天微微一笑，"前不久我们离开埃及的时候，一位朋友说过一句话，'真主安拉把一切都安排好了。'我相信一切皆有定数，遵循内心的感觉走就可以。"

帆船上共有八个人，刚好分成了两组。因为需要昼夜不停地航行，所以四个小时换一次班。

夏昊天，杰夫、陆小瑶和武凡睦四个人一组，他们接班的时候已经是下半夜了。航行了一段时间后几个人都感觉气温在不知不觉中升高了许多，大家都把外衣脱了下来。

陆小瑶好奇地对几人说："气温好像有点不对，怎么像是一下子进入了夏天。"

船速好像越来越慢，杰夫坐在船头，回过身来大声说："奇怪，我怎么感觉不到一丝风？好像进入了真空中。"

夏昊天仰头看了一下张开的船帆，忽然发现船帆平平的向下垂着，他张开胳膊试了一下，一丝风都没有，空气似乎也不流动了，像是有个巨大的玻璃罩子把他们盖在了下面。夏昊天感觉不太对劲，海上不可能一丝风也没有，他看了一下手表，距离天亮不到两个小时了，周围漆黑一片什么也看不清楚。帆船像是被一股无形的力量拖住了，速度越来越慢。

"怎么回事？船怎么不走了？"武凡睦吃惊地问。

夏昊天急忙趴在船舷上查看了一下海面，发现水面竟然没有波浪，俗话说海上无风三尺浪，怎么会像镜面一样，他翻身坐在甲板上，沉思了片刻后幽幽地说："咱们不会是驶入死亡之海了吧？"

陆小瑶从夏昊天的语气中听出了凶险，急忙问："夏大哥，什么是死亡之海?”

夏昊天来不及回答她，匆忙从甲板上爬起来，快步走到舱口，准备赶快把维森特船长叫起来。他下到船舱后，第一眼就看到无线电台亮起了警示灯，说明接受不到外部无线信号。难道说这个海域被屏蔽了？夏昊天意识到问题的严重性，如果是这样就连发出求救的希望都没有了，真是祸不单行。

夏昊天急忙低声喊维森特船长，“维森特船长，请起来一下。”

维森特在夏昊天下达到船舱时就已经察觉了，以为他是下来取东西，听到在叫自己，马上坐了起来，“什么事?”

“船好像被什么东西拖住了，停下不动了，另外船上的通讯系统好像也出了问题。”

“哦!”维森特显然也吃了一惊，他急忙回头去看无线电台，果然显示信号中断，他来不及多想，急忙弯腰从舱口爬出去。

巴克和布雷特他们也都听到了动静，急忙从床上爬起来，穿着短裤就来到舱外查看情况。

维森特站在甲板上向周围巡视了一圈，此刻正是黎明前最黑暗的时候，到处都黑乎乎的什么也看不见，周围万籁俱寂，一点声音都没有，静的让人心慌。站在甲板上甚至感觉不到船的晃动，就像是钉在了水面上，非常怪异。这哪里是在大海上，倒像是在一个封闭的玻璃球内。

船上的气氛顿时紧张起来，大家都嗅到了空气中异样的气息，心也随之怦怦直跳，没有一个人说话，彼此都能听到对方短促的呼吸声。

“大家别紧张，我们可能驶入了死海里，等天亮后再寻找脱离的机会。”维森特轻声安慰大家。

“船长，您说的死海是什么意思?”杰夫神情紧张地问，似乎被周围诡异的情景吓坏了。

维森特担心大家过于紧张，招呼大家过来，尽量用平静的语气说：“大家都来这边坐下，我给你们讲讲什么是死海。”

大家都围拢过来坐在甲板上，彼此都靠得很近，聚集在一起可以消除内心的不安。

维森特看了看几个人，缓缓地说：“大洋中的某些海域，海水的密度是不相同的，比如温度高的海水密度小，温度低的海水密度大。另外还有盐度高的海水密度大，而盐度低的海水密度就小。如果同一个海域有两种密度不同的海水同时存在，那么密度小的海水就会聚集在密度大的海水上面，使海水分层。这样上下层之间形成一个屏障，这个屏障就叫‘密度跃层’，这个‘密度跃层’有时达到数米厚，如果有外力，如月亮、太阳的潮汐力、海流的摩擦力等，作用在这个跃层上，跃层就会产生波浪。因为这个波浪是在海面以下，所以用眼睛看不见，人们称其为内波。正是内波产生的阻力将船拖住，以前人们不了解这个现象，所以把这样的海域称为死亡之海。”

船长的话音刚落，陆小瑶就急忙问：“那被拖住的船要怎么样才能挣脱出来?”

“现在带有机械动力的船是不会被拖住的，只有像我们这样的无动力帆船才有时会被拖住，一般情况只要海上有风就能驶离这样的海域。”

“这么说我们不会遇到什么危险?”慕佳懿问道。

“应该不会，你们都知道，我们的船已经接近北极圈，这里是最容易产生不同密度海水的区域。冰山溶化产生的淡水会形成‘密度跃层’，从南部海洋过来的温暖海水也会产生‘密度跃层’，所以北极圈附近的海域最容易形成死海……”

维森特船长还没说完，杰夫突然指着前方大叫起来，“快看，前面有艘大船。”

第46章 找到藏宝图

夏昊天能听到自己的心在嘭嘭直跳，本能地预感到这卷兽皮就是自己要找的东西，小心地将兽皮在书桌上摊开，只见上面是一些古玛雅文和奇异线条组成的一幅图……

在维森特给大家介绍死海的时候，夜色已不知不觉地褪去，虽然还没有大明大亮，但几十米内的东西已经能看清了。杰夫因为面向船头方向坐着，无意中看到了前面有一艘巨大的船体。

大家急忙站起来，顺着杰夫手指的方向望去，果然有一艘大船在前面不足二百米的地方，也是一动不动停泊在海面上，这艘船的航行似乎同他们是一个方向，船尾朝着这边。

桅杆上的帆已经放下来，三根高大的桅杆孤零零地矗立着。高大的船体，船舷距离水面有七八米高。虽然海面上有薄雾，但是仍然能看出前面的大船是一艘几百年前的战船。

维森特船长急忙举起望远镜仔细地观察前面的大船，他越看神色越严峻，似乎已经察觉到了什么。

“你们快看，我们的左侧也有一艘船。”陆小瑶突然大叫起来。

这时候太阳猛地跃出水面，红彤彤的像一个在火炉中烧得发红的铁球，眨眼间就升起了很大一截。海面上的薄雾在阳光的照射下很快散去，四周的海面一览无遗。

大家站在甲板上向周围巡视着，发现在周围竟然有七八艘船，虽然远近不同，不过都依稀可辨。

维森特船长举着望远镜转向了左侧，左侧的船距离他们有三百多米，同样是一艘巨大的三桅帆船，刚好与他们的海魂号平行，所以可以清楚看到船上的情景，上下两层火炮口都看得很清楚，只是船像一口棺材静静地浮在海面上。

“大英帝国的海军旗舰‘海军上将号’，这艘战舰据说是在执行女王伊丽莎白一世的秘令，失踪后曾引起世人无数的猜想，想不到竟然在这里，而且还完好无损。”维森特船长望着侧面的古战舰自言自语说，把周围的船只观察了一遍后，缓缓地说：“周围的这些船大多是几百年来神秘失踪的战舰，如果我猜测的不错，前面的这艘船应该就是你们要寻找的西班牙海军的骄傲，‘圣帝安战神号’远洋战舰……”

夏昊天的心里一阵狂喜，他已经预感到前面的那艘船是他们要寻找的西班牙战舰，先前的直觉是对的，这艘战舰果然没有沉没，他仿佛感觉到寻找太阳石的藏宝图就在船上等着自己过去拿，有点按耐不住内心的冲动，想马上跳进海里去，游到前面的战舰上。

听到维森特船长说前面的战舰就是他们要寻找的船，陆小瑶和慕佳懿忍不住相互击了一下掌，高兴地抱在一起，兴奋地在甲板上又蹦又跳。

导航员巴克和布雷特却不像陆小瑶他们那样兴奋，而且流露出惶恐不安的神情，巴克紧张地问维森特，“船长，这里是不是传说中的海上墓地?”

维森特表情严肃地点了点头，他心里很清楚，情况看来要比他想象的更糟糕，起初他以为只是遇到了海洋中常见的死水，从死水挣脱出去并不太困难，一般等上几天遇到风很快就能脱离，现在看来情况不是这么简单。

海上墓地几个字把慕佳懿他们吓了一跳，大家都从维森特的神情中感觉到了形势的严峻，发现“圣帝安战神号”的喜悦旋即消失了，几个人面面相觑不再说话。也意识到这么多船都陷在这里，说明逃出去的希望太渺小了。

夏昊天看看海面，几乎是死水一潭，再仰头看看天空，灰蒙蒙的空气仿佛凝固了一般。怎么会这样？这到底是什么鬼地方?

巴克突然想起了什么，急匆匆钻进船舱里，不到一分钟又出来了，沮丧地对维森特说：“导航仪、无线电台，所有的仪器都失灵了，这里好像存在着一个巨大的磁场，把整个海域都屏蔽起来了。”

维森特虽然经验丰富，也闯荡过无数风浪，但此时的他也有点举手无措了，他也只是听说过海上墓地，没想到真的被自己遇到了。他喃喃地说：“以前听到的关于海上墓地的故事都是传说，因为进入海上墓地的船没有逃脱出去的。”

夏昊天忽然又想起奥古斯那位神秘的老人的话，任何传说都不是空穴来风，都是有一定的事实基础，海上墓地的传说看来也是真实的。他走到维森特身边，轻声说：“对不起，没想到让大家陷入了困境中。”

维森特摇摇头，无奈地说：“有些事情不是人能控制的，看看周围的这些大船，也许这是上帝的意思……”

“有什么办法从这里出去?”夏昊天明知道这句话白问，可还是忍不住说出来。

维森特轻声说：“没有办法，只有等上帝来救我们，现在能做的只有祈祷，祈祷让上帝给我们送风来。”

“如果没有风我们就会困死在这里。”布雷特一脸无奈地说，“真的想不通为什么这里会没有海风?”

维森特遥望着前面的船自言自语地说：“地球上神奇的地方太多了，我猜测这个死亡之海的下面必然有个海底盆地，周围的洋流进不来，使这里变成了一潭死水，而北冰洋溶化的淡水轻，刚好覆盖在上面形成密度跃层。这个海底盆地很可能是陨石撞击地球形成的，所以才有一个巨大的磁场，正是因为多种因素巧合，最终把这里变成了海上墓地。”

大家焦急不安地巡视着帆船周围，都不知道能在这里熬多久，难道说跟周围的其他船一样，就这样静静地等待死亡的降临……

望着前面的战舰，夏昊天心想不管眼下是什么处境，也必须去寻找藏宝图，以前经历了那么多险境，他不相信眼前的死海能困住自己，所以先找到藏宝图再说。他走到维森特身边，“船长，我想到前面的古船上查看一下。”

“呃!”

维森特用惊异的目光注视着夏昊天，他或许是感到有些奇怪，后面能否脱离这个死亡之地都很难说，怎么还有心思考虑其他事情，“你有没有考虑过，就算前面的战舰上有宝藏，如果无法离开这个鬼地方又有什么用。”

“我并不是为了财宝，主要是想证实一下，前面的船是不是西班牙的圣帝安战神号。”

“好吧，注意安全。”维森特点头同意了，他感觉目前情况下也没有必要阻拦，或许到船上去会有所发现。

慕佳懿知道夏昊天要到前面的战舰寻找藏宝图，于是对他说：“我跟你一起去吧。”

杰夫很清楚返回欧洲的战舰上都携带着大量从美洲掠夺的财宝，这样的机会不能放过，必须过去看看，他急忙从甲板上站起来，看着夏昊天说：“我陪你去吧。”

夏昊天知道杰夫的游泳技术不错，另外慕佳懿是女人，为了节约淡水，回来后不能洗澡，很不方便，于是对她说：“让杰夫跟我一起去吧，你们在这里等着，有什么情况回来后告诉你们。”

慕佳懿理解夏昊天的心思，她是担心夏昊天一个人去会遇到什么意外，既然杰夫愿意去也没有争执，转身走进船舱里，很快拿着两件救生衣和一捆小拇指粗细的攀登绳出来。把救生衣递给俩人让他们穿上。

攀登绳的一端有一个抓钩，前面的大船船舷离海面有七八米高，徒手根本攀登不上去，必须使用攀登绳。为了方便携带，慕佳懿把绳索缠绕成一盘。

夏昊天穿上救生衣，又把慕佳懿盘好的绳索斜挎在身上，然后与杰夫一起跳进海里，快速向前面的大船游过去。

海面风平浪静如同一潭死水，俩人很轻松地就游到古战舰附近，夏昊天没有急于攀登上去，而是先绕着战舰游了一圈。

夏昊天奇怪这艘战船竟然能够保存得如此完好，这艘西班牙的战舰失踪已经四百多年了，浸泡在海水里的船体竟然没有腐烂，他用手拍击了一下露出水面的部分，发出清脆的声音，一点也没有风化的迹象，真是个奇迹。

夏昊天随后取下绳索，把有抓钩的一端抛到船上，然后利用攀登绳爬上了这艘高大的古代战舰，登上甲板后，俩人都有些吃惊，只见甲板上竟然一尘不染，舰首两边的铜炮炮身依然光鲜明亮，丝毫没有锈迹，就像是昨天刚被擦拭过一样。不过系船帆的缆绳已经断了，与横杆一起坠落在桅杆下面。甲板上空无一人，到处是死一般的寂静，如同一艘幽灵船。

两个人不约而同地相互看了一眼，目光中都流露出惊诧，俩人屏住呼吸蹑手蹑脚地朝船楼走过去，好像担心惊动什么人似的，大气也不敢喘。夏昊天忽然注意到船楼上部一块铜牌，上面用西班牙文写着“圣帝安战神号”，看来维森特船长猜测的非常正确。

塔楼前面的舱门关闭着，夏昊天推开舱门，小心翼翼地进到船长室。舱里很明亮，舷窗敞开着，家具仍都好好的，一件漂亮的军服仍挂在舱壁。一旁的桌子上还有一些卷着的海图，有一本打开着的航海日志放在桌上，

夏昊天看了一下航海日志，上面最后一页的日期是1585年8月24日。心想虽然已经过去了四百多年，这里的一切看起来就好像昨天还有人在。

杰夫一声不响地跟在夏昊天身边，好奇地看着船长室里航海工具，六分仪、航海钟还有罗盘等等仪器都很完好。

船长室的一侧还有个精致的木门，好像是通往休息舱的。夏昊天默默走过去，把舱门轻轻打开，里面的情景让他大吃一惊。

原来有一具尸体吊在休息舱内，而且正对着门口。死者衣着华丽，显然在死前特意打扮了一番，衣襟都绣着金边，袖口上还有很宽的三金道杠，从衣服上看好像是个将军。整个人已经变成了干尸，头歪向一侧，脖子被一根绳索悬吊在舱顶，脸部的皮肤和肌肉都干瘪地塌了下去，牙齿露在外面，一幅毛骨悚然的模样。

“这个人看上去好像是上吊自杀的。”杰夫指着旁边歪倒的椅子轻声说。

“嗯，这个人有可能就是汉克斯博士所说的亚迪·兰格将军，我刚才注意到船体两侧的救生艇都没有了，有可能其他人都乘坐救生艇弃船逃走了，他一定是坚守在船上不愿意离去，最后感觉没有希望了上吊自杀。”

夏昊天说着话绕过悬挂着的干尸，走到里面，他巡视了一圈后注意到写字台上放着一块记事板，上面画着一幅草图。他惊讶地发现这幅草图上画的内容与太阳石的结构非常相似，说明亚迪·兰格生前还在研究太阳石，直觉告诉他很可能找对了地方，寻找太阳石的藏宝图极有可能就在这里。

他把写字板放在一边，打开书桌上的抽屉，里面是一扎信和信纸、信笺等东西，随便翻开了一下，没有要找的东西，于是又把下抽屉拉出来。

这个抽屉里放着一只表面镶有宝石的精致小箱子，外观像是古代贵族使用的首饰箱，夏昊天小心翼翼地将这个非常精美的小箱子取出来放在桌子上。

在小箱子的一侧有铜制的锁扣，夏昊天打开锁扣，然后把箱盖掀开，只见箱内一侧有许多非常精美的首饰和闪烁着奇异光彩的珠宝，而在另外一侧

放着一只长方形的小木盒，跟这么多珠宝首饰放在一起，小木盒里装的一定很贵重的物品。

他把木盒拿出来放到书桌上，然后将盒盖打开，里面是一个黑乎乎的圆柱状东西，长约十多公分，比人的大拇指还粗一点，伸手拿起来这个圆柱状的东西，感觉有点重，好像是用某种金属物质制作的，不过里面像是空心的。

夏昊天把这个圆筒状的东西仔细打量了一下，忽然发现一端有个帽，于是试探着将盖帽取下来，圆柱变成了圆筒，而且里面好像有东西，他小心翼翼地将里面的东西取出来，是一小卷很陈旧的兽皮。

夏昊天能听到自己的心在嘭嘭直跳，本能地预感到这卷兽皮就是自己要找的东西，小心地将兽皮在书桌上摊开，只见上面是一些古玛雅文和奇异线条组成的一幅图。

还没来得及研究兽皮上的图，就听到身后有东西坠落的响声，同时听到杰夫的尖叫声，夏昊天急忙转身，只见悬挂在舱顶的干尸坠落下来扑倒在杰夫身上，把他压在了下面。

“老 K，你他妈的快救我……”杰夫扯着喉咙大声呼叫着。

夏昊天赶紧放下手上的兽皮，过来抓住干尸的衣服，将干尸提起来放在一边，着急地问：“怎么回事？一个死人怎么会把你压在下面了？”

杰夫狼狈地爬起来，连吐了几下口水，“真他妈的晦气，我看到这个家伙脖子上挂着一个金灿灿的东西，想摘下来看看，没想到他上吊的绳索突然断掉了，刚好砸在我身上……”

说着话杰夫张开手，在他的手掌上托着一个非常精致的金质挂件，外形与太阳石几乎是一模一样，只是这个要小很多，中间同样镶嵌着一颗圆圆的蓝宝石，看来这个东西与太阳石一定有某种联系。

夏昊天仔细端详了一会，又把挂件交给杰夫，同时叮嘱道：“这个东西与汉克斯博士找到的太阳石几乎一模一样，你一定要保管好，也许以后对我们有用。”

“老 K，这个东西是不是很值钱？”杰夫惊喜地问。

“应该非常重要，这个不能用金钱来衡量。”

杰夫把这个精致的小太阳石挂在自己脖子，然后笑着说：“如果这个东西真的很重要，被那个死人砸了一下也值得。”

夏昊天转身来到书桌旁，继续查看着那张画着图的兽皮，杰夫也走过来看了一眼，问道："这个是不是汉克斯博士所说的能找太阳石的藏宝图?"

"是地图没错，不过是不是博士所说的藏宝图还不能完全确定，上面的古玛雅文有很多我还不认识。"

"巴利特教授是公认的研究古玛雅的专家，你是他最得意的学生，怎么会不认识上面的东西?"

"古玛雅文被称为有字天书，到目前仅仅有三分之一的文字被破解，就是巴利特教授也有许多不认识的。"

"这么说亚迪·兰格没有找到太阳石，也许是因为他没有破译这幅藏宝图。"

"嗯，有这种可能，以后再详细研究藏宝图，咱们先去其他船舱检查一下，看看有什么东西。"

夏昊天边说边小心翼翼地把兽皮卷起来，然后又塞进黑乎乎的圆筒内，用盖帽把圆筒封好，放进内衣口袋里，同时叮嘱杰夫，"等回去后不要跟其他人说我们在船上看到的这两样东西，听明白了没有?"

"嗯，知道了。"

随后俩人又到后面大副的住舱查看了一下，没有什么发现。于是沿着楼梯走到甲板下面的火炮舱，几十门火炮整齐地排放在两边。火炮舱有两层，看来这艘战舰的火力很猛，再向下是水手的住舱和厨舱。船员的住舱里也没有发现什么异常，有许多吊床和大木箱，舱中间有一张大圆桌，上面还放着一些美丽的贝壳，说明船上的人在匆忙中离开，一些私人物品还没有来得及带走。

住舱的隔壁是厨舱，锅、勺、碟、盘扔的到处都有，一片狼藉。在储藏室里还放着很多已经变质的食品：火腿、熏肉、鱼干、面粉和大块的黄油，库存量足够上百人半年食用，另外在船艏绑住的木桶里还有充足的淡水。夏昊天越看越感觉奇怪，除了上吊的亚迪·兰格将军再也没有发现第二个人。

在弹药舱里还发现了几十箱的火药，全部是用木箱装着。看样子有好几吨重的火药，夏昊天特意检查了一下，发现这些火药似乎还能用。俩人把整条船仔细搜索了一遍，再也没有什么发现，于是决定返回去。

回到海魂号，俩人把在大船上看到的情况向维森特船长和大伙描述了一遍，不过把船长休息室里的情景省略了。慕佳懿从俩人的眼神中就看出他们一定有所发现，不过俩人都没说什么，她也没问。

听俩人说完，导航员巴克急忙问："你们没有发现西班牙人从美洲抢夺的黄金什么的?"

"在下面的住舱里有许多大木箱，不过我们没有打开。"夏昊天如实地说。

"这些大木箱里肯定有黄金。"布雷特兴奋地说。

维森特挥挥手，有些不耐烦地说："现在对咱们来说最重要的不是黄金，而是如何从海上墓地逃出去。"

夏昊天和杰夫在从圣帝安战神号带回来的显然是个坏消息，说明前面大船上的人因为看不到逃离死亡之海的希望，纷纷乘坐救生艇逃跑了，不过上了救生艇的船员肯定也都没有活着逃出去，否则就不会有圣帝安战神号神秘失踪的消息了。

大家虽然都不说，心里却都不约而同地产生了绝望的念头，周围这么多船都聚集在这里，至少说明几百年来这里的情景没有什么变化，没有刮过风下过雨，也没有海浪，如同是另外一个世界，而等待他们的也很可能是与这些古老战舰相同的结局……

第47章 绝处逢生

巨大的冲击波瞬间向周围散开，气浪夹杂着破碎的木屑呼啸着飞过来，一只无形的大手猛然地将帆船向外推了出去。

海魂号被困在海上墓地已经十多天了，大家在焦躁和期盼中看着太阳升起又落下，随着时间地流失，心里绝望的情绪越来越浓厚，巴克和布雷特甚至出现了幻觉，有时会站在甲板上突然大声呼叫，来发泄内心的焦躁。

维森特和两个助手都认为自己陷入了绝境，所以在内心放弃了努力，在他们看来人的力量太渺小了，在大自然面前人只能束手就擒，任凭命运的摆布。

夏昊天他们几个人的情况要好一些，他教几个人用静坐来调整内心的情绪，而且其他人都能从他身上感觉到信心。以前无数的危险经历磨练了夏昊天的意志，压力越大反而越冷静，他从不相信自己陷入了绝境，不时地对自己说，即便是绝境也能逢生，信念的力量是无穷的，他一直在苦苦地思索着摆脱绝境的办法……

正午的阳光从头顶直射下来，再加上周围的空气不流动，气温升的很快，难以相信这里靠近北极地区。维森特他们都躲到船舱里，慕佳懿和陆小瑶他们四个则躲在船帆下面，只有夏昊天好像没有意识到炽热的阳光，低着头不停地在甲板上走来走去。

夏昊天有个习惯，在思考问题的时候喜欢活动，他认为运动能让大脑兴奋并带来灵感，他的许多奇思妙想有些就是在跑步中想出来的。

其他人坐在船帆下的阴影里好奇地看着，只见他好像着了魔似的，在只有十平方米的甲板上不停地转圈，汗珠不时地掉落在甲板上。

慕佳懿忍不住对他说："昊天，来阴影下休息一会吧，小心太阳把你晒着了火。"。

"着火！"

夏昊天的脑海里仿佛划过了一道闪电，猛然将笼罩在心头的乌云劈开了，慕佳懿的话一下子点醒了他，随即停下脚步，静静地思考了几秒钟后，随即兴奋地大叫起来，"我有办法了，我想出脱离死亡之海的办法了……"

他一边叫喊一边跑到舱口，对着里面大声说："维森特船长，快出来，我们有办法脱离海上墓地了。"

舱里的三个人匆忙走出来，望着激动不已的夏昊天，眼神中却流露着怀疑。维森特轻声问："夏博士想出了什么办法?"

夏昊天用手边比划边说："我记得您说过这个死亡之海的下面可能是个海底盆地，我想这个海上墓地一定是个圆形区域，因为被能量巨大的电磁笼罩着，所以才形成了独特的地理环境。如果让这里面的空气流动起来，一定就会产生风，那么我们的帆船就能驶离这里……"

不等夏昊天说完，巴克就无精打采地说："你是不是在做梦，怎么可能让这里的空气流动起来。"

夏昊天转身指着前面的古船说："我虽然不能让空气流动起来，但是它可以让空气流动起来。"

维森特还没有明白夏昊天的意思，脸上挂着疑惑不解的表情，"夏博士能不能讲的明白一点。"

"是佳懿的话提醒了我，前面的战舰是用木头制造的，如果把这艘大船点燃，剧烈燃烧的大火一定会产生向上的气流，也就会把周围的空气带动起来。另外船上的弹药舱里存放着好多火药，大火一旦引爆炸药，就会产生巨大的冲击波，也有可能把我们的船推出死亡地带……"

巴克的情绪立刻高涨起来，激动地说："不错，这的确是个不错的方法，看来我们能得救了……"

夏昊天接着说："我们提前把船调过头来，让船背对着大船，这样产生的冲击波就能把我们的船向前推动，不过战舰上的火药爆炸后也会对咱们形成一定威胁。”

维森特挥了一下手，兴奋地说：“跟生死相比这个危险就算不了什么了。”急忙又对巴克他们说：“赶快下海，把咱们的船头调过去。”

夏昊天对维森特说：“我去把大船点燃，让这么大的船全部燃烧起来需要时间。”

维森特从口袋里摸出自己的Zippo打火机递给夏昊天，同时叮嘱他，“带上这个，一定注意安全，船烧起来后就赶快回来。”

杰夫走过来对夏昊天说：“还是让我跟你一起去吧，我也熟悉大船上的情况。”

“好，咱们马上走。”夏昊天爽快地说，他很高兴杰夫陪着自己去，一来多个帮手，二是防止其他人去发现船长舱里的秘密。

舵手布雷特突然想起了什么，急忙对维森特说：“船长，咱们还没有得到圣帝安战神号上的黄金，如果把它炸沉了咱们就白来了。”

“生命比黄金重要，能逃离死亡之海就非常幸运了，马上准备调转船头。”维森特转身对夏昊天说：“好了，开始行动。”

夏昊天带上攀登绳，与杰夫一起跳入海里，奋力向前面的圣帝安战神号战舰游去。

俩人轻车熟路很快就又登上了战舰的甲板，杰夫用手抹了一把脸上的水珠，然后问夏昊天，“咱们从哪里开始点火？”

“从厨舱、塔楼和前甲板这几个地方同时点火，最好是整个大船一起烧起来，还记得厨房里有许多黄油吗，把黄油涂抹到要点燃的木头上，保证燃烧的特别旺。”夏昊天边说边向塔楼那边走，“我想再去船长室搜寻一下，这几天我一直有个直觉，总觉得船长室里上吊的那个人跟咱们似乎有着某种联系。”

杰夫笑着说：“得了吧，那人都死了四百多年了，能跟咱们有什么联系？老K，你不会也产生幻觉了吧？”

“当然不是幻觉，我心里有个感觉，那个死人好像在等咱们来……”

“别说得这么恐怖，一个死人怎么会在等咱们？”

说着话俩人走进了船长室，里面同他们上次来时一样，看不出有任何变化。巡视了一圈后，夏昊天忽然注意到一个细节，他记得上次来时舷窗是敞开的，而现在却莫名其妙地关上了，难道是自己记错了？他走到舷窗查看一下情况。

这时杰夫已经走到了通向休息室的舱门口，刚走进休息舱，突然大叫起来，“老K，快过来。”

杰夫的声音里充满了恐惧，夏昊天赶紧走过去，“发生什么事情了?”

杰夫一脸的怪异表情，指着地板问：“还记得这里有什么吗?”

杰夫的话一下子点醒了夏昊天，地板上的干尸不见了，干尸坠落下来压在杰夫身上，被他拽开放在了一边，现在地板上却空无一物，干净的连一丝痕迹都没有。

“那个死人该不会自己离开吧?”杰夫神情紧张地四处巡视着，自言自语地说：“莫非船上还有活人……”

这件事太匪夷所思了，夏昊天没有说话，他仔细地把休息舱巡视了一圈，眼睛忽然落到写字台上的记事板，他急忙走过去拿起记事板，吃惊地发现上面的那幅太阳石的草图没有了，记事板显然被人动过。他又随手拉开桌下的两个抽屉，里面的东西依然还在，那些价值连城的珠宝首饰也没有任何动过的痕迹，同上次看到的情况一样。

休息舱内顿时充满了诡异的气息，夏昊天回身望着杰夫，轻声说：“我们上次来船上时没有发现有人活动的迹象，是不是巴克他们偷偷上来过?”

杰夫摇摇头说：“不可能，这些天他们都陷入绝望中，哪里有心情来这上面，再说他们如果来，咱们也一定会察觉。还有一点，即便是他们中有人来过这里，干嘛要把干尸弄走?”

夏昊天指着抽屉里的珠宝首饰说：“你说的不错，如果是巴克他们来过，肯定会把这些珠宝带走。这事既然不是咱们船上的人干的，难道说这艘船上还有人活着?”

“说实话自从知道咱们回到了二十前，我对任何怪事都不感觉奇怪了。”

夏昊天摆了一下手，“先不讨论什么情况了，关键是要把这个人找出来，否则等咱们把船点燃了，还不得把他活活烧死，那样咱俩的罪过就大了。”

俩人赶紧分头挨个船舱寻找，一边找一边大声叫喊，“有人没有？赶快出来，船要着火了……”

两个人花一个小时，仔仔细细地把船上的各个部位找了一遍，同上次一样什么也没发现，最后俩人在前甲板上碰头。

杰夫疑惑地说：“真是见鬼了，连个人影都没有，我特意把厨舱检查了一遍，里面的东西根本没有被动过的痕迹。”

夏昊天趴在船舷上向船尾张望了一下，看到海魂号已经调过船头，维森特船长正举着望远镜朝这边观看，其他人也在翘首以待。

“他们一定等不及了。”

夏昊天流露出焦急的神色，但是找不到人不敢点火，万一这个人藏起来了怎么办？这么大的一艘船藏个把人非常容易。

杰夫看着他问：“怎么办？总不能这样无休止地找下去吧？要不先从一个地方点火，如果真的有人也许能把他逼出来。”

“不行，那样太危险，还是继续找，找的再仔细些，那个干尸绝不会自己躲起来，一定是有人在作怪……”夏昊天一边说一边又向船舱口走去，还没等靠近舱口，忽然闻到一股焦糊味，好像是烧了什么东西，急忙停下脚步，只见一股浓烟猛地从舱口冒了出来。

夏昊天倏地转过身来，怒视着杰夫质问道：“你把下面的船舱点着了？”

杰夫也看到了冒出的浓烟，正感到奇怪，见夏昊天无端地质问自己，生气地说：“打火机在你手里，我他妈的用什么点火？我还想问你呢。”

夏昊天从口袋里摸出打火机看了一眼，自言自语地说：“难道船上真的有幽灵不成？”

就在俩人愣神的刹那，浓烟已经从船周围的舷窗冒了出来，而且听到了噼里啪啦的燃烧声，很显然大火不是从一个船舱燃起的，炽热的火苗猛然从前舱口喷发出来，热浪向两个人扑面而来。

夏昊天站在甲板上没有动，他想看看到底有没有跑出来，如果这大火是人点燃的，那么这个人一定会跑出来。

大火很快把前后舱门都封锁了，看样子即便是有人也出不来了，杰夫拉了夏昊天一把，焦急地说：“咱们必须离开了，下面舱里的火药快要爆炸了。”

夏昊天知道不能再等下去了，再晚就危险了，带着满心的疑虑跟杰夫一起纵身跃进了大海中……

维森特指挥大家把帆船调过头来后，就一直紧盯着圣帝安战神号战舰，等了一个多小时没见动静，按说不用这么长时间，大家都担心俩人遇到什么意外了。特别是慕佳懿和陆小瑶，急得翘着脚尖往战舰上看。

看到俩人焦急不安的神情，武凡睦地对慕佳懿说：“我游过去看看吧。”

“再等一等，我了解昊天，遇到事情他能处理……”慕佳懿的话音未落，陆小瑶就指着战舰大声说：“快看，船上有烟了。”

果然，滚滚浓烟从甲板上冒了起来，不过没有看到夏昊天和杰夫从船上跳下来。慕佳懿的心又提了起来，她知道这样的战舰上装载着大量弹药，一旦爆炸威力大的惊人。

直到大火从甲板上升起来，大家才看到两个身影从船上跳下来，都不知道两个家伙在搞什么，怎么这么久才逃出来。

几分钟后，夏昊天和杰夫终于游到了船边，大家赶紧把俩人拖上船，还没来得及问俩人为什么花费了这么长时间，忽然听到布雷特大叫起来，“船长，咱们的船好像向后动了……”

大家注意到帆船在气流的作用下缓缓移动起来，但是移动的方向却是燃烧的战船那边。

夏昊天知道这是因为大船燃烧后热空气向上去，所以才致使周围的冷空气迅速朝燃烧的大船涌过去，以大船为中心形成了一个上下对流圈。

“赶快把帆放下来……”维森特船长急忙向武凡睦大喊了一声。

“等一等。”夏昊天大声制止住了。

维森特船长怒视着夏昊天大吼起来，“再不放下船帆我们都得被烧死……”

这时帆船已经向燃烧的大船靠近了四五十米，明显地感觉到了大火的炽热，正如维森特所说，再有一分钟海魂号就会被吸到燃烧的船身上，形式已经万分紧急。

夏昊天来不及多解释，大喊了一声，“都趴下，赶快趴下……”

武凡睦他们都听从夏昊天的话，急忙趴在了甲板上，巴克和布雷特见状也不由自主地跟随着趴在了甲板上。

维森特立刻怒不可遏，吼叫着冲到桅杆下，准备亲自把船帆放下来，夏昊天一跃而起，从后面一下子将维森特船长扑到在甲板上，就在俩人趴下的同时，身后响起了震耳欲聋的爆炸声。

巨大的冲击波瞬间向周围散开，气浪夹杂着破碎的木屑呼啸着飞过来，一门铜炮擦着他们的头顶飞了过去，如果再晚零点一秒钟就会击中维森特船长。

一只无形的大手猛然地将帆船向外推了出去，嘶嘶的鸣叫声仿佛将天空撕裂开来，尖锐的噪音如同锥子刺进每个人的耳朵里，心脏里，每个人都用双手紧紧捂住自己的耳朵，闭上眼睛，只能把自己的性命交给上帝了。

笼罩在死亡之海上空的盖子猛地被扯开了，海面的气流快速流动起来，耳边是呼呼的风声。不知道过了多久，等大家都清醒过来，慢慢地抬起头，顿时感觉到了一股冷飕飕的海风扑面而来，随后慢慢站起来，朝四周望去，只见海面上漂浮着许多破碎的木头。

原来被困在死海的船都不见了，这些船在经历了几百年后，看似很坚固，事实上很多部位都已经腐朽，在冲击波的作用下变成了碎片。

维森特紧紧地抓着夏昊天的肩膀，感激地说："谢谢，谢谢你救了我，也救了我们大家。"

夏昊天笑了笑，劫后余生的喜悦挂在每个人的脸上，武凡睦忽然问杰夫，"刚才你们俩怎么在船上待了那么长时间？大家都挺担心你们。"

"嘿嘿，我们觉得那么好的船烧了挺可惜，就在船上多待了会。"杰夫脸上流露出狡黠的笑，同时向夏昊天眨了一下眼睛。

第48章 遇险幽灵岛

维森特船长幽幽地说："以前在海上航行的船只，也有遇到移动的海岛，大家都不知道是什么原因，所以将这种四处游荡的海岛称为"幽灵岛"，据说登上"幽灵岛"的人都神秘失踪了……"

从海上墓地逃脱出来后，八个人驾驶海魂号帆船开始返航，在浩瀚的大西洋上向南连续航行了一周时间。再过两天就驶入百慕大海域了，夜里轮到夏昊天、慕佳懿、巴克和杰夫四个人值班。

慕佳懿负责掌舵，巴克是导航员，杰夫是前帆手。经历了死亡之海的考验后，大家的心态都改变了不少，在海上一个多月的航行，对航海技术都掌握得很熟练了，每个人都能独挡一面。

此刻海面上风平浪静，没有多少事情，杰夫和夏昊天坐在船头，一边闲聊一边漫无目的地望着前面的大海，夜空下的海面混沌一团，如果不借助仪器根本无法分辨方向，仿佛飘浮在夜空中。

突然间，杰夫注意到前方好像有团黑乎乎的影子在向这边迅速靠近，他本能地察觉到了危险，大声叫道："注意，前面有东西……"

夏昊天因为面向另外一侧，所以没有注意到什么，听到杰夫的惊叫后急忙侧脸向船航行的方向望去，只见海面上出现了一大团黑乎乎的影子，离他们的船只有二三十米的距离，急忙从甲板上跳起来，大声对杰夫叫道："赶快调帆……"

导航员巴克听到杰夫的惊叫感到很奇怪，每隔几分钟他就会观察一下定位仪、罗盘和航海图，在这条航线上根本没有岛屿，他急忙举起带有红外功能的望远镜观察前面的海面，清楚地看到了一个小岛，而且就在船的左侧方。

难道是刚从海底冒出来的火山岛？可是明明看到岛上有婆娑的树影，巴克来不及多想，急忙命令慕佳懿右转舵 90 度，同时让夏昊天和杰夫赶快收帆。

在几个人紧张的操纵下，海魂号擦着小岛的一侧快速驶了过去，岛上的大树垂下的枝叶都触手可及，四个人都惊出了一头冷汗，心里暗说好险。他们都睁大眼睛惊奇地望着船舷左侧的海岛，在朦胧的夜色中小岛上婆娑摇曳的树林，如同梦幻仙岛，缓缓地从船边向后移动，慢慢消失在夜幕下。

等四个人转身看前方的时候，猛然发现在船头的右前方又出现了一团巨大的黑影，四个人顿时惊得目瞪口呆，手足无措地望着突然出现在前方小山似的阴影，想要躲避已经来不及了……

随着咔嚓的一声巨响，船身猛烈地摇晃起来，船体龙骨发出嘎吱嘎吱的声响，桅杆和缆绳相互扭结在一起，发出阵阵断裂声。紧接着哗啦一声，一棵碗口粗的大树歪倒在船头上，而高高的桅杆也插在了另外一棵树的茂密的枝叶间，把树叶撞击得簌簌作响。甲板上落满了折断的枝叶，树脂的气味和海风混杂在一起。

帆船冲到岸上，船头翘起后就一动不动了，四个人还没来得及有所反应，就相继摔倒在甲板上。他们做梦也想不到在浩瀚的大西洋上航行竟然会撞上海岛。

正在船舱里休息的几个人也已经被惊醒了，相继爬出船舱查看发生了什么意外，眼前的情景把大家都惊呆了，好像从海上冒出了一片森林，而帆船却驶入了森林中。

维森特船长一脸的惊愕，有点不太相信眼前发生的一切，连声问："怎么回事？怎么会撞到岛上？"

"海图上显示……这……这一带海域根本没有岛屿……可……我也搞不明白是怎么回事。"巴克吞吞吐吐地说，还没有从惊恐中清醒过来，甚至不知道该怎么样解释，作为导航员，出现这样的事情要负有责任。

维森特船长拿着手电查看着海图，随后又检查了船上的定位仪和罗盘，一切都显示正常。

妈的，真是活见鬼了，维森特低声骂了一句。实话说他也很纳闷，海图清楚地标明这一带海域没有任何岛屿，显然不能全怪巴克，他回头对巴克说："你马上去查一下《航海须知》，看看这一带是否有暗礁、火山岛之类的东西。"

维森特说完，站在甲板上朝四周环视了一圈，不远处的另外一座小岛在夜色的映衬下依稀可见。

夏昊天走到维森特身边，作为值班船长出了这样的事情也有责任，他指着另外一座小岛说："杰夫在几十米外首先发现了那座小岛，随后我们紧急避让，没想到刚躲过那座小岛，不知为什么又撞到了这座岛上，我感觉这两座小岛好像在动，真是有点奇怪。"

"是够奇怪的，巴克做了多年导航员了，怎么会犯这样低级的错误。"

话音刚落，巴克捧着厚厚的《航海须知》从舱口爬出来，嘴里嘟囔着说："真是活见鬼了，船长，航海须知也标明周围两百海里以内没有任何暗礁、岛屿，海水深度都在一千公尺以上，怎么会突然冒出两座小岛?"

海上的奇闻异事太多了，维森特也无法解释，只好对大家说："现在无法检查船体的受损程度，周围的情况也不明，大家都不要乱动，更不要随便下船，等天亮以后再说。"

说完，维森特返回船舱去查看无线电台是否能用，这一次同死亡之海的情况不同，船上所有的航海仪器都完好无损，无线电台也能用，这让维森特放心不少，如果船不能航行了至少还能呼救。

大家都没有心思去睡觉，围坐甲板悄声议论着，这次航行真是多灾多难，在死亡之海里困了那么长时间，现在又撞到这座神秘的海岛上，命运似乎总是在同他们开玩笑。

陆小瑶好像从来不知道忧愁，嘻嘻哈哈地跟慕佳懿聊个不停，在海上航行了这么长时间第一次看到树林让她们惊喜不已，俩人攀上压在船头上的树干上，显得很是开心。

不知不觉中天空开始放亮，夜色如同水中的墨迹慢慢散去，逐渐消失得无影无踪。

陆小瑶坐在树干上，突然惊叫起来，"你们快看，小岛怎么只剩下一座了？”

大家急忙从甲板上站起来，向船尾方向望去，晚上的时候另外一座小岛明明就在那里，现在却变成了一望无际的海面，小岛竟然消失得无影无踪了。

慕佳懿也骑在树干上，她面对的方向刚好与陆小瑶相反，就在大家都感到匪夷所思的时候，她指着另外一侧大声说：“谁说小岛没有了，不是在那里吗？”

大家又朝慕佳懿指的方向望去，果然有座小岛，几个人都被搞糊涂了，难道被撞得晕头转向分不清方位了？

巴克急忙去看了一下船上的罗盘，然后大声说：“不对，那个小岛不是原来那座，我们第一个见到的小岛绝不在这个方位。”

维森特船长听到几个人说话从船舱里爬出来，担心地问道：“又发生什么事情了？”

“没有了一个小岛，从另外一个方位又多出来了一座，真是不可思议。”巴克摇着头说。

夏昊天盯着新发现的小岛，他好像已经猜到发生了什么，用肯定的口吻说：“不，那座小岛就是咱们昨晚看到的第一座岛屿，它在绕着我们这座小岛转动。”

“啊，小岛在转动？”

大家都情不自禁地发出一声惊呼，对夏昊天的判断表示怀疑。

夏昊天回头对巴克说：“请你测定一下我们现在的位置，如果我猜测的不错，跟昨晚搁浅时一定不再同一个坐标上。”

“你是说这座海岛在移动？”维森特船长惊讶地问。

夏昊天点点头，“极有可能。”

“博士说的不错，我们所在的位置同昨天晚上至少相距十多海里。”巴克大声说，脸上流露着怪异的表情，好像有点不相信自己的眼睛。

“难道这就是传说中的幽灵岛？”维森特船长幽幽地说。

大家的心里顿时蒙上了一层阴影，顿时感觉岛上的树林阴森森的。此时天已明亮，岛上的树林中还弥漫着薄雾，整个小岛云雾缭绕，增添了许多神秘气氛。

武凡睦轻声问维森特，“船长，什么是幽灵岛？”

“以前在海上航行的船只，也有遇到移动的海岛，大家都不知道是什么原因，所以将这种四处游荡的海岛称为幽灵岛，据说登上幽灵岛的人都神秘失踪了，没有一个再回来过……”

不等维森特说完，巴克神情紧张地对他说：“这里太诡异了，船长，我们赶快把船弄出去离开这里吧。”

在奥古斯的海事博物馆寻找圣帝安战神号失踪线索的时候，夏昊天曾经查看到关于幽灵岛的记录，当时因为专注于寻找失踪战舰的信息，所以对幽灵岛的情况没有太留意，只是依稀记得有些船只的失踪与幽灵岛有关。夏昊天忽然对这种诡异的海岛产生了强烈的好奇心，决定上岛一探究竟，于是对维森特说：“船长，我想上这个小岛查看一下。”

维森特用惊异的目光看着夏昊天，心想这种神秘莫测的岛屿平常人想躲避还来不及，怎么会想上岛，他疑惑地问：“你想查看什么?”

“我也不知道想看什么，只是对这个海岛充满了好奇，所以想一探究竟。”

慕佳懿猜出了夏昊天的心思，于是对他说：“我跟你一起上岛。”

陆小瑶和武凡睦一听，也要求一起去，在狭小的帆船上待了一个多月，难得看到陆地都想下去走走，活动一下腿脚，另外也不放心夏昊天他们俩登岛。

见此情景，维森特点头同意了，对几个人说：“好吧，你们五个人一起去吧，在一起也能相互照应，但记住千万不要分开，遇到危险就呼叫，小岛不大，我们肯定能听到。另外时间不要太久，一两个小时必须赶回来。”

“好的，两个小时内我们一定回来。”

夏昊天说完，向几个挥了一下手，大家纷纷去船舱拿衣服，穿鞋子。维森特则招呼巴克和布雷特准备修理受损的船只。

第49章 神秘海岛

夏昊天点点头，若有所思地说："这座岛屿有点诡秘，肯定藏着秘密，我想先把岛屿上面仔细地搜查一遍，如果没有发现，就潜入海里看看它下面藏着什么玄机。"

夏昊天和四个同伴跳下帆船，登上这座会移动的神秘小岛。面前是一片茂盛的树林，放眼望去都是普通的树木和灌木丛，并没有什么珍禽异兽和奇花异草。

为了抗御台风的袭击，岛上的树木不是很高大，枝叶也不浓密，在树林中行走并不困难。夏昊天的想法是先从中间穿越岛屿，查看一下岛上大致情况，然后再沿着岸边转回到海魂号这边来。

夏昊天走在最前面，边走边观察着周围的情况。慕佳懿和陆小瑶紧随其后，杰夫和武凡睦很自然地走在最后，不管在哪里，女人都是被保护的对象。

在树林中穿行了几分钟后，慕佳懿快步跟上夏昊天，轻声问他，"昊天，你登上这个岛屿不仅仅是好奇心吧?"

嗯，夏昊天应了一声，停了片刻接着说："当然不仅是好奇。"

"那你想查看什么?"

"我以前曾经看到过关于这种移动岛屿的资料，在奥古斯的那个博物馆里也有记录，刚才维森特船长说的不错，幽灵岛经常与失踪船只联系在一起……"

陆小瑶突然问了一句，“夏大哥，这座岛上真的有幽灵吗?”

“所谓的幽灵不过是一些未知的自然现象，是人类想象出来的。”

慕佳懿又问道：“昊天，你为什么对这种岛屿感兴趣?”

“以前有人发现这种会移动的岛屿在很大的海域中飘忽不定，出现的地点有时相差数千海里，所以有人怀疑幽灵岛与时空机器有关。”

“你是说幽灵岛的移动是靠时空机器完成的?”

“有学者提出过这样的观点，我想到岛上查看一下，如果这里真的存在时空机器，也许咱们就不用去寻找太阳石了。”

陆小瑶拉着慕佳懿的胳膊，兴奋地说：“如果岛上真的有时空机器，那我也跟着你们去2000年看看。”

这时，前面出现了一片开阔地带，夏昊天快走几步从树林里出来，前面是一片沼泽，他猛地发现有一架外形奇特的飞行器趴在几十米外的的草地上，四四方方的银色机身，前面中间位置有个带玻璃窗的凸起部位，有一个像飞机一样的尾部，不过要比飞机尾部大许多，在机身的上部有一排涡轮式的螺旋桨。

跟在他身后的几个人也发现了这个怪异的东西，陆小瑶惊叫起来，“快看，好奇怪的飞机。”

慕佳懿对前面的飞行器很熟悉，轻声说：“那不是飞机，是地效翼飞行器，是介于飞机和快艇之间的一种交通运输工具，飞行时贴近水面，通常只有几米高，这种东西起飞降落都不需要机场和跑道，所以特别适应海岛之间的飞行。”

本来就对这座神秘的海岛充满戒心，猛然发现了飞行器后，五个人不约而同地蹲下身体，躲藏在茂盛的草丛后面，小心地观察前面飞行器的动静。

“有飞行器就说明岛上有人。”武凡睦低声说。

慕佳懿跟着说：“我观察过来，四周没有看见有人影。”

夏昊天向沼泽周围巡视了一圈，低声说：“这种地效翼飞行器一般都是短途使用，我看过海图，这个岛屿周围一千海里内没有其他岛屿，距离陆地就更远了，这座海岛有很多地方都值得怀疑，咱们从旁边的树林绕过去，大家一定要注意周围的动静。”

夏昊天示意大家再退回到树林里，随后五个人悄悄地从树林绕过去，等靠近地效翼飞行器后，发现飞行器的舱门敞开着，里面好像没人。从飞行器周围的痕迹看，这个东西在这里的时间好像不短了，肯定不是刚刚降落的。

夏昊天对其他人说："你们在树林里先别出去，我一个人过去查看一下情况。"随后他一个人小心谨慎地靠近了飞行器，走进后才感觉到这个东西真的非常大。因为机身的底部贴在地面上，所以舱门离地面的高度不到一米，他站在舱门外探身往里面查看了一下。

机舱内很整洁，座椅什么的都完好无损，不过在靠近舱门的座椅之间有蛛网，说明里面肯定有段时间没人来过了。

夏昊天刚要爬进机舱里，忽然听到身后传来陆小瑶的呼叫，"你们快来这边……"声音中带着恐惧，夏昊天顾不上进机舱查看情况，急忙转身朝树林里跑过去。

刚才夏昊天去飞行器那边查看情况，陆小瑶一个人转身往树林深处走，她想找个隐蔽处方便一下，刚走到树丛边，忽然发现草丛里露出一双脚，因为脚底朝向一侧，说明这个人是趴在地上的，于是大声呼叫其他人。

大家跑过来后，陆小瑶用手指了指前面的草丛说："那里趴着一个人，好像已经死了。"

顺着她手指的方向看去，果然看到几米外的草丛中趴着一个人，不过只能看到下半身，上半身被茂密的杂草掩盖着。

夏昊天急忙走过去，用手拨开杂草，一股恶臭扑鼻而来，尸体已经高度腐烂。他向后挥了挥手，示意其他人不要过来，屏住呼吸，弯腰查看了一下。

死者穿着灰绿色的联体工作服，右臂上还有飞行器图案的盾形袖标，看样子像是飞行器的驾驶员，从姿势判断是在奔跑的过程中扑倒在地，面部的皮肤和肌肉已经脱落，露出白森森的骨头，上面有许多蛆蛹在蠕动，情景既恐怖又让人恶心。死者的双手十指抠在松软的泥土中，显然是死前在痛苦地挣扎。

夏昊天注意到死者背后的衣服有几个洞，很像是被子弹击中后留下的，看情景是在奔跑的过程中，被后面的人开枪打死的。他不忍再看下去，退后几步来到四个人身边，表情凝重地说："人是被枪打死的，尸体已经腐烂，从穿着衣服看好像是驾驶飞行器的人员。咱们再分头在周围查看一下，看看还有没有其他人。"

话音刚落，天空中猛然划过一道闪电，紧接着就响起一声巨雷，仿佛要将海岛劈开。刚才大家的注意力都集中在死人身上，没有发觉南面的海面上涌过来一团乌云，转眼间海岛上空就阴云密布，伴随着电闪雷鸣一起向岛上压下来。

没想到海上的风浪会来得这么快，没等他们有所反应，铜钱大的雨点就劈头盖脸地砸了下来，夏昊天急忙招呼大家向飞行器那边跑，先到机舱里躲避一下。

等五个人爬进机舱里，全身的衣服也淋湿了，再看外面黑压压的乌云把整座岛屿笼罩起来，不远处的树林也变得模糊不清，海浪的轰鸣声越过树林很清晰地传过来，虽然看不到，但是他们能够想象出海面上是什么样的情景。

“不知道维森特船长他们怎么样了?”慕佳懿担心地说。

没有人回答她，几个人的心都提到了嗓子眼了，他们还是第一次在海上见到这么大的暴雨，没有任何预兆，转眼间就过来。头顶上的乌云仿佛要将小岛压入海中，一道道闪电劈下来，伴随震耳欲聋的巨响，犹如世界末日的降临，让人胆颤心惊。

雨水哗哗地从上面流下来，不像是在下雨，仿佛天河被撕开了一道口子，大雨如注，像是从天上淌下来，雨水很快就没过了沼泽地里的杂草，好像把大海也灌满了一样。

五个人都没有乘坐过这种地效翼飞行器，等回过神来后，都好奇地四处查看着机舱里的情况，夏昊天走到前面的驾驶舱，驾驶舱与后面的座舱之间有间壁将两舱隔开，间壁上的门口是开放式的，站在门口就可以清楚地看见驾驶舱内的一切，里面有两个座椅，操纵杆、仪表盘什么的都完好无损。

武凡睦跟在他身边问道：“刚才看到那个人是被枪打死的，是否意味着这座岛上还藏着人?”

夏昊天点点头，若有所思地说：“这座岛屿有点诡秘，肯定藏着秘密，我想先把岛屿上面仔细地搜查一遍，如果没有发现，就潜入海里看看它下面藏着什么玄机。船上有维森特船长准备的潜水装备，刚好可以派上用场。”

杰夫突然说：“老K，也许幽灵岛上的人跟圣帝安战神号上的一样根本找不到。”

“圣帝安战神号上有人!”武凡睦看着杰夫惊讶地问：“那艘古船消失了好

几百年了，上面怎么会有人?”

机舱的气氛顿时紧张起来，慕佳懿和陆小瑶都看着杰夫，大家好像忘记了外面还下着瓢泼大雨。

杰夫流露出一副神秘表情，幽幽地说：“我跟老K游到船上放火的时候，你们不是都感觉我们去了好长时间吗，其实我们俩是在船上找人……”

“找人！你们在找什么人?”慕佳懿吃惊地问，几百年前的古船还有活人，听起来真的让人匪夷所思。

“我们也不知道是什么人，因为我们自始至终没有看到人影，只是感觉到好像有人。另外船上的大火也不是我们俩点燃的，我和老K在甲板的时候，忽然发现船舱燃起了大火，我们俩就匆忙跳到海里游了回来。”

“太不可思议了，那你们俩回来后怎么没有讲这件事情?”慕佳懿不解地问。

夏昊天回过身来看着大家说：“是我不让老鼠讲的，我担心船上的其他人听了后会胡思乱想，所以才没讲。现在不谈论这个了，咱们先回船上去看看，刚才的风浪实在是太猛了。”

光顾说话了，没有注意到大雨已经停了，大家刚要向舱门口走，身后驾驶舱里突然响起嘀的一声鸣叫，像是仪表启动的声音，几个人都愣了一下，不约而同地停下脚步转过身来。

在驾驶舱与座舱之间的间壁上有一个十多英寸的黑白显示屏，刚才的声响并不是从驾驶舱里传出的，而是这个显示屏启动时发出的，此时显示屏已经完全亮了。

五个人都有些吃惊，睁大眼睛盯着这个对着座舱的显示屏，上面出现了一个满头银发的白人老头，戴着金丝眼镜，机舱内同时响起了一个苍老沙哑的声音，“你们好，几位来自远方的朋友。”显示屏上的老头说的是英语，不过这个嘶哑的声音听起来有点怪怪的，说不出是什么感觉。

屏幕上的人似乎能看见机舱内的情景，或许看到几个人都一脸的惊讶，他微笑着说：“各位是不是感觉这个岛屿有点奇怪?”

“请问你是谁?”夏昊天紧盯着画面中的这个老头用英语问，他忽然感觉这个人有些面熟，却又想不起在哪里见过。

“你叫夏昊天，爱丁堡大学考古学博士。”

“你怎么会认识我?”

呵呵，屏幕上的老头发出了两声奇怪的笑声，然后充满自信地说："认识你并不奇怪，因为这个世界上没有能瞒过我的事情。"

眼前的情景让夏昊天回忆起在吴哥古城下的溶洞内，与机器人对话时的情景，那台机器就无所不知，他吃惊地问："你是地球监察会的?"

"不，"屏幕上的老头微微摇着头说，"我跟你们一样是现代人，夏博士没有觉得我有些面熟吗?"

"不错，我是感觉你有点面熟，不过我们肯定没有见过面。"

"呵呵，你说的不错，我们的确没有见过面，我叫冯·根丁斯，在科学界略有微名，你想起来了吗?"

夏昊天猛然想起这个人，难怪看着有些面熟，二十世纪世界十大最著名的科学家中就有其人，不过这个冯·根丁斯却是臭名昭著的恶魔科学家，因为他的研究和发明几乎都与战争有关，他还是个全能的天才怪人，涉足的领域非常广泛，航天、武器、生物、医学他都参与其中。他最杰出的发明创造就是利用反重力控制技术发明制造了地球上最早的飞碟。在二战期间曾组织科学家用数万人进行过活体实验，因此被称为恶魔博士。

不过一个疑问出现在的夏昊天的脑海里，二战结束后冯·根丁斯就神秘消失了，如果他还活着的话现在应该有一百多岁了，而画面中的人看起来完全不像是一百多岁。他用怀疑的口吻问道："阁下就是二战时期被世人称为恶魔博士的冯·根丁斯?"

"哈哈……不要说的那么难听，你看我像个恶魔吗? 你是位博士，怎么能跟那些愚昧的世人一样，用相同的眼光来看待一个科学工作者?"

"科学家的工作是服务于人类，而你所做的恰恰相反。"

"好了，我们先不要争论这种毫无意义的问题，我知道你们几位都是从2000年返回到目前这个时代的，希望我们能够进行合作。"

恶魔博士的话让夏昊天暗暗吃惊，对方显然掌握了他们的情况，而且他意识到一个问题，或许这座神秘的幽灵岛也在恶魔博士的控制之下，如果真是这样，那这个恶魔博士的实力大得令人难以想象。夏昊天突然想起了一件事，惊讶地问："你是不是属于第三帝国的'最后力量'?"

"你不愧是位博士，竟然知道第三帝国的'最后力量'，我可以很确切地告诉你，我不仅属于、而且还掌控着其中很重要的一部分，现在你应该明白我为什么这么了解你们的情况了吧。"

夏昊天顿时愣住了，没想到第三帝国的“最后力量”真的存在，他沉思了片刻后问道：“你要跟我们进行什么合作?”

“我知道你已经得到了寻找太阳石的藏宝图，所以想协助你们找到太阳石。”

“协助我们找到太阳石?”

“不错，如果有我们的协助，你们成功的几率应该在九成以上。”

“呵呵，你肯定不会平白无故地帮助我们。”

“当然，你们利用太阳石离开后，太阳石就归我们。”

恶魔博士的话让夏昊天想起在开罗时那帮要求跟自己合作的人，于是又问：“在埃及时有一个自称叫布尔希的人也提出要跟我们合作寻找太阳石，不知道这个人与你是什么关系?”

“布尔希少校是我们特别行动组的负责人，他是奉我的命令前去找你谈的。”

“那你应该知道我拒绝了跟他合作。”

冯·根丁斯听出了夏昊天的意思，微笑着说：“我不会强迫你们合作，不过顺便提醒一下，如果不跟我合作，你们可能永远无法离开这座海岛了。”

“你什么意思?”夏昊天吃惊地问。

“你应该知道是什么意思，给你们一天时间考虑，如果想通了就回到这里跟我联系。”话音刚落，显示屏突然闪了一下，随即关闭了。

几个人面面相觑，都听出了恶魔博士的威胁，武凡睦打破沉默，自言自语地说：“老头的话里有话，是不是咱们的船……”

慕佳懿看着夏昊天说：“咱们的船有危险，赶快回去看看。”

夏昊天挥了一下手，大声说：“赶快回去。”说完带头走出机舱门。

飞行器所在的位置地势低洼，大雨把周围变成了一片汪洋，积水没过了膝盖，可见刚才的暴雨有多大，不过五个人顾不上这些了，蹚着水往树林里走。等他们穿过树林来到帆船搁浅的地方一看，顿时都傻眼了，岸边空无一物，远处的海面上也没有帆船的踪影。

五个人顿时有点发蒙，焦急的心情清楚地写在每个人的脸上，刚才那个老头的话不仅仅是威胁，没有了帆船肯定要被困死在这座神秘的孤岛上。

“咱们再沿着岸边找找，不会是错了地方吧?”杰夫轻声地说，他这样说很大程度是在安慰大家，也在安慰自己。

陆小瑶指着旁边折断了许多枝叶的大树说："昨晚帆船就是撞到了这棵树上，帆船肯定是被风浪冲走了。"

慕佳懿看着夏昊天说："海魂号的失踪很可能与刚才电视上出现的那个老头有关。"

杰夫急忙问："老K，那个老家伙到底是什么来历？你好像对他很了解。"

几个人都望着夏昊天，杰夫提出的问题也是大家想知道的，刚才因为着急往这边赶，都没顾上问他。

夏昊天简单地把冯·根丁斯的情况介绍了一下，慕佳懿听后点着头说："难怪被称为恶魔博士，这个人的确够邪恶的……"她沉吟了片刻后又问道："对了，你说他属于第三帝国的'最后力量'是什么意思？"

"关于这件事说来话长，最初只是一个传说，后来经过一个日本记者的调查证明是事实……"夏昊天向几个人详细介绍第三帝国"最后力量"的情况。

第二次世界大战结束前夕，那个世人皆知的战争狂人曾公开地说："在这场战争中，没有胜利者，也没有失败者，有的只是死者和生存者。但是，世界的'最后力量'却是我们。不久的将来，东西双方决一雌雄的日子一定会到来。到那时左右这场战争并能最终起着决定作用的是我们的'最后力量'。"

1945年初，海军元帅就宣布："潜艇部队为了元首，已在世界多个地方建立了牢不可破的秘密堡垒。"堡垒在什么地方，他没有透露。同年5月1日，"最后力量"向世界各地的堡垒疏散转移。大约有5000名科技人才经纳粹地下组织的掩护下，实施了逃亡计划。其余24.5万人的秘密部队在一个宗教小国的全力支持下，从克里斯蒂安桑登舰，由一只庞大的护航舰队运送到各地的堡垒，这些堡垒大多数在大洋彼岸以南的南美地区。

战后，日本著名的国际记者落合信彦，从一个美国犹太记者那里听到这个"最后力量"的消息。25万人的"最后力量"一直在某些神秘地区活动，其中在南美的某个不为人知的角落里蛰居着大量纳粹余党和他们的子孙后代，他们在那里创建了一个与战前一模一样的社会。

落合信彦对此将信将疑，在经历了五年的深入调查后，他发现这一切都是真的。不仅在南美，在世界的许多地区，大西洋、太平洋中的岛屿和海底，甚至在南极的冰盖下面，都秘密潜伏着一支不为人知的神秘部队，总人数有

25 万之多。这支部队一直在研究最新武器，期待着在未来重新控制世界。

落合信彦查阅了这个国家当年的居民登记册，发现了一个惊人的事实：剔除因战争死亡、正常死亡及战俘等人数，有 25 万人不知下落。据落合信彦的调查，这 25 万人的"最后力量"，现在分散在世界若干神秘地带，原来他们早在战争开始不久就在世界各地建造了秘密堡垒。多年后，落合信彦经过不懈的努力，在南美某地参观了一座"最后力量"的堡垒。这座堡垒叫做"埃斯汤加"(西班牙语，农场的意思)。由圣地亚哥南行四百公里，有个叫巴莱尔的小镇，"埃斯汤加"就在距离这个小镇六十公里的地方，那里没有路，到处是苍茫的原野、起伏的丘陵，茂密的原始热带森林。

在与世隔绝的原始森林里，落合信彦竟然见到了一座城市，它的风格就象从欧洲原样搬过来的一样。在宽阔的马路上，汽车穿梭往来，街道两旁是面包店，商店，电影院，汽车修理厂等等。在"埃斯汤加"科学家们已经研制出了电磁炮、太阳炮等先进武器，还制造出了飞碟，世界各地发现的 UFO 事件很多就是他们制造的飞碟。几个军事发达的国家，都发现了第三帝国的最后堡垒的踪迹。为了隐藏自己，"最后力量"的最高指挥官把秘密堡垒压缩成了三个。分别在大西洋的深处，在南极的冰盖下面和南美的原始森林里。

听完夏昊天介绍的情况后，四个人都被惊得目瞪口呆。慕佳懿不假思索地说："如果这一切都是事实，那咱们绝对不能跟他们合作。"

杰夫急忙说："现在的形势非常明朗，如果不跟恶魔博士合作，那咱们只有死路一条。"

"就是死了也不能跟这种人同流合污。"慕佳懿的回答斩钉截铁，没有任何商量的余地。

"难以理解你们东方人的思维，人的生命是第一位的，如果人都死了，你那些信仰还有狗屁用。"

夏昊天摆摆手制止了俩人的争论，"现在不是争论的时候，大家都发表一下自己的意见，接下来该如何做。"

话音刚落，陆小瑶就走到他身边，"我听夏大哥的，夏大哥说什么我就听什么。"

大家把目光都投向了武凡睦，他一直默默地望着前面的大海，似乎在思考着什么。或许是感觉到了大家的目光，武凡睦转过身来看了大家一眼，然后缓缓地说："我觉得特殊情况不必要拘于以前固有的思维定式，应该以开放的心态来思考遇到的问题。"

"你的意思是与恶魔博士合作?"慕佳懿惊讶地问。

"先把这个恶魔博士放在一边，咱们目前的任务只有一个，就是要寻找太阳石，然后返回到原来的时代，为了达到这个目的，只要是不违背我们做人的底线，可以做出某些妥协。"

夏昊天点点头，"我同意武大哥的观点，现在形势很明显，只要不答应恶魔博士，我们肯定无法离开这个小岛，更不用说去寻找太阳石了……"

"有一个问题你考虑到没有，"慕佳懿打断了夏昊天的话，"冯·根丁斯提出的合作，绝对不会仅仅是寻找太阳石这么简单，背后很可能隐藏着什么阴谋。"

"不错，肯定不会这么简单，而我们可以见机行事，总比坐以待毙要强，你认为呢?"

慕佳懿沉思了片刻，然后颔首道："好吧，看来大家都倾向于同意合作，我只好尊重大家的意见。不过我们必须把握一个原则，与他们的合作如果有危害到人类的事情，那我们宁可放弃寻找太阳石。"

"这个是肯定的，如果大家没有异议，我们返回去跟冯·根丁斯谈判，然后见机行事。"说完，夏昊天招呼四个人往回走。

第50章 海底堡垒

冯·根丁斯带着一脸和善的笑容出现在屏幕上，让人很难把这个面带慈善的老头与“恶魔”两个字联系起来。

半个小时后，五个人重新返回到在沼泽地里的那架效翼飞行器上。刚走进机舱，驾驶舱间壁上的显示器就亮了，夏昊天猜测机舱内一定有监控，用眼睛的余光四处瞄了一圈，果然在机舱的右上角发现了一个监控镜头，意识到这个飞行器好像特意为他们准备的，这一切像是早就设计好的陷阱。

这时，冯·根丁斯带着一脸和善的笑容出现在屏幕上，让人很难把这个面带慈善的老头与“恶魔”两个字联系起来。

“你们这么快就返回来了，显然是考虑好要与我合作了。”

“我想跟你的合作不会仅仅寻找太阳石这么简单吧?”

“呵呵，合作是很重要的事情，最好是要面谈。”

“面谈!”夏昊天疑惑地问：“在哪里面谈?”

“去接你们的人马上就到，十分钟后我们就能见面。”

冯·根丁斯的话音刚落，杰夫指着机舱的舷窗惊讶地说：“你们快看外面，有人过来了……”

几个人急忙透过舷窗往外面张望，惊讶地发现，刚才到飞行器这边来的时候还是蹚水过来的，眨眼的工夫，积水消失了，露出了一条干净笔直的路面，用石块铺成的路面有三米多宽，一直延伸进树林里。

有两队士兵迈着整齐的步伐往这边走过来，在队列的后面还跟随着一个军官模样的人。每个队有六七个士兵，全部荷枪实弹，士兵的衣服有点奇怪，像潜水服一样的连体服，而且是灰绿的，与树林里那个被打死的人很相似。士兵胸前的突击步枪造型也很奇特，枪身部分都用外壳密封起来。夏昊天和慕佳懿都熟知各种枪械，但还是第一次见到这种造型的枪支，感觉很奇怪。

两队士兵在距离飞行器五六米远的地方停下脚步，然后向两边分开，立正站在道路的两边。夏昊天心想这些人显然是来接他们的，于是向几个人挥了一下手，率先从机舱出来，绕到飞行器的另外一侧。

这时跟在士兵后面的军官已经走到了前面，夏昊天猛地认出这个长着标准西方脸型的年轻军官，就是在开罗跟自己打过交道的那个布尔希。

只见布尔希一身灰绿色的笔挺军服，肩膀上佩戴着三股银线缠绕而成的校官肩章，铮亮的长筒马靴能照出人影，胸膛上佩戴着一枚骑士铁十字勋章。看到夏昊天后微笑着说：“你好博士，没想到我们这么快就又见面了。”

夏昊天知道他去沙丘寻找蝎王墓葬庙的事情，嘴角稍微向上翘了翘，用戏谑的语气说：“不算快，离我们见面已经过去了一个多月，不知道少校找到了蝎王的死书没有?”

布尔希听出夏昊天在嘲笑自己，不过并不恼怒，而是很绅士地笑了笑，看着夏昊天身后的四个人说：“我很敬佩你的这些朋友，不仅从我手下逃脱出去，还把你们俩从沙丘下面救出来，难怪博士相信你们能找到太阳石。”

说话的同时，布尔希很潇洒地侧过身来，抬手做出一个请的姿势，“博士期盼着与各位会面，先生、女士们请随我来。”

夏昊天与慕佳懿相互看了一眼，然后一起跟着布尔希往前走，两边的士兵也同时转身，动作整齐划一，非常标准，看得出是一支训练有素的军队，这样的军队战斗力肯定非常强。有谁能想到在大西洋里竟然隐藏着这样一只可怕的部队。

海岛的中间部位有一座几十米高的山峰，山上长满绿色植物，平整的道路一直延伸到山峰下面。当布尔希带着他们靠近山峰后，一些绿色的树藤自动地向两侧移动开，露出了一个高大的洞口。走近后才发现洞口上的绿色植物其实都是些伪装物。

布尔希领着五个人径直走进山洞里，这是一条人工开凿的隧道，洞壁全部是水泥预制的，顶部有明亮的照明灯，隧道又高又宽，甚至可以通行越野卡车。隧道的两侧不时有岔口出现，感觉好像地下迷宫，两边还有许多看似很坚固的金属门，门口都紧紧地关闭着，行走中不时地遇到一些人，大多数是年轻人，他们都表情严肃，步履匆匆，像是在紧张地工作着。

布尔希带着五个人在隧道里穿行了大约五六分钟，最后走进了一个电梯间里，跟在后面的十几个士兵没有进来。电梯门关闭后，开始快速往下降落，夏昊天在心里默默数着，电梯运行了大约有两分钟才停下，他估计下降的直线距离应该不少于五百米，如果这座岛屿是移动的，那么他们现在应该是在海里了。

电梯门打开后，出现在面前的是一条椭圆形的隧道，眼前的情景与在伯尔斯的豪宅里探查的那栋神秘建筑时看到的差不多。夏昊天好奇地问："少校，我们是不是在海底了?"

"不错，这是我们的海底城堡，距离海平面大约有一千米。"布尔希边走边轻松地说。

一千米！夏昊天暗暗吃惊，真是一个令人恐怖的数字，能下潜到这个深度的潜艇也不多，全世界只有少数几个国家的潜艇能下潜到这个深度，而且还必须是钛合金的潜艇外壳，而这里却是一座海底城堡，当今世界上能完成这样工程的国家也为数不多。

就在夏昊天胡思乱想的时候，布尔希在一个银色的金属门前停了下来，他站在门口前面一块方形的踏板上。门口上方安装有扫描仪，人只要在门口一站，几秒后，金属门从中间自动向两边分开。

布尔希向旁边侧了一下身，抬手做出请的动作，姿势非常幽雅，像是接受过贵族式教育。

夏昊天注意到金属门是双层的，一层有十多公分厚，关闭时两扇门呈锯齿状交错在一起，而门框则是呈圆形，有点像轮船底部隔离舱门的样子。里面是一个巨大的圆形空间，这里的建筑无论是走廊还是房间都是椭圆形，一定是为了抵抗巨大的海水压力而设计成这样。

门口对面的弧形墙壁上是一块巨大的屏幕，上面同时显示着多幅画面，距离屏幕四五米是一个半圆形的控制台，上面摆放着许多显示器，电话等东西，有八九个身穿蓝色隔离服的人在低头忙碌着。几个人进来后，金属门又自动关闭了。

在屋子中间有一辆功能复杂的电动轮椅，上面坐着一个满头银发的人，正盯着前面的大屏幕，听到有人进来，电动轮椅随即灵活地原地转了一百八十度，轮椅上的人刚好面对着进来的几个人。

夏昊天认出来此人正是刚才在屏幕上出现的恶魔博士冯·根丁斯。屏幕上只看到他的头部，并不知道他原来坐在轮椅上。

冯·根丁斯右手操控着轮椅扶手上的控制手柄，挥舞着左手，笑着说："欢迎各位先生、女士的光临，你们此时肯定在想：地球上怎么会有一个如此发达，如此现代化的海底世界。也许你们会以为自己产生幻觉，或是进入了科幻故事里。但请你们相信，你们所见到的一切都是事实，一个由人类创造出来的现实……"

夏昊天注意到冯·根丁斯的手臂动作有些奇怪，有些僵硬机械的感觉。难道是人老骨头硬了，活动不灵便？一百多岁的人能保持这样绝对是个奇迹了，他赞叹地说："这里的一切的确令人震惊，说实话，我们那个时代可能都没有这样的海底建筑。"

冯·根丁斯显得非常高兴，一脸自豪地说："只有我们才能创造出如此的奇迹，我们已经不再是'最后的力量'而是成为了控制世界的'未来力量'……"说着话，冯·根丁斯指着他身边的布尔希说："布尔希少校的曾祖父曾是帝国的海军元帅，他现在已经成为了我们的未来，他们这代年轻人的理想是做整个宇宙的主人……"

夏昊天忍不住打断了他的演讲，"看来你们变得更加疯狂了，竟然梦想统治宇宙。"

"哈哈，你们东方人讲话都比较含蓄，我发现你却恰好相反，为什么把话讲得这么露骨。"

"看来博士对我们很了解。"

"当然，你看一下大屏幕就应该知道，整个世界没有什么事情可以瞒得过我们……"

说话的同时，冯·根丁斯控制着电动轮椅又转了一百八十度，面向前面的大屏幕，继续说："毫不客气地说，我们的眼线遍布世界各个角落，没有一个国家能摆脱我们的监控。也就是说地球上没有我不知道的事情，任何一个国家发生的事情，我会比他们的总统提前接到报告……”

冯·根丁斯的话让夏昊天感觉后背发凉，心想真是太可怕了，从大屏幕上显示的画面能看出，恶魔博士的话绝非虚言。

这时陆小瑶好奇对慕佳懿说：“夏大哥说这个老头已经有一百多岁了，你看他脸色还这么红润，是不是吃了长生不老药?”

没想到冯·根丁斯竟然能听懂俩人说的中文，他操控着轮椅又转了半圈，看着俩人说：“你们相信人类可以做到长生不老吗?”

陆小瑶摇摇头，“人怎么可以做到长生不老，除非他是神仙。”

“呵呵，看来你对科学力量还不够了解，随着科学技术的发展，没有什么是不可能的，让你们见识一下我们的科学水平。”

说着话冯·根丁斯抬手拉开了隔离服的拉链，在他的隔离服里面还有一层紧身衣，看不出是什么材料制造的，他又把里面紧身衣的拉链打开，露出了前胸，只见他的胸膛上有一块十公分见方的透明装置……

几个人都睁大了眼睛，紧盯着冯·根丁斯的胸膛，做梦也想不到那里面竟然是一些复杂的机械构件。

啊！慕佳懿情不自禁地发出了一声惊呼，“机器人？你是机器人!”

冯·根丁斯看着慕佳懿微笑着说：“你说对了一半，我的身体是机械的，或者说我的头部以下是机器人，不过头颅还是我自己的，因为我身体的许多器官都衰竭了，所以只好采用这种手段继续存活下来……”

夏昊天心想难怪刚才感觉冯·根丁斯的动作那么僵硬，原来是人工制造的机械装置，不可思议的是竟然与他的头部连接在一起，也就是说他的机械机体已经基本与人类的生理机体功能差不多了。

这个怪人边说边把里面的紧身衣和外面隔离服的拉链重新拉好，然后接着说：“我们现在的技术可以仅仅让一个人的大脑存活，如果控制的好，一个人的大脑存活几百年是没有问题的。现在世界各国的科学家还在搞什么克隆技术，这些东西在我看来都不值得一提，延续生命的方法有很多种，对了，之所以要寻找太阳石，也跟这个方面有关。”

“我不明白太阳石跟你说的这些有什么关系?”夏昊天不解地问。

“好吧，既然你想知道，我就把一切都告诉你们，中国的《易经》相信你一定非常熟悉……”

说话的同时，轮椅又转向大屏幕，冯·根丁斯用手触摸着电动轮椅扶手上的几个控制键，对面大屏幕上的画面换成了一本线装的《易经》，他看着大屏幕接着说："在《易经》这部书中提出了一个著名的阴阳学说，整个宇宙，万事万物的内部都包含着阴阳，有白天就有黑夜，一片树叶有正面就一定有背面。而世界也一样，有看得见的世界，就一定有我们眼睛看不见的世界，事实上这个看不见的世界已经被科学家证实的确存在……"

随着冯·根丁斯的解说，大屏幕上的画面不断变化着，切换的画面刚好配合着恶魔博士的讲话内容，这个时候，屏幕上又变成太空中的银河系……

整个房间里只有恶魔博士的声音，他沉醉在自己的解说中喋喋不休，"美国匹兹堡大学里，一个由多国科学家组成的研究小组，借助'威尔金森微波各向异性探测器'观测到的数据和'斯隆数字天宇测量'的测量结果，发现了暗物质和暗能量存在的直接证据。探测结果显示，茫茫宇宙事实上由两大部分组成，一部分是可见宇宙，也就是我们所处的这个世界，另一部分为不可见宇宙，这个发现与《易经》中的阴阳学也完全吻合。"

夏昊天明白了冯·根丁斯的意思，看着他问道："你的意思是太阳石可以帮助你找到看不见的世界。"

"哈哈，你非常聪明，太阳石就隐藏着开启通往另外一个世界大门的秘密，解开了这个秘密，我们就可以进入到那个'看不见的宇宙'中，那个比我们这个宇宙大几十倍的宇宙。"说到这里恶魔博士兴奋地大笑起来。

夏昊天从恶魔博士的神情中看到他疯狂的内心，摇着头说："我不明白博士为什么如此向往另外一个世界，看不见的宇宙带来的也许是毁灭，你既然研究过《易经》，也一定知道这本书中提倡的是阴阳平衡，和谐发展，如果打破了宇宙间的阴阳平衡，自然法则遭到破坏，所带来的危害将是难以估量的……"

恶魔博士晃动着手臂打断了夏昊天的话，"你同其他人一样，对这个世界的了解还非常肤浅，许多奥秘你根本不知道，接下来我再告诉你一个关于生命的秘密。最令当代科学家捉摸不透的就是关于生命的生与死，其实这两个问题已经被我破解了。为了解开人的生死之迷，我曾经用那些没有用的愚昧人做实验，进行解剖，从而落下了恶魔博士的称号，但是没有人理解我这是为了人类的生存，哎……"

说这些话的时候，冯·根丁斯脸上的表情非常平淡，好像为得不到理解而叹息，“当然我对生命的破解也得益于《易经》中的阴阳学，只要是有生命的东西，都是由看得见的外在肉体和看不见的内在精神体组成，任何一个完整的生命体都由这两部分组成。这一点在你们中国的道教中也有论述，道教相信万物皆有‘灵’，甚至相信人体的各种器官都有各自独特的‘神灵’，这个‘灵’其实就是内在的‘精神体’。而精神体是可以自由地往来于两个世界之间，如果找到打开通往另外那个宇宙的大门，我们的肉体也能往来两个宇宙之间，人类的生命就可以得到永生……”

夏昊天对于恶魔博士所说的另外一个世界不感兴趣，对他来说首要的任务就是返回到属于自己的时代，他打断了恶魔博士的解说，“我们同意跟你合作寻找太阳石，请尽快把我们送到中美洲去。”

“你们先在这里休息两天，然后我会安排你们离开，不过你们不能都去，必须有两个人留在这里。”

“这个不行，”夏昊天断然拒绝了，很坚定地说：“我们五个人是一起的，如果要把我们分开，我就拒绝跟你合作。”

“我说过，绝对不会强迫你们，如果不想合作我马上安排人把你们送到岛上，让你们自生自灭。另外如果跟我合作，不仅会把你们送到美洲，而且还会提供给你所需的一切装备。合作与否你们自己决定。”

说完，冯·根丁斯操控着电动轮椅转向布尔希，对他说：“我累了，把他们带去休息，十二小时后如果没有答复，就把他们送到另外一座孤岛上，不用再向我报告。”

“是，”布尔希答应一声，然后对几个人说，“请各位随我来吧。”说完，迈着军人特有的标准步伐向门口走去。

五个人跟在布尔希身后默默地走出圆形大厅，随后被带进了一间椭圆形的房间里，房间是全密封的，除了进入的门口没有其他出口，墙壁和地面都是银灰色，好像都是金属材料。房间内空间狭窄，有两排镶嵌在墙壁上的床铺，感觉就像是在潜艇里。

布尔希指着门口旁边的一个按键说：“如果有什么需要可以按这个，顺便提醒各位一句，博士的话从来都是说一不二，如果你们拒绝合作，只会是死路一条。”说完，布尔希转身离开，厚重的金属门随即悄无声息地闭上了。

夏昊天在一张床边坐下，默默地看着大家，对于恶魔博士提出的条件，他自己无法做出决定，所以想听听每个人的意见。

四个人都知道他的意思，不过谁也没有说话，都低着头在床边坐下。房间突然陷入了难堪的寂静中，都能听见彼此的喘息声。

陆小瑶抬头看了看大家，然后轻声说："你们怎么不说话啊，如果没有其他办法，就答应那个老头的条件吧……"

几个人都不约而同地看着陆小瑶，依旧没人说话，即便是答应恶魔博士，还有一个棘手的问题，那就是谁留下来做人质。陆小瑶看出了大家的心思，笑了笑说："我留下来当人质吧，反正我跟着去也帮不上什么忙。"

夏昊天不能再沉默下去，把四个人巡视了一圈，然后问道："大家是否同意跟恶魔博士合作?"

武凡睦开口说："我还是原来的意见，如果没有其他路可走，那么就跟他合作，对咱们来说最重要的是先找到太阳石。"

"佳懿什么意见?"夏昊天看着慕佳懿问道。

慕佳懿看了看大家，然后说："既然大家都同意，我也不反对，关键是谁留下来……"

杰夫忽然说："不用商量了，我陪陆小姐一起留下来做人质，你们三个去找太阳石……"

不等杰夫说完，夏昊天就看着他说："你不能留下做人质。"

"为什么? 既然你们都不想做人质，我留下来有什么不好?"

慕佳懿看着杰夫说："如果你不跟着，肯定找不到太阳石。"

"佳懿说得不错，老鼠如果不去，很可能找不到太阳石。"

"我有这么重要吗?"杰夫装出一副惊讶的表情，"我怎么感觉不到!"

"从咱们在吴哥古城和金字塔的经历能看出，古代的这些秘密都与天文有关，我想太阳石也不例外，如果你这个天体物理学博士不去，很多谜根本无法解开。"

"哎，"杰夫叹了一口气，"老 K，说实话我是真的不想跟着你到处瞎跑了，自从跟你离开天文台后，我都忘记遇到过多少危险……"

夏昊天笑着说："好了，等回去后再玩德州扑克就让你赢我两次作为赔偿。"

武凡睦看着慕佳懿说："我留下来做人质，你们三个人去找太阳石怎么样?”

慕佳懿点点头，“好吧，我们找到太阳石后，一定会来把你们救出去。”

话音刚落，紧闭的金属门忽然敞开了，布尔希走进来，扫了几个人一眼，微笑着问：“你们做出选择了?”

夏昊天心想这个家伙肯定在监听他们的谈话，他点点头，用坚定的语言回答，“是，我们已经做出了决定。”

（第三集完）